너 지겹지 않니, 주부 노릇이?

너 지겹지 않니, 주부 노릇이?

발행일	2021년 7월 5일

지은이	권행		
펴낸이	손형국		
펴낸곳	(주)북랩		
편집인	선일영	편집	정두철, 윤성아, 배진용, 김현아, 박준
디자인	이현수, 한수희, 김윤주, 허지혜, 최성경	제작	박기성, 황동현, 구성우, 권태련
마케팅	김회란, 박진관		
출판등록	2004. 12. 1(제2012-000051호)		
주소	서울특별시 금천구 가산디지털 1로 168, 우림라이온스밸리 B동 B113~114호, C동 B101호		
홈페이지	www.book.co.kr		
전화번호	(02)2026-5777	팩스	(02)2026-5747

ISBN	979-11-6539-850-7 03810 (종이책)	979-11-6539-851-4 05810 (전자책)

(주)북랩 성공출판의 파트너

북랩 홈페이지와 패밀리 사이트에서 다양한 출판 솔루션을 만나 보세요!

홈페이지 book.co.kr • **블로그** blog.naver.com/essaybook • **출판문의** book@book.co.kr

작가 연락처 문의 ▸ ask.book.co.kr

작가 연락처는 개인정보이므로 북랩에서 알려드릴 수 없습니다.

너 지겹지 않니, 주부 노릇이?

권행
에세이

인생, 뭐 재미있는 거 없나 기웃거리는 여자

북랩 book Lab

권행 작가의 신작 〈너 지껍지않니, 주부 노릇이?〉

짧지 않은 인생을 살아오면서 젊은 시절엔 심오한 학문에의 열정으로 깊은 고민을 하였지만, 지금의 마음고생이 더 무섭게 느껴지는 세월이다. 요즈음 고도의 디지털 기술로 무장한 소위 MZ세대니 무슨 세대니 부르는 세대와의 생각 차이를 느끼는 상태에 접근하는 나이가 되니 나 스스로 삶이 권태롭게 생각되기도 하는 시점이다.

권행 작가가 수상(隨想)적인 단편을 낸다고 하니 무언가 한 줄기 빛이 들어와서 느릿하게 돌아가는 내 감성의 발전기를 자극하는 것 같은 기분이 든다. 그런데 내가 주부도 아니면서 추천문을 적는 것을 주제넘는 사람이라고 생각할지도 모르겠다. 그러나 세상에 주부만이 지겨운가? 어느 작가의 말대로 인생의 권태기 없이 지나는 철인이 있을까?

내가 용감하게 나서는 것은 권행 작가의 글심을 잘 알기 때문이다.

우리가 살아가면서 마주치는 크고 작은 일을 제삼자의 시각에서 재치 있고 해학적으로 풀어가면서 글 주인공의 슬픔과 기쁨을 사알짝 뛰어넘어 포장하는 특별한 능력으로 독자의 시선을 홀리기 때문이다.

지난번의 소설 『퍼펙트 웨딩』에서 보여준 작가로서의 재능이 우리를 계속 기대하고 기웃거리게 만든다. 우리 주변에서 벌어지는 일상생활에서 그저 지나칠 수 있는 장면이지만 그것을 포착하여 관조하는 시선으로 그 속에 숨겨진 의미들을 살짝 노출시키기도 하고, 또는 거침없는 묘사로 독자로 하여금 삶의 부서진 편린들을 새로이 음미할 수 있게 만들어 주는 재주는 우리의 호기심을 끌고도 남는다.

이 책의 부제목은 『인생, 뭐 재미있는 거 없나 기웃거리는 여자』이다. 앞으로의 세상은 시간의 소비방식을 모든 사람이 고민하여야 하는 시대가 오고 있다. 인간의 본성은 바로 호기심이고 이것이 없다면 삶은 그저 기계적인 운동일 따름이다. 호기심을 불러일으키는 것을 찾고 그리고 해소하는 것은 바로 자신의 삶의 의미를 부여하는 작업이다. 작가가 시선을 던지고 또한 스스로 호기심을 야기시키는 과정은 우리가 모두 가지고 있는 문제에 대한 작가 나름의 고백일 수도 있을 것 같다. 그렇지만 그 속에 세상만사에 던지는 풍자적 시선이 긴 여운으로 마음에 다가올 것으로 기대된다. 권행 작가는 아마도 평생 사람들의 행위를 나름대로 사회적인 행위 규범으로 보아오면서 속을 썩였을 것이고 이를 해소하는 과정이 바로 또 다른 시선으로 이해하려고 하였을 듯싶다. 평생 다져진 남과 다른 시선에서 만들어진 언어들은 우리의 마음을 가을바람에 날리는 새의 깃털처럼 가볍게 날 수 있게 만들어준다.

나도 참새들처럼 이리저리 포롱포롱 날면서 살아온 세월을 반추해 보리라.

-돌농사 짓는 사람 배기동(전 국립중앙박물관장)-

프롤로그

어린 시절 우리 집에는 언니 오빠들이 공부하던 교과서들이 앞뒤가 잘려나간 채 문지방 위로 굴러 다녔는데 나의 다섯 형제들은 아무도 눈여겨보지 않았고 공처럼 차고 다녔다. 그런데 유독 나만이 그것들을 집어 들고 밥상머리에서 읽다가 얼른 밥이나 먹으라는 소리와 함께 책을 빼앗기는 수모를 당해야했다. 처음과 끝이 어떻게 돌아가는지도 모르고 중간 부분만 수없이 읽어댔다. 제목도 모르고, 지은이도 모르고, 시작이 어땠는지도 모르고, 어떻게 결말이 나는지도 모르고 아무 페이지나 손에 잡히는 대로 펼쳐 읽었다.

그리고 20대의 난 할일 없이 뭔가가 써 보고 싶어 환장할 지경이어서 늘상 끄적거렸다. 여기저기 막 써댄 종이쪽지를 읽어보고 낄낄거리며 감탄했다. 그런데 문제는 글을 쓴 나 자신도 순서가 헷갈려서 무슨 소린지 구분이 안 갔다. 창작의 문제가 아니라 내가 쓴 글씨를 내가 알아보지 못한다는 데 문제가 생겼다. 역시 난 작가가 되기엔 글 렀어 하며 펜을 집어던졌다. 순전히 작가적 소양이 있나 없나 고민해 야 하는데 나의 부주의함과 산만함과 악필에 백기를 들어야했다. 내 가 쓴 글씨를 나도 못 알아볼 정도이니.

세월이 흘러 성인이 되고 문자중독에 걸렸었다는 사실을 까맣게 잊 었다. 글 쓰는 일과는 거리가 먼 채 집안 살림에 도가 튼 주부로 살았 다. 밥만 먹으면 다람쥐쳇바퀴 돌듯이 집안일만 해댔다. 그것도 해보 니까 해볼 만한 일이었다. 내 능력 밖의 영역은 아니었다.

그 후로도 시간은 어김없이 흘러 나는 씩씩한 주부로서 목3동 일대 를 주름잡고 다녔다.

목3동 깨비시장의 칼국수집을 조금 벗어나 방앗간 골목길로 이어 지는 길가에 김치를 맛깔스럽게 담아 파는 가게가 생겼다는 걸 알게 되었다. 이때도 여전히 글 쓰는 일과는 담을 쌓았고 나에게 그런 꿈 이 있었는지 기억조차 못 하고 쏘다녔다. 내가 우연히 발견한 아주 조 그만 가게는 별다른 상호 없이 유리창에 그저 '김치 팝니다' 이렇게만 써 있었다. 직원이 네 명 정도 있었는데 그들은 배추김치, 알타리 김 치, 열무김치 그리고 자기들의 특화상품이라면서 풋고추에 김장소를 박은 고추김치까지 네 가지 정도의 김치를 만들어 놓고 사람들을 기 다리고 있었다. 김치를 집에서 잘 담그지 않는 나는 맛있고도 위생적으로 김치를 파는 집만 보면 반갑고 고마워서 그냥 지나치지 않았다. 얼른 들어가서 조금만 포장해달라고 했다. 그때 시장터에서는 모두 스프링저울을 쓰고 있었는데 이 집은 당시로 치면 약간 앞서는 전자식 저울로 포장김치를 달아서 주었다. 정확한 눈금을 좋아하는 걸로 봐서 이 가게의 주인은 꽤나 합리적인 사람일 거라는 생각이 들었다. 그런데 네 사람 중 누가 주인인지 전혀 감이 오질 않았다. 그 중 머리에 흰 수건과 흰 앞치마를 두른 여자가, 이 여자도 주인 같아 보이지 않았는데 나에게 김치봉투를 건네면서 내가 묻지도 않은 말을 했다.

"우리는 다른 데하고는 달라요. 여기는 사회적 기업이예요."

너무 당당하게 말을 해서 내가 못 들어올 데를 들어왔나 잠시 생각했다. 그 여자의 말이 끝나기 무섭게 바닥에 쪼그리고 앉아 커다란 양푼에 김치를 버무리던 조금 늙수구레한 여자가 입에 침을 튀겨가며 말했다. 목소리가 걸걸했다.

"여기는 김치 판 거 가지고 우리가 월급 받고 그러는 데가 아녀! 우리는 나라에서 2년 동안 월급을 보장해주게 돼있어. 우리는 저런 데하고는 달라."

자기네는 시장에서 이문 남기려고 아득바득 일하는 사람들하고 다르다는 것을 자꾸 강조했다. 그 여자들의 말을 풀어보면 대충 이러했다. 첫 번째 여자 말은 자기네는 사회적 기업이니까 영리를 목적으로 싼 재료 쓰고 폭리를 취하는 가게가 아니라는 말이고, 두 번째 늙수그레한 여자의 말은 이거 쬐끔 팔아서 이익 남은 걸로 쩨쩨하게 월급

을 가져가는 데가 아니고 자기들 월급은 더 큰 곳에서 주니까 걱정말
라는 소리였다.

　내가 옳게 찾아들어왔구나. 아, 그래서 상호도 '김치 팝니다' 이렇게
군더더기 없이 담백하게 써있는 거구나 잠시 감탄했다. 잘은 모르지
만 경쟁하지 않고 순수하게 봉사 잘하는 그런 가게를 '착한 가게' '착
한 기업' 이라고 고상한 용어를 붙여주는 게 당시 유행이었다. 지금도
그렇지만… 그러면서 한 여자가 앞치마를 벗더니 아주 맛있고도 비
싼 젓갈을 아까 사왔는데 그거 장부에 적어놨냐고 다른 여자에게 물
었다. 그러면서 나에게 공책을 보여주며 우리는 이렇게 일일이 다 적
어서 투명하게 한다고 했다. 내가 감시하러 나온 사람도 아닌데 나에
게 보라고 들이밀었다. 볼펜으로 숫자와 한글이 깨알같이 써 있었다.
집에 돌아가서 먹어보니 진짜 비싼 재료를 써서 그런지 아주 맛이 있
었다. 이정도 맛이라면 지방에 사는 형제들에게도 부쳐주면 뛸 듯이
좋아할 거야. 아니 이참에 5키로만 배달해 달래야지… 당장 그곳으로
전화를 해서 방금 전에 사간 사람인데요 했더니 그런데요? 이런 대답
이 돌아왔다. 예상외의 답이어서 잠시 멈칫했지만 그래도 나는 기죽
지 않고 5키로 정도만 배달 해줄 수 있냐고 물었다. 그랬더니 자기네
는 사회적 기업이어서 배달은 안 한다고 딱 잘라 말했다.

　사태파악이 남보다 약간 느린 나는 그때까지도 아, 저 집이 일손이
모자라서 지금 배달은 할 수 없는 거구나 생각했다. 그러다가 나 원

참! 사회적 기업이어서 안 된다니 별일이네. 그게 법에 적혀있나 하는 생각이 들었다. 그러나 일단은 맛이 있었고 가격도 적당해서 그러면 내가 지금 갈 테니 5키로만 포장해 놓으라고 했다. 그런데 지금 문 닫는 시간이어서 오늘은 안 되고 자기네가 내일 몇 시경에 문을 여는데 준비하는 시간이 걸리니 몇 시에 사러 오라고 했다. 그들이 말하는 몇 시는 해가 중천에 뜨고도 한참 지난 시간이었다. 상품을 파는 가게라고 하기엔 뭔가 찜찜했다.

매사가 굼뜬 나는 그 후로도 그들의 사업특성을 대번에 알아차리지 못하고 그곳을 간간이 애용했다. 갈 때마다 그들은 네 가지 종류의 김치를 플라스틱 대야에 통째로 담아 놓고 오는 손님만 하염없이 기다렸다. 가뭄에 콩 나듯이 사람들이 다녀가면 한 명이 왔어도 서로 장부에 잘 적어놓았냐고 자기들끼리 확인했다. 이어 그렇게 적으면 안 되고 이렇게 적는 거라고 타박을 주었다. 그들은 장부에 뭔가를 적는 데 목숨 거는 사람들처럼 한 사람이 적으면 다른 사람이 그걸 다시 확인하려 들었다. 장부에 잘 적었나 확인하는 거야 나쁘지 않지! 하면서도 저들이 지금 장사할 마음이 있는 건가 의구심이 들었다. 내가 누군가를 따질 처지는 아니지만 그들에게 뭔가 따져야할 것 같은 기분이 들었다.

아나나 다를까? 그 김치가게는 자기네가 설렁설렁 일해도 장사가 잘되고 못 되고는 전혀 상관이 없다고 매번 부르짖었지만 결국은 문을 닫고 말았다.

    김치가게에 대고 뭔가 꼬투리 잡을 일이 없나 하고 눈을 희번득이고 있었는데 내 의중을 알아챘는지 야반도주하듯 소리 소문 없이 문을 닫았다. 그곳이 사라지고 나니 갑자기 심심해졌다. 나의 주부 노릇도 이제 종지부를 찍어야하나… 어쨌든 일상이 무료해졌다. 다시 수면 아래 있던 내 안의 다른 내가 꿈틀거리고 있었다. 중독증세가 기다렸다는 듯이 60세 되던 해에 재발한 것이다. 뭉툭한 손으로 컴퓨터 자판 앞에 폼 나게 앉아보았다. 그리고 내친김에 무지막지하게 써내려 갔다. 무식하면 용감하다고 내가 이렇게 마구 휘갈겨도 되나 싶을 정도로 글을 써댔다. 순식간에 써내려간 소설을 책으로 내려 하는데 출판사에서 하도 밍그적거려서 속에 열불이 났지만 겉으로는 안 그런 척 시종 우아하게 기다렸다. 결국은 내가 잠깐 머물고 있는 이 세상에 첫 번째 책이 멋지게 포장하고 나타났다.

    그게 바로 엊그제 일 같은데 벌써 일 년이 지났다. 남들이 읽거나 말거나 내 맘대로 두 번째 책을 이 세상에 또 내놓는다.

    나는 내 속에 있는 걸 꾹 참지 않고 글로 풀어낼 줄 아는 내가 가끔 맘에 든다.

목차

추천사   04

프롤로그   07

1. 골목의 해결사   17

2. 성실이란 단어에 그렇게 매료되다니   25

3. 내 사랑 꼬질이   32

4. 간결함을 지나치게 좋아하다   43

5. 영원과 사랑의 대화   54

6. 사랑하는 목련 친구들   63

7. 어느 화창한 휴일에   70

8. 관광객을 구경하는 관광객이 되어   77

9. 좌판에서 요상한 거 사기   83

10. 시지프스는 끊임없이 바위를 굴려 올린다   92

11. 실질이혼 10년, 법률이혼 2년, 도합 싱글 12년차   112

12. 그가 권하는 비타민주사를 알파벳순서대로 맞으려면
     일 년 내내 맞아도 모자란다   125

13. 오래된 친구에게 책 선물을 받다   131

14. 나는 아직도 그에 대해 아는 게 없다   137

15. 나도 그들의 논쟁에 끼어들 생각이 없다   144

16. 잃어버린 너   149

17. 남한강의 불시착   162

18. 뒤죽박죽인 걸 원래대로   167

19. 쇠때 가게   178

20. 한밤중에 구일역에 가보라   189

21. 여기 그런 거 안 팔아요!   195

22. 지하철 6번 출구   200

23. 제시카와 홈스   207

24. 아기와 코로나   216

25. 지혜로운 마녀   223

26. 지랄도 풍년이다   231

27. 아까의 감상이 방귀 새듯 팍 새버릴까 봐 차 안에서 나오지 못하게 했다   237

28. 톡톡 잎은 떨어지고 나는 이제 고아가 되었다   247

29. 예행연습   258

에필로그_에밀레종을 위한 교향곡   291

1

골목의 해결사

　30여 년 전, 대한민국 평균 샐러리맨들이 어떻게 신혼 시절을 시작했는지는 잘 모르겠지만 그때 우리는 방 두 칸에 거실 겸 부엌이 딸린 주공아파트에서 시작했다. 그곳은 몇천 세대로 이루어진, 사람 머릿수로 환산하면 일만 명 이상의 사람들이 정교하게 움직이는 거대한 콘크리트 숲이었다. 그런데 이 좁아터진 틈바구니에서도 돌잔치를 안 하면 누가 잡아가기라도 할까 봐 꼼지락거리며 큰아이 돌잔치를 했다. 잡채며 갈비 등 내 분수에 넘치게 거하게 음식을 장만했다. 우리가 살던 주공아파트는 방이 좁아서 큰 교자상을 놓게 되면 손님들이 전부 서 있어야 할 정도였다. 그래도 손님들은 꾸역꾸역 들어와서 적당히 낑겨 앉아서 술잔을 들었다. 우리 아기의 영원한 행복도 빌어주며 …

　다섯 살짜리 꼬마를 데리고 우리 집 돌잔치에 온 지인이 있었다. 그는 자기 아들이 얼마나 똑똑한지 두 돌 지나지 않아 한글을 다 깨우치고 지금은 영어를 배우고 있는데 너무 잘해서 자다가도 감탄을 한다고 했다.

"너 저 아저씨가 영어로 뭐지?"

"앙클!"

아비가 묻자마자 아이는 뭘 그런 걸 물어봐 하는 낯빛으로, 음식이든 입을 오물거리며 시큰둥하게 대답했다. 아이의 얼굴을 보니 앞·뒤통수가 튀어나온 게 진짜 영재같이 보였다. 위층 아이 엄마도 자기 아들이 영재라며 으스댔는데 위층 꼬마보다는 이 아이가 더 영재처럼 생겼다. 혼자 노는 폼이 꽤나 영재다웠다. 아이 아비는 아이가 어른들 틈에서 심심해하니까 놀이터에 가서 놀라고 얘기했다.

"어린 앨 혼자 내보내도 돼요?"

누군가 걱정스럽게 말했다.

"전혀 걱정 말아요. 쟤가 집안 심부름은 도맡아서 하는 애예요."

그는 아이의 영재성을 조금도 의심하지 않았다. 사람들이 전부 서서 잡채를 집어먹으며 웃고 떠들고 있었다. 그런데 한 시간 정도 지났을까 관리실에서 어떤 꼬마가 집을 못 찾고 울고 있다는 방송이 나왔다. 그때는 뭐든지 관리소장이 삐익거리는 스피커로 크게 나발을 불어대던 때였다. 온종일 스피커 소리가 삐걱거려도 그게 소음인 줄 모르고 살던 때였다. 인상착의가 방송을 통해 들려오는데 바로 그 영재 아이였다. 아비는 혼비백산해서 관리사무소로 뛰어갔다. 그도 그럴 것이 똑같은 구조의 콘크리트가 일렬횡대로 입을 벌리고 있으니 아이가 집을 못 찾는 건 당연했다. 동호수를 적어서 목에 걸어주지 않으면 제아무리 영재여도 소용이 없었다.

이렇게 똑같은 구조 속에서 남들과 똑같이 살다 보니까 어느 날인가는 내가 숨이 막혀서 호흡곤란을 일으켰다. 하루도 빠짐없이 기계처럼 움직이는 빽빽한 벌집이 갑자기 징그러워졌다. 벌집처럼 각진 지극히 작은 공간, 그것도 똑같이 생긴 장소에서, 똑같은 시각에 만 명 이상의 사람들이 튀어나온다고 생각해 보라. 누군가에 의해 매일 조종당하는 꿀벌처럼 느낄 것이다. 남편이라도 돌아가며 바꿔주면 좀 활력이 생기려나? 천지개벽이 일어나도 그럴 가능성은 없어 보였다.

어느 날 우리는 큰 결심을 했다. 이런 데 살면 아이들도 획일화가 되어서 창의력이 절대로 생기지 않을 거라는 거창한 이유를 대면서 정원이 있는 곳으로 이사를 하기로… 말이 정원이지 그냥 흙을 밟을 수 있는 곳으로 가기로 했다. 그래서 이사한 곳이 어느 회사에서 똑같이 지어놓고 분양한 단독주택단지 바로 옆이었다. 근처 주택단지는 한 가족이 살기에 딱 맞는, 방 세 칸에 마루가 있고, 부엌은 방보다 움푹 들어간 형태로, 내가 어릴 때 살던 집보다 훨씬 작은 형태였다. 여기도 주공아파트와 마찬가지로 성냥갑처럼 똑같은 사각형의 푸른 기와집들이 대문 색깔까지 맞춰서 남향으로 쪼르르 서 있었다. 그러나 겉보기처럼 평범한 이웃들이 아니었다. 그들은 어떻게든지 남들과 다르게 보이려고 무진장 애를 썼다. 손바닥만 한 마당에 과일나무를 심는다거나, 철 대문에 근사한 문패를 붙이든가, 개 조심이라고 써 놓든가 해서 그나마 개성이 드러나도록 안간힘을 썼다. 골목의 폭도 야채 트럭이 지나다니기 딱 좋은 너비였다. 야채 트럭 행상은 어느 회사에 장기근속하듯 매일 정해진 시간에 나타났다. 동네 여인들은 그가 나타나면 야채를 사든 안 사든 트럭 주변으로 모여들었다. 야채 장수는 누구네가 김치 담글 때쯤인가를 귀신같이 알아맞히는 재주가 있어서 어느 틈에 골목의 인기인이 되어있었다.

사람들은 이런 곳을 한전 주택단지, 법무단지라고 친절하게 이름까지 불러주었다. 전형적인 단독주택단지로 한동안은 상점도 없고, 병원도 없고, 그저 깨끗하고 아담한 골목이 큰 장점이었다. 저녁이면 집집마다 담 너머로 찌개 끓이는 냄새가 풍겨 나오고 숟가락 소리와 아이들 떠드는 소리가 들렸다. 봄이면 목련꽃이 화려하게 나타났고, 가을이면 담 너머로 감이 주렁주렁 열리다 못해 제 무게를 못 이겨 저절로 발밑으로 툭 떨어졌다. 터진 감 속에서 보았던 진홍색은 우리가 지금 무척 평화롭고 안정돼 있다고 느끼게 했다. 골목은 개 소리만 간간이 날 정도로 고요하고 아름다웠다. 오래간만에 느긋한 일상을 맞이하게 되어 충만함을 느꼈다. 나는 이 행복이 깨질까 봐 자주 문밖에 나와서 우리 집이 잘 있는가를 확인했다. 골목을 산책하다가 너무 행복해서 심호흡한 적도 있었다. 이렇게 넋 놓고 행복해도 되는 건가 의심이 들 정도로 골목은 평화롭다 못해 권태로웠다. 그러나 내 이웃 사람들은 나와 생각이 달랐다. 여기처럼 개발이 안 되고 지루한 곳이 없다고 매일 불평했다. 아무리 문패를 고딕체로 근사하게 붙여 놓고 진짜 혈통 있는 진돗개를 붙들어 매놔도 성이 안 찼다. 그들은 무척 심심해했다. 여기도 빨리 개발이 되어서 집값이 단박에 올라야 할 텐데… 집주인들은 안달을 했다.

그런데 여인들이 맘만 먹으면 동네가 확 바뀐다는 걸 이사 온 지 얼마 지나지 않아 깨달았다. 어느 날, 그렇게 지루해하던 여인들이 주먹을 불끈 쥐고 일어선 것이다. 그녀들은 아담한 단층집이 수채화처럼 늘어서 있는 걸 꼴 보기 싫어했다. 그림같이 예쁜 모양새는 시대에 뒤떨어졌다고 생각했다. 이 골목에 갑자기 소규모 건설업 바람이 분 것이다.

어디서부터 시작된 바람인진 모르겠으나 야채 트럭 행상이 부르면 낮잠 자다가도 뛰쳐나가던 여인들이 이제 야채 트럭은 안중에 없어졌다. 그녀들은 건설업자들과 불도저 업자들을 찾아 나섰다. 빈번한 공사 때문에 야채 트럭 행상은 골목 안으로 들어올 수 없어서 골목 끝에서 크게 외쳐댔지만, 여인들은 코웃음만 쳤다. 이제 김치 담그는 일은 여인들의 주 업무가 아니었다.

여인들은 너도나도 기존의 주택을 헐어서 색깔도 이상한 빨간 벽돌로 다세대 주택이라는 걸 짓기 시작했다. 야트막한 단층집과 울긋불긋한 벽돌집이 혼재돼 있어서 골목의 모양새는 점점 이상하게 변해갔다. 수도관에서 직접 연결된, 녹물이 섞여 나오는 수돗물 말고 옥상에 놓여있는 노란 물탱크에 저장된 물을 마시기를 간절히 원했다. 맞는 말인지는 모르겠으나 노란 물탱크에 물을 저장해 놓으면 불순물도 가라앉고 염소나 화학물질 따위는 날아가서 좋은 물을 먹을 수 있다는 말이 돌았다. 마치 수도관에서 직접 뽑아 올린 수돗물은 누가 약이라도 탄 거로 생각하는지 물 때문에라도 빨리 집을 헐어야 한다고 주장했다. 옥상의 물탱크 색깔이 왜 노란색인가는 지금도 풀리지 않는 의문이다.

골목은 매일같이 시멘트와 모래와 헐어낸 잡동사니들로 넘쳐났고 아이들은 자전거 탈 골목이 없어져서 이리저리 쫓겨 다녔다. 집의 몇 배 크기였던 목련 나무의 옆구리가 거침없이 베어져서 푸른 기와를 와장창 건드리며 힘없이 쓰러질 때 나는 그녀들이 소름 끼치도록 무서웠다. 불도저 끌고 와서 우리 집까지 뭉개버리자고 할까 봐 밤에 잠을 잘 수 없었다. 나중에 지을 예정인 집주인들은 먼저 지은 집들이 자신의 일조권을 방해한다고 구청에 탄원서를 냈다. 탄원 당한 자들은 탄원한 자들을 고깃집에 오라해서 좋은 게 좋은 거 아니냐고 달랬다. 그래서 길가의 고깃집 능안갈비도 갑자기 문전성시를 이루었다. 잔잔하던 일상이 아수라장으로 변했다. 차분히 걸어 다니던 사람들도 덩달아 보폭을 빨리했다. 사람들 얼굴에 조급증이 보였다. 일시에 공사를 진행하면 일이 년 안에 끝나련만 서로 사는 형태가 다르다 보니 골목은 일 년 내내 대규모 공사 현장이었다. 옆집은 이제 겨우 레미콘이 와서 대기 중인데 먼저 완공한 집들은 벌써 세를 놓기 시작했다. 외지인들이 세를 얻기 위해 하나둘씩 골목에 나타났다. 그들이 끌고 온 삐까번쩍한 자동차가 개어놓은 시멘트를 훌러덩 넘자 시멘트에 바퀴 자국이 선명하게 드러났다. 당연히 옆에서 배드민턴 치던 아이들은 골목 밖으로 쫓겨났다. 아찔한 현상이 매일 벌어졌다. 소음과 자동차 경적과 부동산업자들과 현장 인부들이 골목을 꽉 메꾸었다.

새로 지은 다세대 주택들은 대체로 일괄적인 형태를 가졌다. 그들은 약속이라도 한 듯 일 층과 이 층에 방 두 칸짜리 단독 세대를 두 개씩 도합 네 개를 만들고 삼 층에는 주인이 살기 위해 넓은 독채를 만들었다. 그런데 맨 꼭대기, 노란색 물탱크 옆에는 곁다리로 방이 하나씩 있었다. 준공이 떨어지고 난 뒤 다시 무허가로 방을 꾸미고 조그만 주방 겸 거실도 만들어서 조금 싸게 세를 주는 형태였다. 패널로 급조된 옥탑방은 겨울이면 지독히 추웠고 여름이면 찜통이었다. 그런데 옥탑방에 사는 사람들에게 가장 운수 사나운 일은 주인집의 현관문 앞을 지나쳐야 들어갈 수 있다는 사실이다. 가끔 지나치다가 주인과 마주치면 전기세 독촉을 직접 들어야 했고, 무거운 화분을 안으로 들여다 주는 무보수노동일도 해야 했다. 단독주택에서 소박하게 빗자루로 목련꽃을 쓸던 이들이 무려 여러 세대를 아우르는 집주인이 되었다. 원래 아담한 단층집으로 설계된 골목에 여러 세대가 물밀 듯이 밀려오니 골목은 포화상태였다. 그것도 모자라 슈퍼마켓도 생기고, 약국도 생기고, 비디오 가게도 생기고, 미용실도 쓸데없이 두 개나 생겼다. 젊은 부부들이 세 들어오니 아이들도 버글거렸다. 이제 벚꽃이나 목련은 구경도 못 하고 발에 밟히는 게 자동차였다. 밤만 되면 자동차 경적 소리에 자다 말고 튀어나와서 교통순경처럼 교통정리를 해야 했다. 좁은 공간에 능숙하게 자동차를 쑤셔 넣어주는, 옥탑방에 사는 자전거포 청년은 단연 인기였다. 한동안 자전거포 청년은 골목의 해결사였다. 가로막은 차 때문에 출근을 못 한다고 빼달라고 집주인 여자가 새벽 댓바람부터 옥탑방 문을 두드려댔다. 자가용도 없는 애꿎은 청년은 까치집 머리를 하고 투덜거리며 주인집의 차를 요술 방망이처럼 빼주었다.

성실이란 단어에 그렇게 매료되다니

우리 동네 골목은 이제 붉은 벽돌, 하얀 벽돌이 뒤섞인 요란한 다세대 주택으로 변모했다. 이 골목에 '골목의 해결사' 자전거포 청년이 이사 가고 얼굴이 하얀 노총각이 앞집의 옥탑방에 세 들어 왔다. 희망 비디오 가게 주인이었다. 그는 하도 살살 걸어 다녀서 그가 내 등 뒤에 있을 때 깜짝 놀란 적도 있다. 야, 소리 좀 내고 걸어 다녀! 하고 싶었지만 꾹 참았다.

어느 날 비디오를 하나 빌리려고 비디오 가게 문을 빼꼼히 열었다. 그는 여지없이 졸고 있거나 비디오를 보고 있거나 두 가지 동작 중한 가지를 할 게 뻔하다. 어떻게 생겨 먹었는지 그는 갈 데가 지천으로 있는 서울 한복판에서 허구한 날 비디오 가게에 죽치고 앉아 시간을 죽이고 있다.

"다이하드 투 나왔어요?"

내가 물었다. 그 남자는 그때 에어컨을 켜고도 선풍기에 바싹 붙어서 양손을 난로 쬐듯이 펴서 선풍기 바람을 쐬고 있었다. 사람이 왔는데 일어서지도 않는다. 한여름에 잔뜩 웅크리고 앉아 있다. 에어컨을 켰는데 왜 선풍기를 틀어요? 하고 물었더니 선풍기를 켜야 전기세가 덜 나와요 한다. 이상한 대답이지만 그냥 넘어갔다.

"다이하드 투 나왔어요?"

재차 물었다. 그거 아직 안 나왔는데 그거 나오면 제가 먼저 볼 거예요 한다. 네에, 라고 했지만 속으로는 저놈이 지금 장사를 할 맘이 있는 거야? 없는 거야? 비디오테이프가 나오면 자기가 손님보다 먼저 찜해 놨다고 제가 먼저 본댄다. 하도 가소로워서 헛웃음만 나왔다.

"그럼 두 번째는 나예요. 내가 두 번째로 찜했어요. 근데 결혼은 왜 안 해요?"

"돈 벌어놓고 할 거예요."

내가 생각해도 말이 안 되는 질문을 했지만 그는 성실하게 답해 주었다. 저래서 어느 천년에 돈을 벌겠나?

그는 주인집 현관을 지나칠 때면 현관문이 열려있나 없나 살펴보고 아무도 없을 때 살짝 지나갔다. 자기에게 쏠리는 관심이 싫어선지 고개를 숙이고 도둑처럼 걸어 다녔다. 운동화를 찌그러트려 신고, 셔츠는 한 벌인 것처럼 늘 같은 옷을 입고 다녔다. 그의 뒷모습은 늘 고독해 보였다. 쳐다보기만 해도 가슴이 답답했다. 돈은 벌고는 있는 건가? 돈 벌어서 장가간다며?

또 한 아가씨, 나이는 30대 후반으로 여유가 있었는지 2층의 한 가구를 빌려 혼자 살았다. 그 여자는 미용실 주인이었다. 미용실 아가씨는 비디오 가게 주인과 아주 딴판이었다. 적극적으로 인생을 살았다. 취미생활도 적극적이어서 해보지 않은 레저활동이 없을 정도였다. 뭔가를 배우러 다닐 때는 조그만 미용실을 보조 미용사에게 맡기고 외출했다. 그녀는 결혼할 생각이 전혀 없다면서 마음껏 독신을 즐겼다. 저런 게 화려한 싱글이구나 할 정도로 세상을 두려움 없이 살았다. 그녀의 얼굴은 활짝 핀 목련처럼 행복해 보였다. 그녀는 비디오 가게 주인과 마주치면 안녕하세요? 오늘 날씨가 좋은데요 하면서 크게 반겼지만 비디오 가게 주인은 입만 우물거리다가 얼굴이 홍당무가 되어 지나쳤다. 그래도 아가씨의 그런 태도가 싫지 않은지 이젠 미용실 아가씨가 나갈 때쯤이면 자기도 그 시간에 서둘러 나갔다. 해가 중천에 떠야 슬그머니 일어나던 사람이 변했다. 좋은 징조였다.

동네 여자들은 비디오 가게 주인의 면전에 대고 옷도 좀 사 입고 수염도 매일 깎고 다녀야 여자들이 좋아하지 하면서 선생님처럼 복장 검사와 두발 검사를 했다. 그러면 그는 쑥스러워서 뭐라고 중얼거렸지만 아무도 귀담아듣지 않았다. 그런데 어느 날 보니까 그가 수염을 말끔히 깎고 슬리퍼 대신 구두를 신었다. 약간 달리 보였다. 그러면 미용실 여자는 꼭 알은체했다.

"어머, 그 셔츠 어디서 사셨어요? 잘 어울리네요."

그녀가 잘 어울린다고 칭찬한 세로줄무늬 셔츠는 이제 그의 트레이드 마크가 되었다. 그는 똑같은 셔츠를 마르고 닳도록 입었다. 이렇게 극과 극인 남녀가 같은 대문에서 서로 마주치며 몇 년의 세월이 흘렀다. 동네 여자들은 쓸데없이 둘 사이를 결혼상담소에 등록된 총각, 처녀처럼 저울질하며 감시의 끈을 놓지 않았지만 그들은 아무 일 없이 골목의 터줏대감이 되어갔다. 동네 여자들은 총각이나 처녀가 이사 오면 저 사람들이 짝으로 어울리나 안 어울리나 맞춰보는 걸 좋아했다. 그러나 동네 여자들이 맞춰 놓은 남녀가 눈이 맞는 경우는 한 번도 없었다.

어느 날, 미용실 여자가 초등학교 동창회를 나가더니 거기서 동창 녀석을 알게 되었다고 했다. 그녀는 나에게 파마를 해주면서 그 동창 얘기를 자주 하더니 만난 지 몇 달 만에 결혼한다고 폭탄선언을 했다. 밍그적거리다가 때를 놓친 비디오 가게주인이 안됐다는 생각이 들었지만 축하한다고 했다.

"그 남자는 지금 가진 건 없는데 꽤나 성실해 보여서 결혼을 결심했어요."

아니, 나이 사십이 되도록 가진 게 아무것도 없다니 이게 말이 되나 싶었는데 성실함을 봤다니 다행이다고 하면서도 조금 찜찜했다. 그녀는 계속 그는 가진 건 없지만 성실 하나로 결혼한다는 걸 강조했다.

'자식, 되게 가난한 녀석인가 보네! 여자한테 자꾸 성실과 진실을 강조하는 걸 보니. 그 녀석 무일푼이 맞네 맞어!'

속으로는 그 나이가 다 되도록 뭘 했을까 생각하다가 나의 천박함이 들통날까 봐 입을 다물었다. 성실이라! 세상 물정 모르는 40세 여인이 성실이란 단어에 그렇게 깊이 매료되다니!

드디어 미용실 여자가 결혼을 하고 골목 끝 다세대 일 층으로 이사했다.

비디오 가게 주인은 좋아한다는 감정표현 한 번 해보지 못하고 슬그머니 물러섰다. 그가 할 수 있는 최대의 분노 표현은 세로 줄무늬 셔츠를 벗고 원래의 헐렁한 셔츠로 갈아입고, 수염을 깎지 않은 채, 운동화 뒤축을 구겨신고 돌아다니는 일이었다. 다시 원래의 몰골로 돌아왔다. 동네 여자들이 아무리 잔소리를 해도 소용없었다. 비디오 가게는 점점 손님이 뜸해서 그는 혼자 비디오 감상하는 일로 많은 시간을 보냈다. 일찍 문 여는 것도 시들해서 해가 중천에 떠야 가게 문을 열었다. 미용실 여자는 아무것도 없지만 자칭 '성실한 남자'와 이듬해 쌍둥이 딸을 낳았고, 시골에서 올라온 시어머니가 애들을 봐주었다. 이제 그녀가 부양해야 할 가족이 5명으로 늘어났다. 그녀는 예전의 아름다움은 온데간데없고 '성실한 남자'와 딸린 식구를 부양하기 위해 밤낮으로 일했다. 그렇게 활기차게 하던 인사말도 고개만 까딱이는 거로 바뀌었다. '성실한 남자'는 밖에서 뭘 하는지 코빼기도 안 보이고 미용실 여자만 가게와 집을 오가느라 골목을 바삐 뛰어다녔다. 그러나 그녀의 살림은 '성실한 남자'가 벌어놓은 거 뒤치다꺼리 하느라 점점 쪼그라들었다. 급기야 가게와 사는 집을 전세에서 월세로 돌렸다. 그녀는 몇 년 새 중늙은이가 되었다.

　어느 날 밤, 골목을 지나가는데 아이들 울음소리가 일시에 터져나왔다. 그러더니 남녀가 박 터지게 싸우는 소리가 들렸다. 미용실 여자였다. 급기야 '성실한 남자'가 화를 못 참겠는지 가스통에 불질러 버리겠다고 소리치니까 집주인 할머니가 혼비백산해 달려와서 싸울려면 내 집에서 이러지 말고 운동장에 가서 싸우라고 소리쳤다. 그때는 119도 불만 껐지 남의 싸움에 관여를 안 하던 때라 집주인이 어떻게든 뜯어말려야 했다. 이제 싸움은 오파전으로 번졌다. 주인집 할머니 목소리, 성실한 남자 목소리, 애들 울음소리, 시어머니 목소리, 앙칼진 미용실 여자 목소리.

　미용실 여자는 제 입으로 '나는 성실해요' 떠들어대는 남자가 성실할 가능성이 제로라는 사실을 결혼식 다음 날에야 깨달았을 것이다. 성실은 남들이 붙여줘야 진짜 성실이지 제 입으로 하는 건 가짜일 확률이 높다. 그래도 여전히 미용실 여자는 쾌활했고 동네에서 셈이 바르다고 소문이 났다. 셈이 바르다고 동네에서 소문난 미용실 여자는 '성실한 남자'의 뒤치다꺼리 때문에 비디오 가게 남자에게 돈을 빌렸다. 비디오 가게 남자는 가게 전세금을 빼서 미용실 여자에게 빌려주고 미용실 여자는 하루도 어기지 않고 이자를 건네주었다. 정말 셈이 바른 여자였다.

어느 날 자고 일어나니 새벽부터 골목이 술렁대기 시작했다. 소문의 근원지는 미용실 맞은편 슈퍼마켓이었다. 여자들은 두부와 콩나물을 손에 들고 술렁댔다. 미용실 여자네가 야반도주했다는 것이다. 슈퍼마켓 여자가 호구조사를 하듯 미용실에 돈 빌려준 거 없냐고 오는 손님마다 죄다 물어봤다. 알고 보니 그녀와 돈거래를 안 한 집이 없었다. 하물며 노인들에게도 과하게 친절을 베풀면서 이삼십만 원이라도 거둬갔다는 것이다. 비디오가게 남자는 거액을 털렸다고 소문이 났는데 동네 사람들이 아무리 물어봐도 그는 절대 입을 열지 않았다.

어느 날 그는 가게 앞에 돗자리를 깔더니 그 위에 비디오를 쭈욱 진열했다. 한 개에 500원, 두 편으로 연결된 것은 묶음으로 800원, 3개 묶음은 1,000원씩에 떨이로 팔았다. 햇빛에 반짝이는 플라스틱 테이프에서 그의 비디오 취향이 고스란히 풍겨왔다. 19금 테이프와 전쟁, 액션 영화가 대부분이었다. 그리고 며칠 후 가게 문을 닫더니 한동안 노란 물탱크 옆 옥탑방에서 두문불출했다.

일주일 후, 그는 얼마 안 되는 세간을 묵묵히 소형 트럭에 실었다. 그도 조용히 골목에서 사라졌다.

내 사랑 꼬질이

맞은편 골목길에 살다가 길 건너로 이사 온 지 십여 년 되어간다. 길 하나를 사이에 두고 주소가 달라지는 동네가 비록 여기만은 아니겠지만 양천구민으로 줄곧 살면서 그곳에서 아이들 어린 시절 다 보내고 사차선 도로 하나 건너왔더니 하루아침에 강서구 주민이 되었다.

며칠 전 주민센터로 넘어가는 마을버스를 탈 일이 생겼다. 집 앞에서 버스를 타고 목2동 편의점 앞에서 한 번 더 갈아타면 되지만 옛날에 살던 골목길이 궁금하기도 하고 걷기에도 딱 좋은 날씨여서 양천구의 사랑 슈퍼마켓 앞 골목길을 걸어 보았다. 골목길 초입을 지나 모퉁이를 돌아서는데 털이 누렇다 못해 꼬질꼬질한 늙은 수캐 한 마리가 그늘에서 졸고 있다가 나를 보더니 귀를 쫑긋 세웠다.

"햐, 요녀석! 아직도 이 집에 살고 있네! 야, 너 참 오랜만이다!"

녀석이 이사 가고 싶다고 해서 제 맘대로 집을 옮길 수 있는 것이 아닌데도 그 집에 아직 붙어서 살고 있다는 게 너무 신기해서 자꾸 말을 붙였다.

"야, 너 정말! 예나 지금이나 똑같이 꼬질꼬질하네. 좀 씻고 다녀라."

저를 제대로 돌보지도 않고 구박만 하는 주인과 십몇 년을 동고동락하는 꼬질이를 보자마자 나는 너무 반가워서 악수하자고 손까지 내밀 뻔했다.

꼬질이와 나는 정확히 10년 만의 해후였다. 나는 오랜 친구를 만난 듯 만면에 웃음을 짓고 다가갔지만, 녀석은 제멋대로 엉겨붙은 털로 양 눈을 몽땅 가리고 그르렁 가래 끓는 소리를 냈다. 몸을 일으켜 세우는 것도 귀찮았는지 나를 지긋이 올려보았다. 괘씸한 녀석, 나는 뛸 듯이 반가운데 저는 반갑지 않은가 봐! 털 때문에 눈은 아예 보이지 않았다. 녀석은 개가 갖추어야 할 가장 기본적인 동작, 즉 냄새를 킁킁 맡거나 꼬리를 흔들거나 괜히 그르렁대거나 하는 걸 전혀 하려 들지 않았다. 그저 반쯤 누워 보이지 않는 눈으로 올려다보기만 했다.

"꼴같잖게 도도하기는! 절뚝거리면서도 맹렬히 뛰어다니던 다리는 완치된 건가?"

녀석이 옛날 전성시대였으면 한자리에 있지 않고 미친 듯이 골목을 뛰어다닐 텐데…

꼬질이는 노상 주인 아들 발길에 차였고, 다른 개들한테도 늘 얻어터져서 눈에 피를 철철 흘리고 돌아다니는 일이 허다했다. 그래도 이 세상에 태어난 게 무척 즐거웠는지 동네방네 부지런히 뛰어다녔다.

매일매일 기뻐 날뛰다가 얻어터지는 게 일과였는데… 그러던 꼬질이는 기력이 없어졌는지 옛 친구가 근 10년 만에 찾아왔는데도 본체만 체 하품만 하고 있다. 100킬로 거구의 집주인 아들에게 틈만 나면 발길로 걷어차이고 온종일 이 골목 저 골목 헤매다가도 저녁이면 어김없이 그게 제집인 줄 알고 찾아들어왔다. 꼬질이가 제 주인에게 대접을 못 받으니 동네 사람들 모두 꼬질이를 동네 부랑견쯤으로 하찮게 생각하고 업신여겼다. 꼬마애들도 꼬질이에게 발길질해댔다.

들리는 말에 의하면 현역 시절 모든 암캐의 배 속에 든 새끼들은 죄다 꼬질이가 아버지일 거라고 했다. 동네 사람들은 누리끼리한 털북숭이 강아지가 돌아다니면 제 아비가 꼬질이일 거라고 확신에 차서 말했다. 녀석의 조상이 누구인지는 정확히 알 수 없지만 한시도 가만히 있지 못하고 날쌔게 돌아다니는 거 하며 씻지도 않고 엉겨 붙은 털로 양눈을 가리고 다니는 모양새와 희미하게 누런 털 빛깔은 삽살개와 똥개의 혼혈이 아닐까?

틀린 추측일 수도 있다. 나는 개의 족보에 관한 한 아주 문외한이다.

오랜만에 살던 동네에 들어서니 감회가 새로웠다. 양 길가의 주민들은 국경을 넘듯 양천구와 강서구를 매일 넘나들었다. 초등학생들도 아침이면 양천구의 집에서 나와 강서구의 학교로 갔다가 오후에 양천구의 집으로 들어갔다. 저녁이면 다시 축구공을 들고 강서구의 학교에 가서 축구를 했다. 주말이 되어도 딱히 갈 곳이 없기에 사랑 슈퍼

근처 주민들은 배드민턴 채를 들고 강서구 봉제산으로 올라가서 강서구 주민들과 놀다 왔다. 사월 초파일이면 우르르 강서구 법성사에 몰려들어 기왓장 한 개에 식구들 이름 줄줄이 써놓고 비빔밥을 얻어먹고 돌아온다. 우리는 양천구에 살면서 웬만한 아이들 예방접종은 죄다 강서구 보건소에서 마무리했다. 여기 사람들은 양천구 보건소가 어디에 붙었는지도 모른다. 우리는 양 구를 잇는 독일빵집 앞 횡단보도를 건널 때면 국경을 넘는다고 우스개로 말한다. 그 빵집 이층은 여호와의 증인의 예배당이자 그들의 베이스캠프로 유명했다. 국경을 넘나들어 이사 와서 달라진 걸 굳이 대라면 딱 하나 있다. 국회의원 선거 때 이번에 신기남이 나올까 금태섭이 나올까로 인물을 바꿔 생각하는 거 말고는 딱히 달라진 게 없다. 두 분에게 죄송하지만 우리끼리 있을 때는 '씨' 자를 절대 붙이지 않는다. 길 건너 앞집 동네 어떤 후보가 좀 성에 안 차면 우리와는 아무 상관이 없는데도 자기 동네 국회의원 뽑는 것처럼 저 사람이 당선되면 절대 안 된다고 열을 올렸다.

양쪽 주민들이 남의 동네까지 가서 즐길 일은 별로 없지만, 여의도 강변을 파서 만든 인공 수영장에 가서 하는 물놀이는 몇 번 한 적이 있다. 326번 버스 맨 뒷자리에 아이들을 쪼르륵 앉히고 수영복과 먹을 것을 싸 들고 나섰다. 우리는 주변에 나무 그늘은커녕 가림막 하나도 없는 순진무구한 땡볕을 맨몸으로 받아내야 했다. 하루만 갔다 와도 발리 바닷가에 가서 보름 동안 해수욕을 즐기고 온 것처럼 전신이 새카맣다 못해 반들거렸다. 발리가 아니라 세부 해수욕장에 갔다 왔다고 해도 믿을 정도로… 아이들이 웃을 때면 흑인처럼 이가 눈부시게 빛났다.

회색 담장으로 떡 버티고 서서 시야를 가로막았던 길 건너 국군통합병원이 드디어 대이동을 한다는 소식이 들렸다. 이어서 밤나무가 정글처럼 무성했던 그 자리에 아파트가 들어선다고 조합원 모집 광고가 크게 나붙었다.

그 소식을 듣자 우리 동네 사람들은 하나같이 흥분했고 줄을 서서 계약서에 사인했다. 뒤도 안 돌아보고 사인을 한 이유는 그들에게 가슴 아린 추억이 하나 있어서다.

우리 동네는 여름만 되면 지긋지긋한 물난리를 겪는 안양천변의 단독 주택에 살던 사람들이 많이 이주해왔다. 십수 년 지긋지긋하게 팔리지 않던 주택이 택지개발촉진법으로 낼름 팔리니까 신기하기도 하고 기회는 이때다 싶어 아파트 딱지 대신 현금으로 신나게 처분하고 이곳에 둥지를 틀었다. 그때는 딱지고 뭐고 물난리에 신물이 나 있었다. 작자가 있을 때 팔자고 우르르 팔고 바로 옆 동네인 우리 동네로 이사 온 주민이 대다수를 이루었다. 죽어라고 안 팔리던 주택이 희한하게 술술 팔렸다.

“저거 아파트 지어봤자 3층까지는 물이 찰 거고 그러다 보면 아파트가 부실해지지."

"아이구! 팔구 나오길 백번 잘했지!" 하며 미련하게 끝까지 남은 사람들을 비웃었다. 그들은 살던 동네에 아파트가 들어서봤자 물난리 때문에 민원이 올라오고 또 연판장 돌리고, 몇 년을 질질 끌고… 그런 건 생각만 해도 골치 아프다고 했다.

그런데 그들이 주택을 팔고 나오자마자 분통 터지는 일이 생겼다. 서울시가 대대적으로 수해방지시설을 만들고 대규모 아파트를 조성한다고 했다. 그때까지도 원주민들은 '저 아파트가 물난리 겪는 건 시간문제야. 봐라, 금방 똥값이 되지' 하면서 이사 오길 잘했다고 조석으로 되뇌었다.

"저 아파트는 수해 지역에 모래를 쌓고 날림으로 지은 거라 금방 금이 가고…"

여우의 신포도처럼 되뇌었다. 그런데 서울시는 그들을 약 올리기라도 하는 듯 단시일에 대규모 아파트 조성이라는 목표 아래 안양천변 수해 방지를 근래 보기 드물게 튼튼하게 했다. 튼튼한 배수 시설과 절대 무너지지 않을 성벽처럼 둔덕을 쌓았다. 이번엔 절대 수해 같은 건 없다고 정부 기관 사람들이 공사 현장을 자꾸 들락거리고 대대적인 선전을 해대니 슬그머니 부아가 올라왔다. 더 열 받는 건 진명, 양정 등 최고의 학군을 고스란히 옮겨다 주고, 열병합 발전소다 뭐다 해서 기간 시설을 국내 최고로 만들었다. 원주민들이 물난리 난다고 아우성칠 때는 담요 한 장 달랑 주더니 그들이 못 살겠다고 싹 이사하고 나니 대우가 달라졌다.

그러더니 눈 깜짝할 새 국내 최대 규모 아파트 단지인 목동신시가지를 일사천리로 건설했다. 아파트 값은 자고 일어나면 몇 배로 치솟으니 동네 주민들은 그만 가슴에 열불이 나서 불면증이 다 생겼다. 엉덩이가 무거워 그냥 눌러앉았던 옆집에 살던 여자와는 눈 깜짝할 새 격이 달라졌다. 옆집 여자 얼굴이 도도해 보였다. 왜 저렇게 국보위의 국가에서 저 동네에 공들이는지 알다가도 모를 일이었다. 정말 염장 지르는 일이었다. 이런 분통 터지는 일을 한 번 겪고 나더니 주민들은 자연히 학습이 되어서 세상 물정에 똑똑해졌다.

또 한 번 기회가 찾아왔다. 국군통합병원이 있던 드넓은 대지에 아파트가 들어선다고 했다. 바로 눈앞에서 요지에 대규모 분양이 있다니까 정신 바짝 차리고 줄을 섰다. 동네 여자들은 두 번 다시 이런 기회는 오지 않을 거야 다시 저번 같은 실수는 절대 하지 말아야지 다짐했다.

외지사람들이 와서 긴가민가하며 계약을 망설일 때, 우리 동네 여자들은 군인들이 군용트럭을 타고 줄줄이 이동하는 것을 두 눈으로 똑똑히 본 터라 이건 우리만 아는 틀림없는 횡재라 여겼다. 외지인들이 알아차리기 전에, 뒤도 안 돌아보고 계약을 했다. 넉넉잡고 이삼년만 기다리면 만사형통이었다. 그런데 뒤로 자빠져도 코가 깨지는 일이 생겼다. 그만 IMF라는 게 터져서 초창기 분양회사가 삽을 뜨기도 전에 망해버려 동네 사람들을 공황 상태에 몰아넣었다. 우여곡절 끝에 다른 건설 회사가 인수했지만 분양이 안 돼서 공사가 중단된 채로 몇 년째 우범 지역처럼 불이 꺼져있었다. 가을이면 통합병원 담 너머로 사과알만 한 밤톨이 툭툭 떨어졌는데 아무도 거들떠보지 않았다. 한국 IMF 경제 위기 때 몇 손가락 안에 꼽힐 정도로 큰 기업들이 픽픽 쓰러지는 걸 보고 동네 사람들은 다시 우르르 몰려가 계약을 해지하고 돈을 돌려달라고 했다. 큰 회사는 역시 달랐다. 자기들도 어려울 텐데 어렵다 소리 일절 안 하고 돈을 돌려주었다. 이상하게 돈을 순순히 돌려주었다. 돈을 쉽게 돌려받은 사람들은 IMF 경제위기가 천년만년 갈 줄 알았다. 당시 계약을 해지했던 양쪽 구의 주민들은 대기업이 땅만 차지해놓고 손을 놓은, 텅 빈 통합병원을 지나갈 때마다 손가락질하며 한마디씩 했다.

"저거 분양이 안 돼서 똥값인데 사는 놈이 바보지."

"요즘 같은 시기에 있는 것도 팔아치울 판인데."

이 말속에는 그들이 계약금 돌려받길 천만 번 잘했다는 소리로 들렸다. 텅텅 비어있는 울타리를 넘겨다보며 회심의 미소를 지었다.

그런데 이들이 비웃고 있는 사이, 나라에서 손꼽는 재력을 가진 건설회사는 그 땅을 10년 동안 소리 없이 움켜쥐고 때를 기다렸다. IMF 경제 위기도 무사히 지나갔다. 세상만사 모든 일에 시간만 한 해결사는 없다고 했다. 그들은 이제 때가 되었다고 판단했는지 아파트를 분양한다고 대대적으로 홍보했다. 전국 각지에서 난리가 났다. 이 아파트 분양받기가 부자가 천국에 가는 것보다 더 어려워졌다. 동네 사람들은 집단 공황 상태가 되었다. 골목길에 쫙 뿌려진 홍보 전단을 꼬질이가 신나게 밟고 돌아다녔다. 계약을 해지한 골목 사람들은 부아가 나서 일부러 전단을 못 본 체했다. 이건 신 포도도 아니고 그냥 혼란 상태였다. 동네 사람들은 일부러 그쪽을 쳐다보지 않았다.

통합병원 사건이 잊힐 때쯤 이번에는 양천구 골목길, 정확히는 사랑 슈퍼 동네를 재개발한다고 또 한 번 들썩거렸다. 재개발추진위원회가 거창하게 발족되고, 통장이 찬반 연판장을 집집마다 돌렸다. 이때 통장들은 죄다 뛰어다녔다. 꼬질이를 비롯한 동네 개들도 덩달아 뛰어다녔다. 어제가 오늘 같고 오늘이 어제 같던 나른한 골목이 모처럼 활기를 띠었다.

처음에는 당장이라도 재개발될 것처럼 추진위원회 사무실에 사람들이 바글거리고 누구네 집을 외지인이 와서 두 배를 주고 샀다더라는 소문이 났다. 정작 누구네 집인지 실체는 없었다. 그러면서 소문만 무성한 채 무한정 세월이 흘렀다. 이제 외지인 얘기는 사람들 입에서 슬그머니 사라졌다. 어느 날은 가보니 누가 떼어갔는지 추진위원회 간판도 사라져버렸다. 기다리다 지친 주민들은 이번엔 찬반양론으로 갈렸다. 대다수를 차지하는 찬성파들은 몇 프로 이상만 찬성하면 일사천리로 재개발이 될 텐데 왜 안 하느냐고 목에 핏대를 올렸고, 노인들이 다수인 반대파들은 그냥 다세대 지어서 월세 받아먹으면 세상 편하고 좋은데 골치 아픈 일을 왜 하느냐고 했다. 노인들이 박박 우기면 그거 아무도 못 말리는 걸 우리는 피부로 안다.

"세탁소 옆집 주인이 자기 집 헐어내고 빌라를 짓는다니까 주민들이 우르르 몰려가서 빌라를 못 짓게 막았대요."

"그 사람들은 재개발을 찬성하는 사람들일 테지"

"반대하는 사람들은 내 땅에 내가 짓는데 왜 막냐고 싸움이 크게 붙었대요. 그 사람 입장도 이해는 가요. 어느 천년에 그걸 기다리겠어. 당장 실속 차리는 게 백번 낫지."

이건 재개발과는 아무 상관이 없는 길 건너 구민들의 대화다. 그들은 누구보다 앞 동네에 관심이 많아서 맞은편 구민들의 일거수일투족에 촉각을 곤두세웠다.

이렇듯 양쪽 구민들은 국가에서 억지로 갈라놓았지만 서로 얽히고 설켜 있다. 나도 그 동네를 지나치고 올 때면 꼭 남편에게 한마디씩 소식을 알려준다. 교회 옆에 있는 주택들 다 부수고 뭐 짓던데? 그게 시장통으로 연결된 걸 거야. 남편도 그래? 하면서 눈을 동그랗게 뜬다. 무슨 이슈가 생기면 양쪽 구민 모두가 궁금해하고 해결하려고 달려든다.

나는 아직도 커다란 남부시장을 놔두고 좁아터진 목동시장을 애용한다. 두 사람만 지나가도 엉덩이를 부딪치는 골목 시장이지만 그곳은 어디쯤 배추 파는 곳이 있고, 어디쯤 생선가게가 있는지 눈 감고도 갈 수 있다. 길 건너로 이사 온 지 10년이 넘었지만 목3동의 세탁소와 수선집, 미용실을 바꿀 생각이 없다. 그들이 망하지 않는 한 죽을 때까지 이용할 생각이다.

재개발 얘기가 사그러들어서 꼬질이가 신명을 잃었는지 영 기력이 없어 뵈고 옛 친구를 반겨주질 않는다. 나는 재개발이 제 목소리를 잃어가고 있는 것보다 꼬질이가 세상을 재미없어하는 게 더 안타깝다. 꼬질이가 얻어터지고 쏜살같이 뛰어다니는 일을 더 이상 볼 수 없어 슬프다. 매일매일 축제처럼 뛰어다니던 꼬질이가 그립다.

간결함을 지나치게 좋아하다

나는 요즘 가벼운 심리학책, 와타나베 요시유키의 『유쾌한 심리학』
이나 로버트 치알디니의 『설득의 심리학』 이런 것들에 푹 빠져있다. 특
히 정신과 의사들이 쓴 가벼운 책은 아무리 읽어도 질리지 않는다.
문요한의 『굿바이 게으름』, 하지현의 『도시 심리학』 따위가 여기에 속
한다. 그 내용이 그 내용인데도 뭐에 홀렸는지 벌써 몇 권째 저자만
다르지 내용은 비슷비슷한 책을 계속 읽고 있다. 읽으면서도 그래 바
로 나였어. 이거 나네! 나야! 순전히 내 얘기야! 무릎을 치면서 오두
방정을 떨고 있다. 확실한 나인데 확인병에 걸린 사람처럼 책을 통해
나의 정체성을 거듭 확인하고 있다. 한참 읽다 보면 자기 이해에 목마
르게 애걸하는, 정서의 부조화, 그 결정체가 바로 나인 것을 알게 된
다. 이때의 나는 확 낯설다.

나는 군더더기 없는 걸 지나치게 좋아한다. 쉽게 말해서 골치 아픈

건 딱 질색이라는 소리다. 누가 말을 길게 하면 중간에 자르고 싶은 충동을 몇 번 느끼지만 예의상 참고 듣는다. 내가 귀를 후벼 파는 시늉을 하면 본론만 말하라는 뜻이다. 옷에 프릴이나 리본이 달려있으면 남들은 예쁘니까 그냥 놔두라고 성화지만 조금 다니다 보면 걸리적거리는 게 자꾸 신경이 쓰여서 딴 일을 할 수가 없다. 결국 떼어내고 나서야 하던 일에 몰두할 수 있다.

목에 꽉 끼는 티셔츠는 최악이다. 내 목을 졸라매는 것 같아 온종일 아무 일도 할 수 없다. 어느 추운 날, 기어이 공중화장실에 들어가서 안에 입은, 목까지 올라오는 티셔츠를 벗어서 가방에 구겨 넣은 적이 있다. 그날은 속옷 위에 헐렁하게 겉옷만 입고 추위에 벌벌 떨며 볼일을 봤다.

또 하나 특이한 병이 있다. 약속시각에 늦는 걸 극도로 싫어해서 약속한 시각보다 10분이라도 먼저 가서 서 있어야 안심이 된다. 남이 늦게 오는 건 아무렇지도 않다. 그건 그냥 기다리면 되니까 오히려 마음이 편하다. 이상하게 상대방이 늦게 오면 화가 나기보다 느긋한 그의 성격이 부러울 따름이다. 그러나 도가 지나치게 늦게 도착해 놓고도 말짱한 얼굴로 나타나는 친구도 있다. 어쩜 그렇게 아무렇지도 않을 수가 있을까? 제 볼일 다 보고 무려 한 시간이나 늦게 오고도 전혀 미안한 흔적 없이 깨끗한 얼굴이다. 그녀는 늦게 와서 남이 말할 틈도 주지 않고 혼자 실컷 떠들다가 공짜로 얻어먹고 간다. 원래 실컷 떠든 사람이 그날 밥값을 내는 게 우리끼리의 상식인데 그녀는 간단히 깨버린다. 감탄을 금할 수 없지만 그래도 마음은 평온하다. 그런데 내가 늦는 건 이상하게 조바심이 도를 넘어 불안증세를 느낀다. 예정된 시간보다 늦어져서 헐레벌떡 뛰어갈 때면 심장이 폭발할 것처럼 뛰고 안절부절못한다. 이때 운전이라도 한다면 사고 나기 안성맞춤이다. 시간을 잘 지키는 일이 뭐가 나빠? 이렇게 항변하겠지만 그때 내 심장 박동 소리를 들었다면 그렇게 함부로 말할 일이 아니다. 이건 아무리 좋게 생각해도 중병이 틀림없다.

나는 또 지나치게 효율성을 강조한다. 일 처리 방식이 명료해야 쾌감을 느낀다. 단순 명쾌, 어줍잖게 쾌도난마란 단어도 자주 들먹인다. 암튼 효율적이지 않은 일에는 마음이 움직이지 않는다. 특히 제사나 제례 의식에 크게 마음이 동하지 않는다. 음식 만드는 일에 많은 시간을 빼앗기는 걸 그다지 좋아하지 않는다. 김장하는 것도 번거로워서 시어머니가 돌아가신 이후로 하질 않는다. 거실 바닥에 물건들이 늘어져 있는 것을 아주 싫어해서 안 보이는 곳에 치워놓으면 내 가족들은 찾느라고 난리다. 남의 물건 제발 좀 만지지 말라고, 숨겼으면 어디 치워놨는지 공책에 적어놓으라고까지 한다. 엄마가 어디에 잘 보관해 둔 것은 못 찾을 확률이 90%라고 아이들이 통계까지 내놓는다. 너무 신속함을 주장하다 보니 마무리가 꼼꼼하지 않아서 낭패를 본 일도 많다. 침착하지 못하고 덤벙댄다. 이건 효율에 반하는 일인데도 나는 효율이라 박박 우긴다.

전기밥솥의 보온상태가 예전 같지 않고 밥이 금방 말라버렸다. 전기밥솥이 이상해서 그것으로 밥을 안 한 지 여러 달 되었다. 나의 병이 또 도졌다. 밥솥이 제 기능을 안 하고 주방의 요지를 차지하고 있으면 내 상식으로 그건 말이 안 되는 거다. 그걸 치우고 그 자리에 커피머신을 놓으면 주방도 넓어 보이고 좋겠다 싶었다. 밥이야 압력솥에 하면 되니까. 버리는 걸 아주 싫어하는 남편 몰래 후딱 버렸다. 버리기 분야에서 둘째가라면 서러울 정도다.

후딱 버리고 나서 꼭 이틀 뒤, TV에서 흑마늘 만드는 법을 방송하는 게 아닌가!

절대 새 밥통에 하지 말고 꼭 못 쓰는 헌 밥통에 하라고 신신당부하는 게 아닌가! 전기밥솥 흑마늘은 매운맛은 사라지고 쫀득한 식감과 시큼한 단맛으로 2주 정도면 완성된다고 했다. 검은색의 통 흑마늘에는 항암 효과, 알리신 성분, 온갖 좋다는 영양성분이 다 들어 있었다. 아뿔싸! 이틀 전에만 방송했어도 안 버리는 건데! 이런 낭패가 어디 있나? 버리자마자 방송에서는 기다렸다는 듯이 헌 밥통을 사용하라고 요란하게 떠들어댔다.

사실 여름에 마늘 한 상자를 지인이 보내와서 우리 부부는 이 많은 마늘을 다 어떻게 처리하나 고민 중이었다. 속절없이 썩어가는 마늘을 헌 밥통을 가지고 흑마늘을 만들었더라면… 마늘도 어느 정도 소비되고, 건강도 챙기고, 헌 밥통도 재활용하고. 우와! 버린 걸 가슴을 치며 후회했다. 저걸 남편이 보면 밥솥을 찾을 게 뻔하다. 그에게 '알토란'인가 하는 프로를 절대 보게 해선 안 된다. 사생결단으로 막아야 한다. 그런데 TV 종편이란 게 얼마나 웃긴지 보기 싫다고 해도 억지로 봐야 한다. TV만 틀면 종일 재방송을 하고, 오밤중에도 쉬지 않고 재탕, 삼탕, 사탕을 한다. 흑흑. 어딜 가나 흑마늘 얘기, 그만 좀 떠들어댔으면 좋겠는데… 심지어 다음날 스마트폰에도 헌 밥통을 이용한 흑마늘 만들기가 나온다. 반짝반짝 화면이 춤을 추며 손가락으로 빨리 눌러보라고 성화다. 환장할 노릇이다. 비단 밥솥뿐이 아니다. 나의 경솔함은 우리 집 곳곳에서 유감없이 발휘된다.

내가 입으로, 또는 글로 소소한 일상의 행복을 떠들어대지만 사실 내게는 꼴같잖은 권력욕도 있다. 강한 자가 내 앞에 있으면 그에게 빌붙어보려고 아부까지 한다. 겉으로는 안 그런 척해도 속으로는 건방을 떨고 약간 거들먹거린다. 약한 사람을 관용으로 감싸라는 공자님 말씀을 잊은 채 조그만 권력을 휘두를 때도 있다. 정의롭지 못하다. 나는 이런 성격이 아주 싫다. 나도 내가 일 처리가 아주 꼼꼼하고, 할 말이 있어도 전후좌우를 살핀 다음에 내뱉고, 강한 자에게 빌붙지 않고, 약속 시간에 조금 늦더라도 안달복달하지 않는 침착한 사람이었으면 좋겠다.

얼핏 보기에 단순한 일처럼 보이지만 심리학자들의 말을 종합해 보면 나는 정서적 문맹일 가능성이 높다. 말도 안 되는 핑계를 대자면 성격이 급하다 못해 자식들이 신고 있는 양말까지 벗겨서 한겨울에 빨래하는 어머니와 게을러터진 우리를 느긋하게 기다릴 줄 아는, 한없이 자애로운 아버지 밑에서 자랐으니 우리 형제들은 누구의 편에 서야 할지 갈피를 못 잡고 성장했을 가능성이 높다. 다른 형제들보다 부모의 온도 차를 심하게 느낀 나는 심리학자들의 말에 의하면 무의식 깊숙이 억압되어 가라앉아있던 기억하지 못하는 수면 아래의 기억으로 인해 지금의 현상이 나타난 거라고 하는데 그 오래된 이론에 고개를 끄덕인다. 소심하게 결론 내자면 무의식에 숨어있는 기억의 실체를 끄집어내서 정신분석적 치료를 해야지만 이런 이상한 성격이 고쳐질 거라고 한다.

나는 많이 흔들리고 귀가 무척 얇은 불완전한 인간이다. 때론 내가 내뱉은 말 때문에 창피해서 얼굴이 홍당무가 되고, 나중에 그 생각을 하면 얼굴을 가리고 싶은 적이 한두 번이 아니다. 그래도 그게 나인데 어쩌겠는가! 다시는 그러지 말아야지 하면서도 실수를 반복하고, 아이큐 두 자릿수처럼 행동하는 일이 다반사이다. 그래도 '걱정 안 하기 DNA'를 물려주신 아버지 덕분에 여태 무탈하게 살아왔다.

이 세상에 복잡하고 어려운 일이 얼마나 많은데 그게 뭔 대수야! 그 정도 안 겪고 자란 인간은 무균실에 갇혀 살아야지 어디 세상 밖으로 나오겠어? 사람들은 이렇게 쉽게 말할지도 모른다. 그러나 당사

자만이 알고 있다. 자신의 심각한 결함을.

성인이 되면서 내 성격을 개조해보려고 여러 가지 시도를 해봤지만, 태생이 그러니 별 진전이 없다. 차선책으로 남편감만은 나와 반대인 아주 꼼꼼하고, 의리 있는 남자였으면 하고 바랐다.

"신이시여! 내 남편은 꼼꼼하고, 매사에 신중하고, 혈액형도 O형이 아닌 A형인 남자를 주소서! 우리끼리 하는 말로 그런 남자가 걸리게 하소서! 그는 나처럼 맘에 들면 그 자리에서 후딱 사버리고 금방 후회하는 사람이 아니었으면 합니다. 제발 신중한 사람이 동반자가 되게 해주소서!"

그런 남자 만나게 해달라고 새벽에 정안수만 안 떠놨다 뿐이지 치성을 올린 거나 마찬가지로 빌었다.

드디어 신의 계시가 왔다. 내가 믿는 신은 어쩜 그렇게 신통방통한가! 신은 정말 능력자였다. 하나부터 열까지 나와 닮은꼴이 전혀 없는, 매사에 진지한 A형 남자를 만나게 해주었다. 죽을 때까지 성실할 준비가 돼 있는 남자가 나를 구원해 주었다. 그의 얘기를 하자면 사흘 밤을 꼬박 새워도 모자라지만 결론은 하나다. 나와 정반대라는 거. 뭐든지 버리는 나도 중증 환자이지만 제 손에 든 건 절대 놓지 않는 나의 남편도 그다지 정상이라고 보기는 어렵다. 상표도 안 뜯은 걸 필요 없다는 이유로 일 초의 망설임 없이 버리는 나와는 아주 상극이다.

그는 심각하게 진지하다.

필요 없이 365일 성실하다.

별 중요치 않은 사항에도 생뚱맞게 열과 성을 다한다.

그의 날카로운 콧날과 양미간의 주름은 평생 열과 성을 다하겠노라고 쓰여 있다.

그가 필요한 물건을 사려고 할 때의 그의 행동 패턴을 자세히 관찰하였다. 이럴 때 그는 두 가지 행동을 한다는 결론이 나왔다. 그의 특기인 고르고 또 고르는 건 기본이다. 고르다 고르다가 결국 안 사는 쪽으로 결론을 내거나, 사려고 맘먹었을 때는 이미 타이밍을 놓친 후다.

그러면 나의 행동 패턴은 어떤가? 마음에 들면 그 자리에서 사버리고 집에 도착하자마자 후회한다. 한 마디로 우리는 둘 다 비정상이다. 그래서 이번에는 제발 두 사람을 반반씩 닮은, 모자라지도 넘치지도 않는 정상인 아이가 태어나게 해달라고 빌었다. 아이들에게 내 콤플렉스를 절대 물려주고 싶지 않아서다. 나는 지치지도 않고 빌었다. 아이들은 반반씩의 유전자를 적당히 물려받아 아주 사리가 분명하고 이치에 합당하게 행동하는 정상적인 아이들이기를 기도했다. 드디어 둘 사이에 자식들이 연달아 태어났다. 그런데 신께서는 세계평화를 위해 힘쓰시느라 아이들을 두루뭉술 만들어주셨다. 하나님이 어째 밍그적거리는 게 좀 이상하다 싶었다. 내가 그렇게 빌었건만 내 의도와는 정반대로 만들어주셨다. 하나는 복잡한 건 싫어하고 모든 일을 쉽게 하는 편이고, 하나는 답답할 정도로 결정 내리는 걸 힘들어한다. 내가 우리 자식이라 이 정도로 말한 거다. 실상은 더하다. 둘이 합하면 아주 이상적인 아이들이었을 텐데 어쩜 나와 똑같이 닮은 아이와 저쪽과 일 밀리의 오차도 없는 아이를 이 세상에 내보내다니 하느님도 무심하시지! 해도 너무했다. 나 같은 애가 태어나지 말아 달라고 빌고 또 빌었건만.

여름휴가 막바지에 뜻하지 않은 허리 골절로 꼬박 한 달 동안 병원 신세를 졌다. 간호사들이 내 허리에 딱딱한 갑바를 채워놓고 옴짝달싹도 하지 못하게 하니 이런 고문도 없다. 밤중에 깨서 오줌 누러 갈 때 불편해서 침대 난간의 사이드 가드를 내려놓았더니 간호사가 화들짝 놀라며 양쪽으로 올려서 꽉 채우고 갔다. 자다가 떨어지면 절대 안 된다고 말하며. 가로세로 2㎡ 감옥에 갇혀버렸다. 한동안은 허리를 구부릴 수도 없고 의자에 앉을 수도 없었다. 친구가 찾아와도 마주 앉아 얘기할 수 없어 우울했다.

바닥에 휴지가 떨어져도 남의 손을 빌려야 했다. 갑옷 같은 허리 보호대를 하고 복도를 어슬렁거리다가 정수기 앞에서 물을 마셨다. 그런데 종이컵을 휴지통에 던진다는 게 잘못 조종하여 그만 바닥에 툭떨어졌다. 아차 싶어서 뒤돌아보았다. 뒤쪽에서 마대로 바닥을 밀고 있던 청소 아주머니가 마대질을 멈추고 나를 째려보았다. 도로 주워담지 않으면 마대를 들고 나에게 휘두를 기세이다. 째려보는 그녀가 너무 무서워서 오금이 저렸다. 안간힘을 써서 주저앉아 종이컵을 간신히 주워서 쓰레기통에 던져놓고, 탁자를 꼭 붙들고 일어났다. 미화원 아주머니는 그제야 시선을 거두고 부지런히 바닥을 문질렀다. 할수 없이 친구에게 다이소를 뒤져서라도 기다란 집게 하나 사 오라고 부탁했다. 친구가 일 미터 길이의 집게를 사왔는데 생긴 모양은 우스워도 종이컵이나 떨어진 휴지를 주워 올리는 데는 안성맞춤이다. 미장원에 가질 못해서 머리는 제멋대로이고, 허리엔 보호대를 차고, 우스꽝스러운 집게로 휴지와 수건을 집어 올리면서 병실 복도를 서성이니 내 모습은 꼭 심술궂은 마녀 같았다. 예전에는 행복인 줄 몰랐던 소소한 일상이 사라져서 몹시 우울했다. 원인은 여성 호르몬 부족에 따른 골다공증이 조급한 내 성격과 맞물려 이런 사태가 벌어진 것이다.

내가 불필요한 건 생략, 생략 외치면서 살다가 어느 날 뒤돌아보니 내 삶이 무미건조해지고 있었다. 행복도 몽땅 생략하고 있었다. 아이들도 제 갈 길로 떠나간 집은 적막 그 자체이다. 내 몸속에서 점점 소멸하여 가는 에스트로겐처럼 집 안에 있던 아이들의 흔적도 하나둘씩 사라지고 있다. 물건을 사용할 아이들이 없으니 물건 버리기는 더 심해져서 이젠 텅 빈 책장과 청소도구하고만 대화를 나눈다.

"제발 좀 늘어놓지 말고 치우고 살아라!"
얼마 전까지 식구들에게 내가 늘 건넸던 대화다. 자기들도 꽤 듣기 싫었을 것이다. 내다 버리는 짓 그만하고 그냥 늘어놓고 살게 놔둘 걸 하는 후회가 든다.

'과일나무의 가지치기를 너무 많이 하면 아예 열매가 달리지 않는다'고 했다. 이는 이름 없는 농부의 말을 빌려서 정신과 의사 문요한 이 책에서 한 말이다. 이 말을 내가 한 번 더 빌려 쓴다. 나도 가지치기를 너무 많이 했다. 오늘부터 기도 제목을 바꿨다.

이런 소소한 일상이 다시는 사라지는 일이 없게 하소서!

내 성격을 고치면 된다고? 그건 좀 힘들 겁니다.

영원과 사랑의 대화

2017년 1월 1일 일요일 오전 6시.

새해 벽두부터 누군가 사람들에게 둘러싸여 있었다. 대체 누구이 길래 사람들이 저래 벌떼처럼 모여들었나 궁금했다.

안경을 쓴, 지극히 인문학적인 얼굴을 가진 남자가 머리를 푹 숙이고 있어서 진짜 표정을 알 수 없었다.

앗! 그가 맞다. 분명히 그가 맞다.

나는 그가 쓴 책을 통해서 그를 내 맘대로 판단했더랬다. 저런 사람과 햇살이 비치는 테라스에서 세상 돌아가는 얘기, 서로 좋아하는 작가 얘기, 나는 문외한이지만 그가 푹 빠져있다는 게임 세상의 얘기를 나누면서 브런치를 먹으면 어떨까? 나는 주로 듣는 쪽이겠지만. 이런 야무진 생각도 했다. 저쪽은 꿈도 안 꾸고 있는데.

아, 그런데 그가 수갑에 묶여, 무심한 표정을 한 사람들, 아우성치는 사람들, 카메라를 코앞까지 들이대는 사람들에게 둘러싸여서 오도 가도 못하고 있다. 그의 글을 읽으면서 그의 인문학적인 데이터베이스는 어디까지일까? 생각해 본 적도 있다. 그런데 그가 자신이 가르치는 학생의 숙제와 출석을 대신해 주는 류철균이란 인물로 끌려가고 있었다. 이제 세상 사람들은 방금 전까지 대학교수와 소설가와 평론가와 게임매니아의 신분이었던 그를 낱낱이 까발릴 준비를 하고 있다. 그의 생각, 이인화로 써낸 그의 작품, 류철균으로 발표한 그의 평론, 그가 열광하는 게임 세상의 얘기들, 이제 그의 행적은 하나도 빠짐없이 세상에 적나라하게 드러날 것이다. 하루 24시간이 지나기도 전에 인터넷에선 벌써 그의 신상을 탈탈 털고 있다.

아! 나의 임은 이렇게 허망하게 철창 속으로 끌려갔다. 새해 연하장이 날라오기도 전에. 혼란스럽다. 이 파장은 언제쯤 잠잠해지려나!

머리를 식히려고 어제 신문을 들여다본다. 2016년 신문의 마지막 일자 북 섹션. 앗! 여기에도 놀라운 사실이 있었다.

이인화 얘기만큼이나 나를 놀라게 한 사건이었다. 여기에 노철학자 김형석 교수가 등장하는 게 아닌가? 나의 첫사랑 그가 나타나다니! 나는 언제부터인가 다른 사람을 사랑하느라 그를 까마득히 잊고 있었다. 죄송하지만 나는 그가 천수를 다하고 이 세상 사람이 아닌 줄 알고 있었다. 이 장면에서 머리 숙여 사죄하는 마음이다. 그런데 엄연히 우리 곁에서 아주 맑은 정신으로 논어를 읽으라고 권고하고 있다. 이 세상에 논어만큼 좋은 책이 없다고, 자기가 지금 신학교 교수라면 분명히 학생들에게 논어를 읽혀보고 싶다고도 했다. 100살 가까운 나이에 신학교 교수를 꿈꾸는 노학자가 아직도 세상 사람들에게 하고 싶은 얘기가 있었다. 논어를 학교에서 배우지 않았다면 분명히 평생에 걸쳐 읽을 일이 별로 없을 거라고. 맞는 얘기다. 우리 생애에 꼭 읽어야 할 책이라고 몇 번이고 강조하고 있다. 네, 꼭 읽어보겠습니다.

논어 읽기는 둘째 치고, 나는 그가 아직도 세상에 나와 글을 쓰고 있다는 게 너무 반가웠다. 그가 아직도 글을 통해서 나에게 말을 걸다니.

나는 김형석이란 이름 두 글자를 고등학교를 졸업할 때쯤 우연한 기회에 알았다. 그러나 그가 쓴 에세이 『영원과 사랑의 대화』는 그를 알기 훨씬 오래전 언제인지 기억도 없는 까마득한 유년 시절에 앞뒤 떨어져 나간 책 속에서 먼저 접했다. 그 책의 당시 상태는 그게 양서인지 음서인지 판단조차 할 수 없는, 쥐 오줌 자국이 선명한, 거기다 반은 변소로 뭉텅 잘려 나간 빈사 상태였다.

「어느 벗의 일기에서」라는 소제목의 에세이로, 개미만 한 글씨로, 문고판으로 조그맣게 나온 책인데 그마저도 변소로 뜯겨져나가기 일보 직전의 상태로 이방 저방 굴러다니고 있었다. 50쪽도 남지 않은 책을 누가 또 찢어갈까 봐 몰래 감춰놓고 소중히 여기며 읽었다. 왜 그렇게 열심히 읽었느냐 하면 그 당시 우리 집엔 변변한 책이 단 한 권도 없었기 때문이다. 집구석엔 교과서와 영어참고서와 연예 잡지만 뒹굴어다녔으니까. 겉장이 없으니 책의 제목이 뭔지도 모르고 스무 번도 넘게 읽었다. 나중에 어딘가를 통해서 제목이 『영원과 사랑의 대화』라는 걸 알아차렸고 저자가 김형석이란 사실도 몇 년 지난 다음에야 알게 되었다. 그 사건 이후 나는 열혈 스토커가 되어 그의 족적을 쫓아다녔다. 지금도 드높은 이상을 위하여 사랑하는 여인을 떠나보내야 했던 한 남자가 눈에 선하다. 사랑하는 여인과 겨울 밤거리를 거니는 장면은 압권이다. 그만의 시선으로 그려진 애잔한 장면은 오래도록 잊히지 않는다. 젊은 날 그토록 좋아하던 벗의 얘기를, 심금을 울리는 러브스토리를, 시냇물 소리처럼 조용히 얘기해주던 사람이 이제 백 살 가까운 나이가 되었다니. 그 벗이 바로 김형석 자신이 아니었을까?

「어느 벗의 일기에서」

이건 그가 쓴 『영원과 사랑의 대화』라는 에세이집의 맨 마지막 소제목이다. 내가 어린 시절 암기할 정도로 읽었던 부분이기도 하다. 이해할 수 없는 어른들의 세계에 희미하게 눈을 뜨던 시점이기도 하고.

신학과 철학을 가르치는 대학 강사가 있었다. 그는 집도 부모도 없이 외롭게 성장했고 성인이 된 지금도 마찬가지다. 그는 H라는 친한 형의 죽음을 겪고 나서 평생 결혼을 하지 않고 더 높은 이상을 향해 일생을 바치리라 생각한다. 그가 생각해두었던 소망하는 삶을 이루려면 외국에 나가서 적어도 십수 년을 학문에만 오롯이 바쳐야만 한다. 그의 마음의 비중은 진리와 영원에의 신념으로 가득 차 있었다.

그런 그에게, 그러나 몸과 마음이 무척 외로운 그에게, K라는 한참 어린 나이의 순결한 여학생이 고요히 내리는 눈처럼 다가왔다. 그도 흐르는 물처럼 자연스럽게 그녀에게 끌려갔지만 자신의 이상, 정신적 의무와 소명과 현실 사이에서 그녀의 출현은 혼란스러웠다. K가 점점 다가올수록, 그리고 자신의 이상을 향한 열망이 크면 클수록 그녀에게로 이끌렸기 때문이다. 그는 언젠가 평온한 감정과 이성의 위치에 있을 때 자기 생각을 말하리라 생각하지만 K의 갑작스러운 입원으로 말할 기회를 놓치고 만다. 이 우유부단한 남자는 K에게 자기 생각을 끝내 털어놓지 못했다. 그는 어느 순간부터 K를 진심으로 사랑하고 있었다.

그런 와중에 그리운 벗, 그러나 이 세상 사람이 아닌 H의 집에서 대구로 내려오라는 연락을 받는다. 앞서 말했듯이 H는 젊은 나이에 유명을 달리해서 이 남자의 사상과 진로에 크게 영향을 끼친 사람이다. 대구에는 H의 부모님과 H의 여동생 경원이 있었다. 경원의 가족들도 그를 무척 좋아하고 경원과 그와의 앞날을 생각하고 있었다.

그는 번민에 빠졌다. 만약 결혼이란 걸 정말로 하게 된다면 상대는 경원이 아니라 당연히 K가 되리라 생각하고 있었기 때문이다. 그는 용기를 내어 구도자의 길로 향해가려는 자기의 높은 이상을 경원에게 고백했다. 경원은 그를 무척 사랑했지만 그의 사상을 이해해주고 그를 놓아주었다.

그런데 우연히도 경원과 K는 같은 대학에 다니고 있었고 둘은 아주 잘 아는 사이였다.

경원은 그토록 염원하지만 자신과 이루어질 수 없는 남자의 신상에 관해 얘기해 주었다. 경원의 얘기를 듣는 순간 K는 어쩔 줄 몰라서 몹시 당황한 표정을 지었다. 경원이 얘기하는 오빠가 바로 K가 지극히 사랑하는 사람이었다.

이후 K는 그와 만남을 일부러 피한다. 나중에 그간의 사정을 경원에게서 듣고 K의 집으로 찾아가지만 몸이 불편하니 며칠 뒤에 찾아뵙겠다는 얘기만 들었다.

어느 여름, 그간의 연구업적이 집결된 저서가 완성될 즈음 그는 용기를 내어 K를 다시 찾아갔다. 무척 수척해진 K가 그의 앞에 모습을 보였다.

"선생님, 선생님을 마음으로만 전송하겠어요. 책과 마음은 계속해서 전해주시고요. 다시는 못 볼 것 같군요."

이렇게 두 사람은 맥없이 헤어졌다. 그는 골목을 돌아서면서 다시 돌아다보았다. K는 떠나가는 그를 언제까지나 지켜보고 있었다. 그는 아무도 없는 사막의 모래밭, 그 위를 혼자 걷고 있는 기분이 들었다. 햇볕은 여전히 따가웠다.

'영원한 것에의 그리움이 없었던들 누가 내 발을 일 보라도 옮겨놓게 할 수 있었을까?'

골목을 떠나면서 그는 혼자 중얼거렸다.

100년을 사는 동안 김형석은 실로 셀 수 없을 정도로 많은 책을 썼다. 볼거리가 없던 70년대에 수필, 수상, 종교 서적, 철학서 등 여러 권을 써서 베스트셀러 대열에 올랐다. 일상의 통찰과 깊은 사색으로 많은 젊은이의 심금을 울렸다. 까마득히 잊어버렸던 그에 대한 향수가 물밀 듯이 밀려왔다.

당장 도서관에 가서 김형석의 최근작이 있나 찾아보았다. 도서관은 내 집에서 5분 거리이다. 역시나! 방금 나온 따끈한 책이 한 권 오롯이 있었다. 책을 집는 순간 전율이 왔다. 그가 새 책을 낸 것이다. 누가 뺏어가기라도 할까 봐 주위를 힐끔거렸다.

그가 이 혼돈의 시대에 어떤 생각을 글로 풀어냈을까? 이 추운 날 광화문에서는 여전히 대통령 물러나라고 외쳐댄다. 이 광경을 보고 노학자는 무슨 생각을 할까? 요즘의 그의 생각을 들어 보고 싶다.

그의 새 책 『100년을 살아보니』.

그는 이 책을 컴퓨터가 아닌 육필로 원고를 썼다. 정말 대가다운 집념과 그다운 발상이다. 나는 손으로 글씨 쓰는 일을 힘겨운 육체노동보다 더 어려워하는 사람이다. 오죽하면 컴퓨터가 없어서 젊은 시절 소설을 쓰지 못했다고 지금까지도 투덜대고 있을까? 믿거나 말거나!

손글씨를 그토록 힘들어하는 나에게 육필로 글 쓰는 사람은 존경을 넘어 신에게 바치는 경외심 같은 걸 갖게 만든다.

그는 여전히 말한다. 사람의 성장에는 한계가 없다고, 지적 정신적으로 계속 성장해야 함은 물론이라고… 그는 인생의 황금기를 60세에서 75세까지라고 규정한다. 요즘 우리 사회가 너무 일찍 성장하기를 포기하는 늙은이들이 많다고 97세 노학자는 걱정이 이만저만이 아니다. 아무리 40대여도 성장을 멈추면 녹슨 기계처럼 노쇠하게 된다고 했다. 구구절절 맞는 말이다.

그는 정말로 젊은이들을 사랑했다. 청년 시절의 허무, 죽음, 고독, 방황은 심한 감기를 앓고 나서 한결 맑은 정신으로 다시 헤쳐나가야 한다고 했다. 그는 이 땅의 젊은이가 모두 지성인이기를 바랐다. 우리에게 던지는 잔잔한 얘기 속에 강한 철학적 메시지가 들어있었다. 그의 이러한 노력을 나는 조용한 소망이라 부르고 싶다.

그 다음날.

철창으로 들어갔던 이인화가 다시 뉴스에 등장했다. 이번에는 쟤가 시켜서 한 짓이라고 하루도 못 버티고 단과대학의 학장이었던 김모 씨에게 손가락질했다. 얼마 전까지 나는 그런 일 없다고 딱 잡아떼고 말짱한 얼굴로 청문회를 걸어 나온 여자를 가리키면서 쟤가 시켜서 한 일이라고 실토했다. 그들은 법정에서 서로 자기들이 혼자서 저지른 범죄가 아니고 시켜서 한 일이라고 우겼다. 그를 좋아했던 게 창피해서 아무에게도 그의 얘기를 입에 올리지 않았다.

다시 한번 노철학자의 말을 되새겨 본다.

'사람은 성장하는 동안은 늙지 않는다.'

사랑하는 목련 친구들

"사랑하는 목련 친구들! 오늘 입춘이지요? 그만 추웠으면 좋겠어요. 조성모의 '가시나무'를 들으며 아름다운 강변을 걷고 싶어요."

이런 멘트가 잠자리에 늘어져 있는 나를 깨운다. 잠시 후 조성모의 노래, 가시나무를 생생하게 화면으로 보내준다. 이게 라디오에서 나오는 소리냐구? 우린 시시하게 화면도 없이 소리만 나오는 라디오로 그런 거 안 듣는다. 우린 세련되게 유튜브로 듣는다.

'목련 29'라는 근사한 명칭을 가진 여고 단체 카톡방에 부지런한 정선이가 매일 새벽 댓바람부터 싱그러운 멘트와 함께 유튜브를 올려준다. 그녀는 자타가 공인하는 부지런쟁이다. 오복이는 가끔 명언을 날라다 주고…

나는 줄임말을 별로 좋아하지 않지만 편의상 단톡방이라 하겠다. 콘크리트로 지은 건물도 아닌데 room이라고 자꾸 우기는 단톡방에 나의 친구들 100여 명 정도가 들고 날고 한다. 학교의 교화와 기수 이름을 빌려서 여고 친구 유은식이 소박하고도 절묘하게 지었다. 십 몇 년 전, 여고를 졸업한 지 30년이 훌쩍 지났을 때, 그녀는 전국 방방곡곡에 흩어져있는 친구들을 한데 모아 단톡방을 만들고 명칭도 부여했다. 참 고마운 친구이다. 그 많은 친구의 근황을 속속들이 다 알 수는 없지만 단톡방을 통해서 건너 건너 대충 알 수 있는 친구들이 있다는 게 감사할 따름이다.

아! 이 친구가 최근에 동유럽을 다녀왔구나!

이 친구의 아들이 박사학위를 땄구나!

이 친구는 손자 손녀가 벌써 학교에 갈 나이가 되었네!

프로필 사진을 보면서 근황을 알 수 있다니 생각할수록 신기한 일이다. 개중에는 자신을 절대 드러내지 않고 꼭꼭 숨어서 친구들이 떠들거나 말거나, 담론에 휩싸여 격론을 벌이거나 말거나, 조용히 관조하며 세상을 바라보는 친구들도 있다. 그래도 단톡방을 통해서 바깥세상 소식을 들으니 이곳은 우리들의 추억이 서린 소중한 소통의 장소임이 틀림없다. 가끔 자식들의 결혼 소식과 부고란의 역할도 톡톡히 하고, 단체 여름 여행이나 해외여행도 단톡방을 통해서 알리곤 한다. 우리가 여고에 다니던 40여 년 전에는 이런 거대 모임이, 그것도 실체도 없는 온라인을 통해서 만나게 될 줄을 누가 상상이나 했겠는가!

농경사회가 저물어갈 무렵에 우리는 이 땅에 요란하게 태어났다. 교외로 나가면 허름한 베옷을 입고 비쩍 마른 소에 의지해서 간신히 쟁기질하는 농부들을 볼 수 있었다. 분명 할아버지는 아니었겠지만 어린아이의 눈에는 할아버지로 보였을 그 농부가 저렇게 간신히, 전혀 효율적이지 않은 느린 걸음으로 쟁기질하는데 하루에 얼마나 밭을 갈 수 있을까? 쬐그만 아이인데도 그런 생각을 했다. 그는 땀에 절어 있었고 그가 입은 옷은 형태를 갖추지 않은 천 조각에 불과했고 새까맣게 그을린 얼굴은 고된 노동에 시달린 주름투성이 얼굴이었다. 그래도 세월은 흘러 근면이 나라의 모토였던 산업의 부흥기에 여고를 다녔다. 그때는 대통령도 심심찮게 야전 잠바를 입었고, 교장선생님도 잠바를 입었고, 우리 아버지도 잠바를 입고 부지런히 뛰어다녔다. 뛰어다니지 않는 사람은 산업의 역군으로 쳐주지 않았다.

이제 40년 세월을 훌쩍 뛰어넘어 여고 동창들이 의기투합해서 모이기로 했다. 그런데 이번에는 "우리 시청 앞에서 모두 모여라!"가 아니었다.

"우리 여기 허공에서 만나자"

모이는 데 커피값도 필요 없고, 돈 많은 친구가 한턱낸다고 할 필요도 없이 그냥 무료로 허공에서 만나는 일이니 생각할수록 신기할 따름이다. 벨 할아버지가 전화를 발명한 지 100년쯤 지났을 때 우리 인간들은 또 일을 냈다. 집이 아닌 거리에서도 전화 통화를 할 수 있게 되었다고 얼마나 신기해했는가. 그 충격이 가시기도 전에 동네 우물가도 아니고, 교정도 아니고, 식당도 아니고, 커피숍도 아닌 실체 없는 장소, 만질 수는 더더욱 없는 허공에서 우린 매일같이 만나서 깔깔 웃어대고, 맘도 가끔 상하고 하다니 자다 일어나 생각해봐도 신기할 따름이다. 그래도 우리는 그걸 허공이라 하지 않고 무슨 기차역의 승강장처럼 플랫폼이라고 근사하게 부른다.

어느 날 카톡으로만 떠드는 게 감질난다고, 다 같이 한꺼번에 얼굴 보면서 떠들 수 있는 '줌'이란 걸 해보자고 누군가가 제안했다. 기어이 그들은 한창 저녁 먹고 퍼질러 있을 밤 시간에 zoom을 누르라고 성화를 해대서 스마트폰을 화장대 위에 올려놓고 민얼굴로 앉았다. 화면은 나오는데 소리가 안 들린다고 하니 유난히 기계치인 내게 전화로 뭐를 누르라고 알려줘서 40분의 한정된 시간이 끝날 무렵 얼굴과 목소리를 들을 수 있었다. 토론의 주제는 없었지만 우리도 정보화시대에 동참했다는 데 크나큰 자부심을 가지며 짧은 인사 나누고, 다음엔 알차게 보내자고 다짐하며 헤어졌다. 흐흐흐 아무도 못 말리는 줌마 부대이다. 누구는 아무 주제도 없는 그런 걸 뭐하러? 하겠지만 우리는 대기업의 회장님이 해외 지사장들과 화상 회의를 하는 것처럼 짧지만 화끈하게 해냈다. 어떤 사람들은 겨우 단톡방이나 줌 하나 가지고 뭘 그렇게 난리를 치는 거야? 하겠지만 허공의 공간, 그냥 우주 공간처럼 텅 빈 스페이스에서 한꺼번에 100여 명이 대화하다니 자다 일어나 생각해봐도 신기할 따름이다.

다시 또 30년 세월을 훌쩍 뛰어넘은 2050년, 요즘의 가상현실(VR)처럼 타임머신이란 게 개발되어 다시 여고 시절로 돌아가는 일이 벌어질 수는 없는 걸까? 그때까지 목련29 단톡방이 존재하고 있다면 상상을 초월한 VR로 히스테리가 심했던 노처녀 지리 선생님을 소환해 보는 거다. 가끔 화를 벌컥 내기는 했지만 무슨 얘기든지 맛깔나게 했던 지리 선생님 말이다. 시골 학교에 어울리지 않게 드물게 세련되었던, 영어연극을 지도했던 박옥순 선생님도 만나보고, 오페라단의 가수처럼 멋진 드레스를 소화했던, 천상의 소프라노 소리를 가진 음악 선생님도 소환해 보고… 나는 이정자 선생님처럼 아름다운 목소리를 가진 사람을 본 적이 없다. 운이 좋다면 이들을 다시 만나는 영광을 누릴 수도 있을 것이다.

누군가는 초월적 VR 시대나 게임 속 아테나 시대가 언젠가는 도래할 거라고 무시무시한 소리를 해댄다. 우리나라 1세대 IT 창업자이자 모바일 플랫폼 시대를 화려하게 열었던 김범수 회장이 어느 정도는 실현해 줄지도 모른다. 그가 어떤 남자인가 하면 5조 원에 달하는 돈을 기부하는 통 큰 결정을 독특하게도 7,000명이 모인 사내 단톡방에 대고 말한 기이한 남자이다. 재산의 절반을 언론에 대고 거창하게 기

부선언을 한 게 아니라 단톡방에 했다니까 글쎄… 가히 플랫폼의 거
인다운 발상이다. 그는 비상한 머리와 반항아적인 삐딱한 기질로 재
미있고도 기발한 국내 최대 커뮤니케이션 플랫폼을 만들어서 지각
변동을 일으킨 어마어마한 자산가이다. 이 천문학적인 재산 중에서
절반을 딱 떼어서 심각한 사회 문제, 교육과 빈부 격차, 기후 변화 이
런 걸 해결하는 데 쓰겠다고 공언했다. 이렇게 멋진 남자가 에머슨의
시를 좋아한다니 나도 덩달아 19세기의 시인 에머슨이 좋아졌다.

디지털 세력에 앞장서고 있는 나의 동창 친구는 비트코인이 아주
좋으니까 애플리케이션을 한번 깔아보라고 권한다. 그녀가 말하길,
광산에서 철을 캐듯이 인터넷에서 코인을 캐는 거라고 했다. 은행도
없고 그냥 디지털화폐란다. 그걸 왜 캐는 거라고 하는 건지… 나는
이렇게 대답했다.
"됐다, 됐어. 광산에서 코인 캐내는 광부는 사양하련다. 그냥 친구
들 안부나 묻고 소박하게 그러나 아주 행복하게 살련다."

마지막으로 김범수 의장이 좋아한다는 '랄프 왈도 에머슨'의 시를
한번 들어보자.

무엇이 성공인가

자주 그리고 많이 웃는 것
현명한 이에게 존경을 받고
아이들에게서 사랑을 받는 것
정직한 비평가의 찬사를 듣고
친구의 배반을 참아내는 것
아름다움을 식별할 줄 알며
다른 사람에게서 최선의 것을 발견하는 것
건강한 아이를 낳든
한 뙈기의 정원을 가꾸든
사회환경을 개선하든
자기가 태어나기 전보다
세상을 조금이라도 살기 좋은 곳으로
만들어 놓고 떠나는 것
자신이 한때 이곳에 살았음으로 해서
단 한 사람의 인생이라도 행복해지는 것
이것이 진정한 성공이다.

어느 화창한 휴일에

내가 좋아하는 어떤 젊은이가 있다.

가을 햇살이 따사로이 비추는 모처럼의 휴일. 젊은이와 나는 청계
천변 헌책방 거리를 거닐고 있었다.

요즘은 e-book으로 책을 읽는 편이라 종이책을 살 일이 손에 꼽을
정도로 드물어져서 책방에 통 갈 일이 없다. 그런데 어쩐 일인지 서울
시에서 빨리 와서 구경하라고 나발을 불어대고 있길래 그 동네가 대
체 어떻게 변했나 갑자기 궁금해졌다. 아주 아주 오래전엔 내가 누군
가를 좋아해서 이곳을 수없이 어슬렁거렸다는 걸, 동행한 젊은이는
전혀 모를 것이다.

벌써 몇 주일 전부터 방송으로, 신문으로 그곳에서 축제가 벌어진
다고 요란하게 떠들었다. 북 페스티벌이 열리고 있다고 나발을 불어댔
다. 방송에서는 급기야 오늘이 마지막 날이니 오늘 아니면 기회가 없

다고도 했다. 홈쇼핑에서 66사이즈 브라운 재킷은 방금 매진됐고 블랙과 그레이만 남았다고 떠들면 마음이 급해서 전화번호를 황급히 눌러버린 전력이 있다. 홈쇼핑의 브라운 재킷처럼 오늘 아니면 기회가 없다고 하니 젊은이에게 가보자고 청했다.

내가 그 거리를 가보자고 청한 이유 중 하나는 오래전 기억 속에 남아있는 몇 가지 장면이 떠올라서다.

빽빽하게 모여서 숨 쉴 틈조차 없이 책을 쌓아놓은 것도 모자라 사다리 타고 올라가 천장에 딱 붙어있던 책을 간신히 빼내던, 내가 수십 년 전에 알던 그 유식한 남자가 갑자기 생각나서다. 한 손을 쥐 오줌 자국이 선명한 천장에 대고, 고개를 90도로 꺾어서 다른 손을 뻗어 겨우 책을 집던, 머리가 희끗희끗하고 목소리가 카랑카랑했던 당시 40대 후반의 남자를 기억해냈다. 자기는 일자무식이지만 김윤식보다 더 평론을 잘한다고 큰소리쳤다. 글로는 못 따라가지만 말발은 자기가 더 셀 거라고 하던 그 남자 말이다.

책방은 딱 한 사람만 들어갈 수 있는 아주 요상한 공간이지만 그 공간이 소유하고 있던 장서가 무려 수만 권에 달한다고 눈 하나 깜짝하지 않고 허풍을 떨었다. 아니 그는 그렇게 믿고 있었다. 그는 숲처럼 쌓아 놓은 책더미 속에서도 손님이 찾는 책을 대번에 찾아내는 용한 기술을 가진 남자라고 알려져 있다. 그러면서 꼭 덧붙이는 말이 이 안에 있는 책들은 어디 구석에 처박혀 있는지 죄다 자기 머릿속에 들어있다고 말하곤 했다. 그때 그는 오십 줄에 들어섰고, 안경을 끼고, 헐렁한 바지를 걸친 남자였다. 소설가 이문열과 평론가 김윤식이 신문지상에서 논쟁을 벌일 때 철저히 이문열 편에 서서 죽자사자 쌍심지를 돋우던 편파적인 남자였다. 그 남자는 사다리 타고 올라가 꺼낸 책의 저자가 누구이며 그 작자가 무슨 문학상을 휩쓸었는지, 문체는 어떠한지, 평론가들보다 더 평론을 잘했다. 남들이 듣거나 말거나 떠들어댔다. 책을 찾던 사람들은 꼼짝없이 붙잡혀서 그의 담론을 들어야만 했다. 그는 사실은 일자무식인데 하도 책방을 오래 하다 보니 작가들하고 동급으로 유식해졌다는 전설이 우리들 사이에서 나돌았다. 본인도 김윤식과 쌍별을 이룬다고 떠들어댔다. 이 일은 몽땅 아주 아주 오래전에 일어났던 얘기라는 걸 염두에 두시라. 이미 40년 전 떠돌던 얘기이다.

나와 동행은 따스한 햇볕을 받으며 즐겁게 거리를 활보하고 싶었지만 사람들이 무지막지하게 모여들어 내 팔을 툭툭 치고 지나가서 우리는 무성한 수풀을 헤집듯이 사람 사이를 양팔로 헤집고 다녔다. 드디어 축제의 한가운데 다다랐다. 헌책방 축제가 열리는 거리는 백여 미터 남짓했다. 내가 서 있는 자리에서부터 페스티벌이 시작된다고 알리는 깃발이 나부꼈다. 유식한 책방주인이 아직도 입에 거품을 물고 좋아하는 작가의 이름을 대며 으스대는지, 양쪽 입가엔 아직도 하얀 침이 고여 있는지 보고 싶어졌다. 북 페스티벌의 깃발이 보이자 가슴이 두근거렸다. 그런데 희한한 일이 벌어졌다. 그 많던 인파가 순식간에 어딘가로 사라져 버린 것이다. 첫 번째 마주친 집이 너무 썰렁해서 우리가 길을 잘못 들었나 하고 수표교 주변을 잠시 두리번거렸다.

맞는데… 여기서부터 라고 분명히 쓰여 있잖아.

젊은이와 나는 깃발을 다시 확인했다. 아무리 눈 씻고 봐도 이곳엔 인간의 그림자는 보이지 않았다. 몇 군데를 돌아다녀도 각종 사전류만 먼지를 뽀얗게 뒤집어쓰고 길거리에 나앉아 있을 뿐 눈길을 끄는 책은 아무리 눈 씻고 봐도 없다.

그 많던 거리의 인파는 다 어디로 갔는가!

그래도 기대를 하며 계속 걸었다. 뭔가 눈에 확 띄는 장면이 있나 사방을 두리번거렸다. 그러나 기대는 점점 수그러들었다. 이 많은 사람 중에서 헌책방을 기웃거리는 사람은 손가락으로 꼽을 정도다. TV 홍보가 무색할 정도로 썰렁했다.

먼지떨이로 애꿎은 책들만 털어대는 책방 주인들은 만사가 귀찮다는 듯, 아니면 더 이상 유식해지기 싫어서인지 입을 꾸욱 다물고 있었다. 유식하게 떠들어봤자 내 입만 아플 것으로 생각하는 듯하다. 책방주인들이 입을 꾹 다물수록 미간의 내천 자는 더욱 꿈틀댔다.

참새가 방앗간 앞을 못 지나가듯이 웬만해선 책방을 그냥 지나치지 않는데 아무리 기웃거려 봐도 중늙은이 주인들이 먼지떨이로 먼지만 털어낼 뿐이다. 제발 먼지를 그만 좀 털어댔으면 좋으련만 그들은 멈추질 않았다. 그들이 한 번 털어낼 때마다 옛날의 호시절을 상기하는지 이마의 굵은 주름이 들썩였다. 이런 미개한 놈들, 내 귀한 보물을 알아주지 못하는 저 군상들! 하며 인상을 잔뜩 찌푸리는 듯하다.

국어사전, 영한사전, 독어 사전, 불어 사전, 일어 사전, 각종 사전만이 진열대 맨 앞을 궁상맞게 차지하고 있다. 과거엔 호사스런 장정이었을 책들의 껍데기는 말라비틀어진 북어 껍질처럼 들뜨고 비틀어져 있다. 그 녀석들이 이 땅을 주름잡던 시절에 큰맘 먹고 두꺼운 영한사전을 샀는데 도서관에서 공부하다 잠깐 자리를 비운 새 누가 가져가 버렸다. 그 이후 나는 사전을 사지 않는다. 지금은 누구도 사전을 소유하려 하지 않는다. 앞으로 이 땅에 태어날 나의 손자들은 그들을 외계인의 언어 사전으로 기억할지도 모른다. 더 궁상맞은 건 창작과 비평이라고 금박으로 쓴 글씨가 장마철 빗속에서 건져낸 모양새로 전집이 통째 비닐 끈에 묶여있는 모습이다. 책 위로 한 꺼풀 더 박스로 장정을 한 모습이 옛날엔 아주 비싼 값으로 팔려나갔다가 되돌아왔다는 것을 한 눈에 알 수 있다. 그들이 지금의 처지를 조금이라도 깨닫는다면 빛을 내지 말고 입 다물고 있어야 그나마 품위 유지는 할 텐데…… 그것들의 금박은 시도 때도 없이 번쩍거렸다. 그것들이 한때 얼마나 영화로웠으면 포박에 묶여있어도 요염한 빛을 낼까? 매니큐어가 벗겨진 손가락처럼 아무도 그들에게 눈길 한 번 주지 않는다. 그래도 나의 발길은 뭔가 과거의 영화로운 걸 발견하려고 직진 중이다.

검은색 장정을 한 종교 서적들 앞에 무작정 걸음을 멈추었다. 그것들은 입을 꾹 다물고 경건하게 앞자리를 차지하고 있다. 종교 서적은 어딜가나 진지하다. 절대 경박하지 않다. 너무 무거워서 퀘이커 교도 같은어두운 냄새를 풍긴다. 너무 근엄해서 묵념이라도 해야 할 것 같다.

백여 미터 남짓한 책방 거리를 양털 모자집을 반환점으로 해서 한번 더 훑어도 책방주인은 여전히 입 다물고 먼지를 털고 있다. 그가들어와 보시라고 호객행위라도 한다면 기꺼이 발을 들이겠는데 여전히 말이 없다. 내가 알던 옛 남자의 아들 아니면 조카 정도 되리라.화려했던 시절에 이곳을 주름잡았던 아버지 아니면 삼촌의 일화를그 남자는 귀가 따갑도록 들었을 것이다. 다시 백여 미터를 걸어 원래꽂혔던 깃발로 되돌아왔다. 깃발이 나타나자 나는 안도의 한숨을 내쉬었다.

북 페스티벌의 대열에서 이제는 벗어날 수 있으니까…

더 이상 기대를 하지 않아도 되니까…

내가 찾던 옛사람은 나와 먼지를 터는 남자의 기억 속에만 간직해야겠다.

아직도 자리를 지키고 먼지를 털던 옛 남자의 후손들은 언제까지여기에 머무를까?

기억 속 나의 남자는 커피를 쓴 한약 마시듯 오만상을 찌푸리며 마셨는데… 그가 그립다.

나와 동행한 젊은이, 김근태는 장모가 뭘 찾아 헤매나 의아했을 것이다.

관광객을 구경하는 관광객이 되어

지나치는 연인들의 뒤를 따라 무작정 걷다 보니 축제가 한창인 동대문 패션 타운 상가 앞까지 다다랐다. 예쁘고 알록달록한 젊은이들을 보는 것만으로도 이 거리가 흥미롭다. 헌책방 거리에서 불과 10여 미터 정도 벗어났는데 갑자기 딴 세상에 온 듯 눈앞에 총천연색이 펼쳐졌다. 사람들의 걸음이 빨라졌고, 어디선가 웃음소리가 들려오고, 화려한 장면이 내 눈앞으로 휙휙 지나갔다. 잠깐 어리둥절한 사이 나의 하나뿐인 사위 김 서방이 길가 벤치에 앉자고 했다. 우리는 동대문 상가를 오가는 수많은 중국인을 즐겁게 바라보았다. 우리가 바로 관광객을 바라보는 관광객이 되어서.

이곳이 자연스럽게 이루어진 축제의 장이 아니라는 걸 관광객들을 위해 급조된 포토존을 보고 나서야 알았다. 길가의 포토 존은 조잡한 조화장식으로 아치를 이룬, 야트막한 연단에 올라가서 사진을 찍는 것이다. 연단의 너비는 가로세로 일 미터도 안 돼 보였고 높이는 의자 높이 정도 되려나? 동대문 패션에 관심이 많은 중국 아가씨들이 평지보다 50센티 정도 높이로 만들어진 포토존에 올라가는 게 쑥스러운지 얼굴을 가리고 심하게 깔깔거렸다. 익숙하지 않은 사람들에게는 남들보다 조금 높은 연단에 올라선다는 것 자체가 아주 어색할 수 있다. 그녀는 쑥스러워서 얼굴을 양손으로 가리고 심하게 몸을 비비 꼬면서 연단에 올라섰다. 아래에 서 있는 그녀의 친구들인 듯한 아가씨들은 뭐라고 중국말로 외쳐대면서 카메라 셔터를 눌렀다.

야, 멋있다!
괜찮아! 좋아, 좋아!
여기 똑바로 봐!

아마 이렇게 외쳐대는 듯하다. 이 모습을 보던 주변 사람들도 전염이 되어서 덩달아 아이들처럼 깔깔거린다. 그 어색함을 즐겨보려고 아가씨들은 줄 서서 자기 차례를 기다린다. 깔깔거리는 사람들은 죄다 중국 관광객들이고 나처럼 벤치에 앉아서 그들이 연단에 올라가 사진 찍는 모습을 무심히 바라보는 사람들은 대체로 쉬려고 앉아있는 무표정한 한국인들이다. 연단에 올라선 아가씨는 밑에서 카메라를 들이대자마자 기다렸다는 듯이 얼굴에서 웃음기를 싹 빼고 여러 가지 포즈를 취해준다. 양손을 허리에 올리고 먼 산을 바라보기도 하고, 활짝 웃으며 브이자를 긋기도 한다. 그러나 내려올 때는 다시 봇

물이 터진 듯 깔깔거리며 몸을 비비 꼬았다. 다음 차례 아가씨도 리허설하듯이 이 순서를 정확히 지켜준다.

첫 번째 연단 위로 올라가기 전에 부끄러운 듯 얼굴 가리고 심하게 비비 꼬기.

두 번째 연단에 서서 카메라 세례에 정색하기.

세 번째 여러 가지 포즈 취해보기. 브이자, 양손 허리. 선그라스 너머로 먼 산 보는 등.

네 번째 마지막으로 몸을 꽈배기처럼 비비 꼬면서 깔깔거리며 내려오기.

나는 미스코리아 포토제닉 상을 뽑는 심사위원처럼 그들을 유심히 바라보았다.

파도처럼 밀려오는 이국의 싱그러운 아가씨들을 실컷 감상하고 나서 다음에 김 서방이 안내해준 곳으로 발을 옮겼다. 그곳은 주변 디디피에서 열리고 있는 백남준 쇼 전시장이었다.

음악가와 미술가의 경계 선상에 있는 아티스트.

동서양에 둘 다 발을 걸친 남자.

어린아이와 어른의 경계가 모호한 남자.

행위 예술인지 실제 행위인지 헷갈리는 남자.

'예술은 몽땅 사기'라고 정직하게 말하는 남자. 이 부분에서 나는 일부 동의한다.

심지어 그의 친필 낙서들은 한국어와 한자와 일본어와 영어가 뒤섞여있는, 인생 자체가 경계선이었던 백남준의 전시회였다. 그의 실체가 진작부터 궁금했다.

전시실은 들어서자마자 전시와 쇼를 합친 요란한 백남준 표 라이트가 빛깔도 방정맞게 번쩍거렸다.

그는 역시 나의 기대를 저버리지 않았다. 그는 대상물을 보여준다기보다 뜬구름 같은 문화를 보여주려고 안간힘을 썼다. 한술 더 떠 뜬구름 같은 문화를 맛보려는 사람들이 구름 떼로 몰려들었다. 겹겹이 쌓아올린 뜻 모를 비디오아트와 루미나리에 축제를 벌인 듯한, 수많은 가지로 뻗어대는 휘황찬란한 빛의 향연을 원 없이 감상했다.

그는 광적으로 텔레비전 모니터에 집착했다. 오토바이에도 TV 모니터가 달려있고, 인디언의 얼굴에도 달려있고, 부처님 가슴팍에도 TV 모니터를 붙여놓았다. 거북이 형상의 삐까번쩍한 대형 전시물에도 수백 대의 모니터가 달려있다. 차가운 기계 매체에 따뜻한 사람의 온기를 더한 거라고 평론가들은 일률적으로 해석하지만 여기까지는 그다지 감흥이 없다. 아직 그의 온기가 내게 전해지지 않나 보다.

그런데 마지막으로 내 발길을 멈추게 한 곳이 있었다. 작가가 손으로 직접 그렸다는 그림 앞이다. 그것들은 공들인 작품이라기보다 낙서에 불과한 소품들이지만 그것들에는 TV도 모니터도 달려있지 않고, 컴퓨터 그림은 더더욱 아니고, 그가 평생 추구해온 아방가르드 전위 예술도 아니었다. 그가 직접 크레용과 사인펜과 연필로 그렸다는 A4 용지보다 작은 경쾌한 종이 그림들이었다. 포도 넝쿨, 가슴을 드러낸 사람들, 새, 사자, 코끼리, 강아지, 거북이 등을 그려 넣고 그 밑에 친절하게 영어로 bird, lion, elephant, dog, turtle 등등 써놓았다. 그걸 보는 순간 그의 친절함에 큭 하고 웃음을 터뜨렸다. 자기 그림이 실제 동물과 다르게 보일까봐 염려스러워서 일부러 써놓았는지는 모르지만 어린아이처럼 순수하다는 그의 머리라면 당연히 그럴 수 있다. 또 다른 그림, 자동차와 강물에 떠있는 배들, 그 배에는 깃발이 꽂혀 있고, 초등생들이 바다와 하늘을 무조건 파란색으로 그리듯이 그가 그린 강물 역시 파란 하늘색이다. 그가 정색하고 그린 작품들은 아니지만 왠지 이 낙서 같은 그림들 속에서 나는 그에 대한 애정을 숨길 수가 없었다. 그의 순진무구함에 미소 짓지 않을 수 없다.

미국의 대통령 클린턴 앞에서 바지깝데기를 홀라당 벗었다는 이 남자.

백악관에서 바지가 벗겨지는 사고를 두고 호사가들은 분분한 해석을 하지만 그게 조롱이든, 사고이든 악동 같은 그를 어찌 사랑하지 않으리!

남들은 그를 위대한 예술가라고 하지만, 나는 독특하고, 재밌고, 매력적인 아티스트로 기억하고 싶다.

어느 화창한 휴일! 내가 좋아하는 젊은이, 피는 섞이지 않았어도 나의 가족임이 분명한 김 서방은 그날 나와의 동행이 행복했다고 아주 성실한 얼굴로 진지하게 말했다. 난 한 치의 오차 없이 그의 말을 믿는다.

아니 진지하게 말하지 않아도 난 이미 김 서방교 맹신자이다.

좌판에서 인상한 거 사기

요즘은 단속이 심해서 지하철 안에서 물건 파는 걸 통 볼 수 없다. 그런데 얼마 전 철통같은 감시망을 뚫고 재빨리 물건을 팔고 바람과 함께 사라진 남자를 본 적이 있다. 정말 귀한 장면이었다. 바바리코트 차림의 도회풍의 얼굴을 가진 그는 증권가의 펀드 매니저라고 속여도 될 법한 외모를 풍겼다. 그는 올라타자마자 아주 빠른 말로 탁상용 라이트에 관해 설명했다. 라이트는 손바닥 한 뼘보다 약간 큰 크기인데 이게 뭐 LED여서 깜박임 현상이 전혀 없고, 자연광과 유사한 밝기여서 눈의 피로도에 대한 걱정은 절대 할 필요 없고, 전기 충전 한 번이면 온종일 켜놔도 괜찮다고 했다. 손으로 끌고 있는 바퀴 달린 가방만 아니었다면, 아니 그의 목소리만 듣는다면 유명 학원 족집게 강사라 해도 믿을 만했다. 그의 말은 아주 빨랐지만 요점정리가 잘돼서 내 귀에 쏙 들어왔기 때문이다. 강단에 섰더라면 명강사가 됐을 것이다.

판매용 라이트는 비싸 보이는 롤 케이크 모양의 종이상자 속에 들어 있었다. 침대 옆에 두고 자기 전 책 읽을 때 켜놓으면 딱 안성맞춤으로 생겼다. 그는 환하게 빛나는 라이트를 껐다 켰다 하면서 무작위로 승객의 코앞으로 들이밀었다가 1초도 안 돼 재빨리 거두어들였다. 다시 한 사람 건너 옆 사람에게 들이댔다. 사이에 낀 소외당한 사람은 저런 부실한 물건 따위는 관심 없다는 투로 일부러 눈을 감아보지만 그의 머릿속에선 반짝 빛나는 요상한 물건이 어른거리는지 살짝 실눈을 떠본다. 선택받은 승객들은 1초가 너무 짧아서 그걸 잡으려고 손을 소극적으로 내밀어보지만 그는 기회를 주지 않고 다른 사람에게 들이밀었다. 그게 뭐라고 은근히 내 차례가 기다려졌다. 기회도 없이 지나치나 내심 걱정이 되었다. 드디어 그가 내 앞에 다가왔다. 그는 스탠드 라이트를 내 코 앞에 바짝 들이밀다가 재빨리 뺐다. 감질나게도 너무 빨리 낚아챘다. 어떻게 생겨먹은 건가 보려고 자연스레 내 고개가 그쪽으로 향했다. 그러나 그는 각본에 짜인 대로 1초 외에는 시간을 허락하지 않았다.

자세히 보니 그는 몇 가지 동작을 동시에 하고 있었다. 입으로는 귀에 쏙 들어오게 설명해주고, 한 손으로는 견본품을 속사포처럼 줬다 뺏었다 하면서 빠른 걸음으로 옆으로 이동하고 있었다. 다른 한 손으로는 커다란 가방을 질질 끌다가 돈 만 원을 흔드는 사람이 보이면 즉시 멈춰 서서 그 안에서 롤 케이크 모양의 품위 있게 생긴 상자를 꺼내서 주는 동시에 만 원을 받아들어 주머니에 쑤셔넣었다. 이런 동작을 몇 차례 반복하더니 다음 정거장에서 순식간에 사라졌다. 정거장 사이의 간격이 2분이라고 치면 그는 2분 동안에 제품의 특징을 명확하게 설명하고, 할당량을 무난히 팔고, 무거운 가방을 끌고 바람처럼 사라진 것이다. 물건을 자세히 살펴볼 기회를 주지 않은 그가 야속했다. 그는 그날 이후 더 이상 나타나지 않았다. 선생님처럼 명료하게 설명해주는 그가 또 나타날까 하고 기다렸지만 그는 끝끝내 모습을 보이지 않았다.

*

2호선 당산역에서 9호선으로 갈아탈 때면 내 코를 자극하는 향내가 있다. 에스컬레이터에 올라타도 멀리서 진하게 풍겨오는 향내. 이게 무슨 냄새일까 계속 궁금했다. 무수히 쏟아져 내려가는 사람들의 뒤통수만 보고 있는데도 향내는 멈추지 않았다. 가만히 살펴보니 노선을 갈아타는 길목에 60대로 보이는 뚱뚱한 아주머니가 무표정한 얼굴로 콘크리트 바닥에 퍼질러 앉아있는데 향내는 그곳에서 흘러나왔다. 그녀는 어른 서너 명이 양손으로 감싸 안아도 될 만큼의 굵직한 원통형의 기둥을 등받이 삼아 세상 편한 자세로 퍼질러 앉아 뭔가에 몰두하고 있었다. 수백 명의 사람이 곁을 스쳐도 고개 한 번 들지 않고, 아니 지나가는 사람들을 철저히 무시했다. 그녀의 얼굴은 자기 일에 완전히 몰두하고 있다는 표정이었다. 지금 하는 일이 세상에서 가장 중요한 일인 것처럼 아주 진지했다.

  그녀는 연신 칼로 무언가를 깎고 다듬고, 다시 세로 길이로 쭉 찢고 있다. 마지막으로 사람들이 편히 들고 갈 수 있도록 투명한 비닐봉지에 집어넣고 봉지를 여미는 작업을 했다. 그 물건은 향내가 강해서 온 지하철을 향내로 물들였다. 그녀의 무릎 앞에는 깎아낸 부산물이 흩어져있고 그것을 주워 담는 검은 비닐봉지가 아가리를 크게 벌리고 있다. 자기 집 마당에서나 할 일을 그녀는 태연하게 공공장소에서 하고 있다. 어떻게 역무원의 눈에 띄지 않고 몇 달을 버티고 있었는지 알다가도 모를 일이다. 요즘은 자동화 시대라 역무원의 숫자가 많지 않고 그녀가 앉아 있는 곳이 폐쇄 회로 모니터의 사각지대였으리라 짐작해본다. 퇴근 시간이면 어김없이 그 자리에 나타나는 여자. 설령 CCTV에 잡힌다 해도 파도처럼 밀려오는 사람들에 둘러싸여 그녀의 존재는 한동안 발각되지 않았을 것이다. 여간 간 큰 여인이 아니다.

  사람들은 환승 게이트에서 무지막지하게 쏟아져 내려왔다. 당장 저녁 찬거리가 걱정인 워킹 맘인 듯한 젊은 여자가 그녀의 물건을 힐끗 쳐다보다가 다가갔다. 하지만 냄새의 주인공은 손님보다 작업이 더 중요한지 고개도 들지 않았다. 간도 크지만 손님이 묻는데도 쳐다보지 않는 거로 봐서 자존감이 대단히 높은 여자임에 틀림이 없다.
  "이거 얼마예요?"

"오천 원."

'오천 원이요'도 아니고 '오천 원'이라고 그녀는 아주 짧게 대답했다. 사려면 빨리 사고 아니면 말 시키지 말고. 그런 투였다. 쳐다보지도 않고 연신 손을 놀리면서 더 이상 대꾸가 없었다. 그녀의 행동은 바쁜 사람들을 노린 계산된 행동일지라도 아주 자연스러웠다. 영리한 여자였다. 한시가 바쁜 워킹 맘은 얼른 물건을 사들고 총총걸음으로 퇴근대열에 합류했다. 그녀가 그 시각 지하철 전체를 요란한 향내로 빠뜨린 물체는 다름 아닌 도라지였다. 나도 그녀의 태도가 어떤가 시험해 보려고 도라지 한 봉지를 샀다. 역시 기대를 저버리지 않았다. '사려면 빨리 사고 아니면 말고'의 규칙을 철저히 지켰다. 매일 퇴근 시간이면 어김없이 그 자리에 나타나 향수를 뿌려대며 도라지를 까는 여자. 그러나 그녀가 지하철에서 쫓겨나기까지 그리 오랜 시간이 걸리지 않았다.

주어진 시간만큼은 자신의 작업에 철저히 몰입해 있던 몰입의 여왕!

그녀의 얼굴은 나이만큼 주름진, 지극히 평범한 얼굴이었지만 그 순간만큼은 극도로 몰입하는 사람들에게서 보이는 신비한 광채가 엿보였다.

*

이 친구와 나는 별 할 일 없이 자주 만난다. 같은 모임의 멤버로 정

기적으로 얼굴을 마주하는 건 물론이고. SNS로 실컷 떠들다가 그것도 모자라 우리 이럴 게 아니라 만나서 마저 얘기하자고 서둘러 달려가 만나고, 같이 저녁 먹어줄 사람이 없다고 해서 만나고, 아무튼 이런저런 핑계로 자주 만난다.

내가 좀 덤벙대는 사람이란 건 만천하가 다 아는 일이다. 아니나 다를까 또 덤벙대다가 허리 골절로 입원해 있을 때 이 친구가 오밤중에 나타났다. 밤이 이슥해지도록 각종 현안에 관한 수다를 떨고도 미진했지만 친구는 일어서려고 엉덩이를 들었다. 나도 환자복을 입은 채 병원을 빠져나왔다.

여름밤, 자정이 가까운 시간이었다. 지하철역 주변이라지만 서울의 북쪽 끝자락의 주택가는 밤거리가 조용하다. 바람도 살랑거려 우리가 연인 사이거나 불륜 사이라면 아름다운 이 밤에 각자의 숙소로 돌아가지 않았으리라.

행인의 숫자도 대폭 줄어든 밤길에 울긋불긋한 물건을 파는 좌판 하나가 불을 환하게 켜고 마지막 손님을 기다리고 있었다. 리어카 위에 널빤지가 펼쳐져 있고 그 위에 놓여 있는 빨강, 노랑 물건들이 우리를 빤히 쳐다보고 있다. 우리가 헤어지기 싫어하는 걸 눈치챈 모양이다. 나는 장난감인가 하고 무심코 지나치려는데 좌판 주인이 '드르륵' 하면서 내 팔뚝에 파란 안마기를 들이댔다. 그는 장난꾸러기 같이 생겼다. 내가 웃으니 그는 신이 나서 내 팔뚝과 친구의 팔뚝에 번갈아 '드르륵' 거렸다. 우리는 주먹 크기의 이상한 장난감을 본격적으로 받아 들고 목과 가슴 부위를 마구 눌러댔다. 손바닥만 한 안마기였다. 오천 원짜리 치고는 생각보다 시원하고 성능도 좋았다. 친구가 뭘 이런 걸 사니? 하고 가볍게 핀잔했지만 아주 싫은 눈치는 아니었다. 야, 진짜 좋다! 집에 가서 안마해보자! 하면서 하나씩 나눠 가졌다. 컴퓨터에 꽂을 수 있는 충전기도 달려있고, 제품설명서며 반품전화번호까지… 주먹만한 안마기에 있을 건 다 있었다. 우리는 시시덕거리며 신기한 물건을 마구 몸에 문질러댔다. 이번엔 친구가 보라색 꽈배기 모양으로 틀어진 휴대폰 거치대를 오천 원에 사서 내게 쥐어주었다. 나두 이거 비슷한 거 침대에서 써봤는데 엄청 편리해, 하면서.

친구는 안마기를 들고 집으로 돌아가고, 나는 두 개의 신기한 물건들, 보라색 거치대와 파란색 안마기를 들고 병실로 들어와서 곧장 거치대를 침대 머리맡에 설치했다. 그때까지는 신기한 물건에 매혹돼서 아주 신이 나 있었다. 아, 이제 누워서 휴대폰 볼 때 팔이 아프지 않겠다고 하면서… 그런데 휴대폰이 거치대에서 자꾸 떨어져서 금방 흥미를 잃었다. 너무 늦었으니 낼 아침에 해보자면서 베개 옆에 밀쳐 두고 잠이 들었다. 아침에 일어나자마자 거치대를 설치하고 힘들여 휴대폰을 꽂고 침대에 누웠다. 그런데 각도가 비뚤어져서 잘 안 보였다. 다시 일어나 꽈배기 모양의 줄을 비틀었는데 꽈배기 줄이 어찌나 단단한지 간신히 끼운 휴대폰을 빼내고 젖 먹던 힘까지 보태서 다시 각도를 조절했다. 이젠 누워서 잘 보이겠지 생각했는데 영 시원찮았다. 위치가 안 좋은가 해서 다시 일어나 침대 발밑에 옮겨달았다. 여러 차례 끼웠다 빼서 설치해놓고 누워보고, 각도 조절하고 다시 누워보고, 덜렁거리는 휴대폰을 한 손으로 잡고 누워보고, 머리를 침대 발밑에 대고 거꾸로 누워보고. 이러기를 여러 번 반복했다. 병실에서 밥 먹고 할 일 없으니 해보지 다른 때 같으면 어림도 없는 일이다. 이번에는 각도는 대충 맞는데 휴대폰이 자꾸 떨어졌다. 아! 병원 침대라서 두께가 잘 안 맞나보다. 얼른 퇴원해서 집에 가서 해봐야지 하면서 잘 보관해 두었다. 그때까지도 희망과 설렘이 있었다. 그 사이 수시로 파란색 주먹 크기 안마기는 드르륵! 드르륵! 하면서 내 등과 팔다리에 안마해주었다. 안마기는 배터리가 바닥날 때까진 요긴하게 쓰였다.

드디어 퇴원하고 그리운 내 집으로 돌아왔다.

배터리가 동이 난 파란색 안마기를 컴퓨터 본체에 꽂아 충전시키고 본격적으로 휴대폰 거치대를 설치했다. 침대 옆면의 두께는 병원과 별 차이가 없어서 끼우는 데 애를 먹다가 겨우 완성했다. 휴대폰을 끼우고, 각도를 맞추고, 여러 번 드러누워 보고… 그런데 웬걸! 각도가 문제가 아니었다. 휴대폰은 보라색 집게 속에 머물러 있기를 아주 싫어했다. 휴대폰은 한순간도 그곳에 머무르지 않고 끼우는 족족 바닥으로 떨어졌다. 내가 물건을 사서 한 번도 사용해보지 못하고 팽개

친 경우는 이번이 처음이다. 아무리 불량품이어도 적어도 두세 번 사용할 기회는 있었다. 그런데 이 녀석은 좀체 사용해 볼 기회를 주지 않았다. 색깔도 선명한 보라색 꽈배기 거치대는 지금 각종 충전기와 철 지난 휴대폰과 케이블이 가득 담긴 상자 속에서 원색의 빛을 내뿜고 있다.

그렇다면 안마기는 어떻게 되었을까?

몇 시간 충전해놓은 안마기를 빼서 목에 대고 밀었다. 어라? '드르륵' 이렇게 명쾌한 소리가 나야 마땅한데 아무 소리가 안 났다. 충전 시간이 모자라서 그런가? 다시 본체에 꽂고 밤새도록 컴퓨터를 켜놓았다. 소풍날 받아 놓은 아이처럼 잠까지 설쳤다.

그 다음 날, 기막히게 햇살이 밝은 아침이 왔다. 햇빛 줄기는 창문까지 뚫고 들어올 기세였다. 충분히 충전시켰다고 생각하고는 정중하게 안마기를 떼어내서 목 부위에 문질렀다. 그런데 아무 소리도 없다. 손과 무릎에 다시 문질렀다. 먹통이긴 마찬가지였다. 안마기도 그날 이후로 여전히 침묵 중이다. 더 이상 드르륵거리지 않는다. 이 아이도 각종 충전기와 어디에 쓰였던 건지도 모르는 케이블과 함께 상자 속으로 들어갔다.

시지프스는 끊임없이 바위를 굴려 올린다

오늘도 어김없이 파마를 하기 위하여 미용실 문을 열었더니 80대 초반의 할머니가 머리를 하고 있었다. 미용실 주인 여자는 그녀의 흰 머리카락을 꼬불거리게 하는 도구로 틈새 하나 없이 돌돌 말아서 와글와글하게 올려붙이더니 나머지 절반의 파마약을 납작한 솔로 그림 그리듯이 살살이 바르고 비닐 캡을 푹 뒤집어씌웠다. 어릴 적 엄마를 찾아서 미용실 문을 밀면 으레 코를 찌르며 반겨주는 독한 파마약 냄새가 났었다. 머리에 뭔가를 똑같이 뒤집어쓴 여자들이 차례를 기다리면서 와자지껄 떠들고, 주인 여자는 부지런히 머리를 말며 대형 거울 너머로 그들의 말에 대꾸해주었다. 시간의 차이만 있을 뿐 그때나 지금이나 미용실 안은 거의 흡사했다. 미용실 주인 여자는 이 80대 할머니에게 꼬박꼬박 이 여사라는 호칭을 썼다. 할머니도 다른 일에는 딴지를 잘 걸다가도 이 여사님! 하고 부르면 갑자기 점잖아진다. 이 여사는 한 시간 뒤에 예약된 파마머리를 기대하며 뒷모습을 거울에 비춰보고 간이 소파에 앉았다.

그녀는 내가 들어오기 훨씬 전부터 큰 목소리로 떠들고 있었다. 그녀는 여성성이 거추장스러워 오래전에 내다 버린 듯한 걸걸한 목소리로 말했다. 남성도 여성도 아닌, 쉿소리가 났다. 크림색 블라우스를 입었기에 망정이지 그렇지 않으면 그녀가 여자인지 남자인지 구분하기 어려웠을 것이다.

"그 영감탱이가 내 빨래를 슬쩍 집어다가 자기 빨래랑 같이 빨아서 널어놨더라구. 지가 그래봤자야. 암만 그래두 나는 내 꺼만 빨 거여. 소용없어."

이게 무슨 뚱딴지같은 소린가? 수작 부리는 옆집 영감탱이를 두고 하는 말인가? 도저히 감이 안 잡혔다.

"나는 일절 간섭 안 해. 보다 보다 못해서 내가 한 소리 하면 저 인간은 백 마디를 해. 듣기 싫어서 귀를 꼭 틀어막고 나도 막 지껄여. 해볼 테면 해봐. 저 영감탱이는 죽지도 않어. 아주 뵈기 싫어 죽겠어."

계속 듣다 보니 이 여사가 입에 침을 튀겨가며 절대 죽지도 않는 불사신이라고 하소연하는 그 영감탱이가 바로 이 여사의 남편이란 걸 알게 되었다. 그러니까 두 사람은 서로 귀를 틀어막고 상대방 앞에서 죽자 살자 떠들어댄다는 것이다. 무슨 초등학생들도 아니고… 대형거울 앞에서 혼자 큭 하고 웃었다. 내 머리를 만지고 있던 미용실 여자도 웃음을 참는 게 역력했다. 뭐가 그렇게 한이 맺혀서 상대방이 듣지도 않는 말을 고래고래 소리 지르며 혼자 떠들어댄단 말인가? 앞뒤 얘기가 없었으면 정신 나간 줄 알 것이다.

  그녀는 남편과 시장에서 조그만 이불 가게를 수십 년 꾸리다가 10여 년 전에 작은아들에게 물려주고 지금은 한가한 노후를 보내고 있다. 두 아들은 잘 커서 나름대로 제 몫을 하는 사회인이 되었다. 아이들이 학교 다닐 때는 치맛바람도 내며 남들이 하는 삶을 더하지도 빼지도 않고 살아왔다. 가게가 집 근처여서 하루 세끼를 끓여 먹이며 가게 일과 집안일로 바쁘던 젊은 시절엔 싸우지 않았는데 이상하게 80줄에 들어서면서 밤낮없이 싸워댔다. 할아버지 곽 씨가 속상해서 집을 나오거나, 이 여사가 집을 나오거나, 하여간 부부는 싸움 끝에 번갈아 가출을 감행했다. 이미 50대인 아들들이 모여 대책 회의를 해봤지만 소용이 없었다.
  "아유, 이제 좀 살만하잖아요. 앞으루 얼마나 사신다구 그렇게 싸우구 살아요? 두 분이 다정하게 손잡고 산책이나 하시고 그러면 좀 좋아요?"
  미용실 여자가 말했다.
  "이런 니미! 씨**"
  미용사의 말에 대한 이 여사의 대꾸다. 입에서 나온 말을 그대로 옮긴 거다. 더한 욕을 했지만 지면에 실을 수는 없다. 이 여사는 갈같은 듯 코웃음을 쳤다.

"정 그러면 아래윗집 따로 한 번 살아봐요. 다시 연애하는 기분으로…"

"그거야 내가 바라는 거지. 그런데 저 구두쇠 영감이 돈 아까워서 절대 그렇게는 못 할 걸? 죽어라구 붙어사는 데는 다 이유가 있어. 돈 안 들이고 밥해주는 사람이 있어야 하잖어."

"그러기야 하겠어요? 아, 자식이 속을 썩여요? 돈이 없어요? 어디 한쪽이 앓아눕기를 했어요?"

아이구, 이 여사는 복이 터졌네! 다들 입으로 한마디씩 했다. 어쨌든 이들은 산전수전 다 겪고, 같은 목표로 아이들을 키워냈고, 안락한 노후를 위해서 아등바등 절약하며 살았는데… 이제 아무 걱정이 없어서 한숨 돌릴 만도 한데… 그런데 어찌된 일인지 밤낮으로 악다구니로 싸워댔다. 따로 살고 싶지만 구두쇠 영감탱이가 뭐 때문에 돈을 이중으로 쓰겠냐고. 따로 사는 건 절대불가란다. 아들들도 따로 사는 건 반대했다. 한 사람씩 부모를 맡아서 아들 집에 살게도 해봤지만 그것도 못 할 짓이었다. 그래서 머리를 맞대고 묘안을 짜냈다.

"그렇게 싸워대지 말고 한집에 같이 사시되 서로 일절 간섭하지 말고 살아봐요. 뭐를 하든 그저 남이려니 생각하고 그냥 구경만 해요. 그러면 싸울 필요도 없어요."

아들들은 일단 눈 질끈 감고 상대방 말에 일절 대꾸하지 말라고 훈수했다. 노인들은 눈에 거슬리는 게 많은데 어떻게 간섭을 안 할 수가 있냐고 항변했다.

"엄마는 이렇게 생각하라니까요? 아버지가 하숙생이려니 생각하라구요. 아버지도 엄마가 옆방에 세 든 사람이려니 생각해요. 한 번만 해보자구요 예?"

"나는 간섭하기 싫은데 저 여편네가 이래라저래라 잔소리가 많아. 니들 봤지? 저 할망구가 어디 입 닫구서 일 분이라도 견디냐? 저 버릇, 저거 죽기 전엔 절대 못 고쳐! 그 버릇 고치면 내 손에 장을 지지지."

이건 곽 씨의 말이다.

"저, 저, 저 정신 나간 노인네, 아가리 틀어막는 거 어디 없나?"

이 여사는 아가리 틀어막을 걸 찾느라 두리번거렸다.

"기저귀 있으면 가져와서 저 노인네 입 좀 틀어 막어라."

기저귀 갖다 틀어막으라는 소리에 곽 씨는 발끈했다.

"저 할망구가 말이면 단 줄 알어?"

"아유, 알았어요 알았어, 엄마, 엄마, 엄마아!"

보다못해 큰아들이 소리를 빽 질렀다. 아버지도 고만해요, 고만! 이 여사는 작은아들에게 이끌려 방으로 들어가다가 뒤돌아보고 곽 씨를 향해 손가락질을 했다. 저 영감탱이는 내가 한마디 하면 백 마디를 해요. 아이구! 저 영감탱이, 염라대왕이 안 데려가나? 부부는 상대방을 향해 삿대질하다가, 답답해서 가슴을 쳤다. 이 여사는 안방으로 끌려 들어왔다. 저 집구석 꼴 좀 봐라 저렇게 허구한 날 쌓아놓고 버리지도 못하게 허구. 저게 쓰레기장이지 어디 사람 사는 집이냐? 밖에서 할아버지의 쉰 목소리가 방까지 들렸다. 저 여편네는 남 퍼다 주는 게 취미여. 큰아들이 아버지도 고만해요! 하는 소리가 들렸다.

"글쎄, 지금도 봐요. 아버지 말에 어머니가 가만있으면 쌈이 안 되는 건데…"

작은아들의 말에 이 여사는 발끈했다.

"왜 내가 가만있어야 돼? 너두 정신 차려 이놈아! 니가 더 나쁜 놈이여! 돈 몇 푼 되는 거 전부 저 영감탱이 이름으로 돼 있으니까 니들이 애비한테 아부하는 거잖여."

"엄마! 무슨 소리하구 계시는 거예요? 제가 언제 아부를 했어요."

느이들 봤지? 저 영감탱이 혼자서 저 잘났다고 떠들어대는 거 봐라. 서로 못 지킬 거라고 우겼다. 아들들은 글쎄 되든 안 되든 한번 해보고 나중 일은 나중에 생각해 보자고 간신히 중재하고 돌아갔다. 부부는 아들들의 간곡한 부탁도 있고 해서 일단 자식 말을 듣기로 했다. 그날 이후, 두 사람은 같이 한집에 살되 남남인 것처럼 서로 간섭 안 하고 살기로 했다. 부부는 서로 상관하지 말라는 소리를 밥도 따로 해 먹으라는 뜻으로 알아들었다.

한쪽 귀가 어두운 곽 씨는 꼭두새벽에 일어나서 TV를 크게 틀어놓고 거실 한가운데 앉아있다. 서로 간섭만 안 하는 걸로 정했는데 부부는 입까지 다물어버렸다. 할 말이 있어도 꾹 참고 있다가 정 할 수 없으면 손가락으로 가리키며 무언의 대화를 했다. 그렇지 않으면 쳐다보지 않고 혼잣말하는 것처럼 중얼거렸다. 그것도 해보니 할 만

했다. 그들의 두 집 살기는 이렇게 시작되었다.

이 여사는 오늘 반찬으로 가지무침이 먹고 싶어서 가지를 쪄서 양
푼에 담았다. 갖은양념을 넣고 버무렸더니 거실에 참기름 냄새가 진
동했다. 평소 남편이 좋아하던 노각도 가늘게 채 썰어 무치면서 슬쩍
곁눈질했다. 남편은 일부러 부엌 쪽은 쳐다보지도 않고 TV 리모컨만
벌써 스무 번째 돌리고 있다. 리모컨 돌리는 소리가 부엌까지 들렸다.
TV 소리는 엄청 크다. 보통 때라면 귓구녕이 막혔나? 텔레비전 좀 작
게 틀어요! 하며 소리쳤을 텐데 이 여사가 오늘은 꾹 참고 있는 게 역
력했다. 이 여사는 쟁반에 밥과 가지무침, 노각채를 담아서 뒤도 돌
아보지 않고 안방으로 들어갔다. 안방에 들어가서 문을 일부러 소리
내 닫고 TV를 켜고 바닥에 앉았다. 그녀는 가지고 온 밥과 반찬을 방
바닥에 펼쳐놓고, 보고 싶은 프로그램을 맘대로 틀어놓고 맛있게 먹
었다. 그제야 곽 씨는 슬슬 일어나 쌀을 씻으려고 쌀독을 열었다.

"저 노인네 쌀을 미리 담가놔야 밥이 설지 않지. 저 무식한 노인네!
설거나 말거나!"

이 여사는 무식하다고 구시렁대면서 밥숟가락을 입에 쑤셔 넣었다.
곽 씨는 밥을 안치고 며느리가 해준 공동의 김치를 플라스틱 통째 식
탁 위에 놓았다. 이 여사는 남편이 손 댄 김치는 거들떠보지도 않는
다. 빨래도 각자 자기 것만 빼서 세탁기로 돌렸다. 밖에서 모임이 많
은 이 여사는 본인이 거주하는 안방만 청소하고 나머지는 내버려 두

었다. 이 여사가 밖으로 나가려고 현관에서 신발을 찾을 때 곽 씨는 이부자리와 겨울옷들을 전부 꺼내서 베란다에 죽 늘어놓았다.

"이 영감탱이야! 내가 오늘은 말을 안 하려고 했는데… 제발 늘어놓지 좀 말고 살어."

이 여사가 소리를 꽥 질렀다.

"그러구 지지리 궁상으로 살아라! 나는 친구나 만나러 다닐 테니…"

곽 씨는 못 들은 체하고 이부자리와 옷들을 햇볕에 말린다고 죽 늘어놓았다. 이것은 곽 씨가 눈만 뜨면 행하는 의식이었다. 그는 햇빛에 말리지 않으면 꿉꿉하다고 하루도 못 견뎌 했다. 요즘 남편의 행동은 결벽증에 가까울 정도로 심해서 참을 수가 없다. 이 여사가 문을 탕 닫고 나갔다. 한바탕 싸우고 싶지만 아들 생각해서 참고 있다고 했다. 답답한 마음도 풀 겸 밖으로 나왔다. 미용실에 와서 이 여사는 지금 얼마나 참고 있는가를 얘기했다. 집에 들어가서는 잔소리하고 싶어도 아들들하고 약속한 게 있어서 꾹 참는다고 했다. 가슴이 터질 지경이란다. 남편이 하는 꼴을 보면 어떻게 잔소리를 안 하겠느냐? 그래도 참고 사는 자신이 용하다고 했다. 내가 보기엔 곽 씨도 이를 악물고 참는 중인 것 같다.

서로의 얼굴을 마주치기 싫어서 30평 아파트를 비껴서 돌아다닌다고 했다. 곽 씨는 이 여사가 안방으로 들어갈 때 주방으로 가고, 이 여사도 되도록 곽 씨가 거실에 없을 때 안방 문을 열고 나왔다. 할 수 없이 마주칠 때는 으흠 하며 헛기침 소리를 냈다. 헛기침 소리는 내가 지금 자식 때문에 참고 있어 하는 소리로 들렸다.

젊은 시절 밖으로 나돌던 곽 씨는 늙으면서 점차 집안에 틀어박혀서 부인의 일거수일투족을 참견했다. 성욕이 떨어지고 뒤따라오는 약간의 우울감은 과도한 참견으로 이어졌다. 왕성하던 성욕 대신 곽 씨의 입은 한시도 가만히 있지를 못했다. 저 남자가 원래 저렇게 수다스러웠나 할 정도로 참견이 심해졌다. 반면 이 여사는 젊을 때와 달리 한시도 집에 있기를 싫어하고 여러 가지 모임으로 외출이 빈번해졌다. 그는 이 여사가 반쯤 까놓고 식탁 위에 팽개치고 나간 마늘을 마저 까면서 구시렁구시렁 잔소리를 했다. 이 여사는 옛날에 중요하게 여겼던 세탁이며 청소, 요리 등이 그냥 거추장스럽게 생각되었고, 살아가는 데 지장이 없을 정도만 하면 된다는 생각이 들었다. 그래도 이들이 악다구니로 싸우기 전까지는 남편의 비위를 어느 정도 맞추어 주었다.

이 여사가 머리에 중화제를 바를 시간이 되어서 미용실 여자는 이 여사의 얘기를 끊고 가운데 의자에 앉으라고 했다. 이 여사는 자신이 남편과 싸우게 된 결정적인 사건 얘기를 하려는 찰나 자리를 옮겨 앉았다. 우리는 곽 씨가 바람이라도 피운 건가 생각하면서 머리에 비닐캡을 쓴 채 이 여사의 걸걸한 음성을 들으려고 모여들었다. 엄마와 엄마 친구들이 머리에 똑같은 캡을 뒤집어쓰고 어린 딸 눈치를 봐가며 음담패설을 할 때와 한 치의 오차 없이 똑같은 풍경이었다. 이 여사는 그 인간은 돈 아까워서 바람도 못 필 위인이야! 하고 딱 잘라 말했다.

어느 날 이 여사는 친구들과 오전 9시에 만날 약속이 있어서 7시에 아침을 차려주었다. 그런데 곽 씨가 화를 벌컥 내며 무슨 꼭두새벽에 아침을 먹느냐며 식탁으로 오지 않고 거실 소파에 앉아서 시간 되면 먹겠다고 고집을 부렸다. 이 여사는 화가 머리끝까지 났지만 꾹 참고 "그럼 8시까지 꽉 채웠다 먹구려." 하면서 먼저 아침을 먹었다. 곽 씨는 TV 채널을 이리저리 돌리기만 하다가 기어이 8시를 채우고 식탁으로 왔다.

"그게 무슨 고집이여 글쎄? 그렇게 고집 피우다가 시간 돼서 먹을 건 또 뭐야? 이왕에 차려는 건데. 어쨌든 시간 돼서 밥은 처먹드라구"

하여간 아침 잘 먹고 나서 남편은 여느 때처럼 집에 박혀있고, 이 여사는 동네 산에 부랴부랴 운동하러 갔더란다. 운동을 마치고 친구들이 근처에서 칼국수 먹고 가자고 했다. 이 여사는 남편의 점심 때문에 친구들 무리에서 빠져나와 부랴부랴 집으로 달려왔다. 오늘은 정말 친구들과 수다를 떨고 점심도 밖에서 해결하고 싶었는데 80이 넘어서도 남편 점심 때문에 달려오는 게 짜증이 났다. 하기야 며칠 전에도 혼자 점심을 차려 먹으라고 했기 때문에 오늘은 미안해서라도 집으로 달려와야 했다. 집에 헐레벌떡 당도해서 대충 차려 내놓으니 곽 씨 얼굴이 또 일그러졌다. 뭔가 심기가 불편하다. 밖으로 나도는 이 여사가 못마땅해 죽겠다. 그는 벌레 씹는 듯이 밥을 씹었다. 그녀는 남편의 표정을 싹 무시했다.

"다 먹고 나서 시금치나물하고 두부조림은 냉장고에 넣어요? 그리고 찌개 냄비는 베란다로 내놔요. 그냥 식탁에 두면 쉬어버리니까. 나 잠깐 나갔다 올게요."

이 여사의 지시사항이 복잡했다. 이 말에 곽 씨가 숟가락을 던지듯이 내려놓고 거실로 갔다. 그래서 이 여사가 왜 나만 이러구 사는지 너무 성질이 나서 그날 한바탕 따졌단다. 열심히 나물 무치고 몇 시간을 지지고 볶고 그랬는데도 벌레 씹어먹은 얼굴 하구. 나 원참! 나는 뭐 저 하는 행동이 이뻐서 입다물구 있나 나 원참! 그녀는 그동안 부지기수로 참았다는 걸 강조했다.

그녀는 집안에 쌓아두는 걸 싫어하고 바로바로 버리는 성미지만, 곽 씨는 뭐든지 버리질 못하고 모아두는 성미여서 이것도 싸움의 원인이 되었다. 그동안은 참고 살았는데 이젠 절대로 참을 수 없었다. 곽 씨가 자는 방은 잡동사니들로 꽉 차서 발 디딜 틈이 없었다.

"아 글쎄, 병원에 가서 번호표 뽑고 실컷 기다려 놓고 저 인간 밥 차릴 시간 돼서 진료도 못 받구 헐레벌떡 뛰어 왔잖여. 표 딱지는 남 좋은 일만 시키구. 이런 일이 한두 번이 아녀. 저 웬수는 집구석에 앉아서 나 오기만을 눈이 빠지게 기다리구 있어. 둘이 붙어 있어봐야 싸움질만 할 텐데 왜 나를 붙들어 매는지 알다가도 모를 일이여."

지금까지는 순전히 이 여사 얘기였다. 곽 씨를 미용실에 소환해서 들어볼 수도 없고. 그도 할 말이 이 여사보다 많으면 많았지 결코 뒤지지 않을 거다. 이들은 황혼 이혼이라는 일촉즉발의 위기를 안고 있다. 누가 먼저 건드리기만 해봐라 하는 식이었다. 그러나 곽 씨가 죽어도 갈라서거나 따로 살지 않는 이유는 재산 쪼개기 싫어서일 거라고 했다. 생활비를 이중으로 쓰는 일은 곽 씨의 머리로는 상상도 할 수 없는 일이라고 했다. 이것도 이 여사의 말이다.

80대 중반의 곽 씨 부부의 이야기를 듣고 왜 그렇게 황혼 이혼이 자꾸 늘어나는가 곰곰이 생각해 보았다. 결론부터 말하자면 그건 세계에 유례없는 기이한 대한민국의 음식 습관 때문이 아닐까? 라고 비약을 해본다. 우리나라 사람들이 음식 먹는 습관만 고친다면 훨씬 더 시간을 낭비하지 않고, 결정적으로 황혼 이혼도 늘어나지 않을 거란 생각이 불현 듯 들었다. 이 무슨 귀신 씨나락 까먹는 소리냐 할 거지만….

우리 음식이 세계 어디에 내놔도 손색이 없고, 조상의 지혜가 담긴, 지극히 과학적이기도 한 발효음식이고, 영양과 맛이 뛰어나다고 우리끼리는 늘상 말한다. 우리가 얼마나 음식에 대한 자부심이 센지 어딜 가나 지겨울 정도로 자화자찬 일색이다. 그런데 맛 좋고 우리 몸에 이롭다는 건 귀가 따갑게 들었는데 '먹는 습관에 관한 얘기는 별로 하고 싶지 않은가 보다. 그런 얘긴 별로 없다.

이들이 황혼이혼의 뇌관을 들고 매일 피 터지게 싸우는 이유를 곰 곰 생각해 보았다. 비약이지만 곽 씨 부부가 대판 싸우고 한 집에서 별거 직전에 들어간 사연은 다름 아닌 곽 씨의 음식 습관이라고 추측 해본다. 곽 씨가 물건을 절대 버리지 못하는 습성과 햇빛에 뭔가를 널지 않으면 불안해서 살 수 없는 성미는 통 큰 이 여사가 눈 딱 감고 봐주겠다고 했다. 근육이 없어 가느다란 허벅지를 몇십 년 된 바지 속에 끼워 넣으면 곽 씨의 가냘픈 다리는 헐렁한 바지 속에서 빙빙 겉 돌았다. 이미 여성화된 80줄 노인에게서 남자로서의 매력은 눈곱만큼 도 찾을 수 없었다.

"시장에 가면 만 원짜리 바지가 수두룩한데 저 주변머리는 그것두 아까워서 못 사 입어."

이 여사가 입이 아프도록 떠들어댄 말이다. 그러나 피차 마찬가지 이니까 그것도 봐주겠다고 했다. 그러면 싸우는 이유는 한 가지로 압 축된다. 음식 먹는 습관 때문이라고 확신할 수 있다. 내가 오래전부 터 머리를 싸매고 고민하던 문제였다.

이들은 근 60여 년간을 하루 세끼 밥상을 위해 시간과 노력을 바쳐 왔다. 은퇴한 지 오래되었지만 부부는 평생 이불 가게를 해서 살림을 일구었다. 젊은 시절, 서로 바쁠 땐 가게 바닥에서 신문지 깔고 식구 들이 옹기종기 밥을 먹은 적이 많았다. 아이들은 소풍 온 것 같다면서 재밌어했다. 서둘러 밥그릇 씻고 아이들 씻기고 저물도록 일해도 으레 여자들이 하는 일이려니 했다. 60여 년 세월을 보상받으려 하는 건 절대 아니다. 다른 건 바라지도 않는다. 그저 80대인 지금 이 순간이 행복했으면 하는 바람뿐이란다.

그날 운동하러 가는 날도 시금치를 무치고, 각종 김치를 조그만 종지 두 개에 담아내고, 계란찜도 쩌내고, 작은 옹기 그릇에 된장찌개도 끓여냈다. 반찬 네 가지에 찌개, 밥 두 사발, 수저 두 벌. 아주 조촐한 아침상인데도 준비하는 데만 한 시간을 훌쩍 넘겼다. 거한 상차림이 아니고 아주 간단한 상차림이라는 걸 유념해야 한다. 남편 곽 씨가 성의 없다고 생각할 정도의 아주 간단한 상차림이다.

이 간단한 상을 차리기 위해서 이 여사가 방금 전 한 일을 되돌려보자. 시금치 무침은 일단 시금치를 끓는 물에 데쳐놓는다. 요리 연구가들이 쉽게 갖은양념이라고 말하지만 무치는 데 들어가는 걸 한 번 열거해보면 멸치액젓, 파, 마늘, 참기름, 깨소금, 매실액, 이런 기본적인 게 들어간다. 주먹만한 시금치나물을 만드는데 무려 여섯 번이나 양념통 속을 들락날락해야 완성된다. 손에 양념이 묻으면 손을 씻고 물기를 닦은 다음 다른 그릇들을 만져야 하는데 여간 성가신 게 아니다. 싱크대 위에는 이미 여러 그릇과 양념 통들로 꽉 차 있다. 그런데 여기서 문제가 발생한다. 먹는 사람은 주먹만 한 시금치나물이라도 남기지 말고 다 먹어야 하는데 한국 남자들은 웬일인지 조금씩 남기는 걸 미덕으로 안다. 이런 식의 미덕이 기기묘묘한 밥상 문화를 만들어 냈다.

이번엔 계란찜으로 넘어가 보자. 지금 요리법을 소개하자는 게 절대 아니다. 계란 세 알을 풀어서 맛소금 약간 넣고, 명란젓이 있다면 좋겠지만 없다, 숟가락으로 대충 풀어서 찜통에 쪄낸다. 닦아놓은 커다란 찜기를 위 찬장에서 꺼내는 수고는 덤이다. 밥은 물론 전기밥솥에서 뜸 들이는 중이라고 사람음성이 지껄이고 있다. 뚝배기에 멸치육수를 내어 건져내고 된장을 풀어 남아있는 야채들을 몽땅 꺼내어 깍둑썰기하고 보글보글 끓인다. 이 간단한 아침상을 한 시간 걸려 차려 내면 보통의 곽 씨 같은 대한민국의 남자들은 감사 표시 한마디 없이 먹어 치우는 데 고작 10분이 안 걸린다. 다 그런 건 아니지만 식사하면서 즐겁게 얘기하고 서로 격려하는 말들은 이들 사전에 없다. 서로 눈빛을 교환하다가 상대방의 눈가의 주름을 어루만져주며 오랜 세월 함께한 것에 고마움을 느끼며 식사 준비를 서로 돕는 일은 이들 사전에 없는 데서 비극이 싹튼 것이다.

이번엔 치우는 걸 한번 보자. 두 개의 종지에 담긴 배추김치와 총각김치는 아주 조금씩만 담았더라도 곽 씨가 생각이 좀 있는 사람 같으면 식탁에 내놓은 것은 다 먹어 치워야 옳다. 한번 꺼내놓은 건 싹 먹어 치우든가 버리든가 해야 한다. 그런데 곽 씨는 얄밉게도 조금씩 남기는 데 아무런 죄책감이 없다. 나중에 다시 먹으면 된다는 매우 위험한 생각을 하고 있다. 젓가락이 들락거린 나물은 버리든가 다시 반

찬통으로 들어가든가 해야 하는데 수고스러움은 물론이고 위생 상태
는 말로 표현할 수 없다.

남편들과 그 밖의 사람들이여!
남녀가 똑같이 식사 준비를 하자는 얘기가 아니다. 초점은 '젠더'의
문제나 '페미니즘' 얘기가 절대 아니다. 우리는 식탁 위에 내놓은 반찬
을 남기는 일에 심한 부끄러움을 느껴야 한다. 남은 걸 버리려고 하면
아까운 걸 왜 버리냐고 잔소리할 게 뻔하다. 그럼 이걸 어찌하나? 여
기서 비극이 싹튼다. 남겨진 김치, 깍두기는 십중팔구 세균 범벅이 되
어 다시 플라스틱 통으로 억지로 쑤셔넣어야한다. 남아있는 시금치
무침도 행방이 궁금하다. 한 시간 넘게 시간이 걸린, 아주 간단한 아
침상을 차리느라고 수고했단 소리도 못 들었다. 쫓기듯이 먹어 치운
10분간의 식사 시간에 비해 조리하느라 공들인 시간이 너무 아깝다.
시간은 그렇다치자. 아주 조금씩 남은 음식들, 젓가락과 숟가락이 수
없이 들락날락하고 세균들이 버글거리는 그 잔여물들은 다시 플라스
틱 통에 들어가 세균 잔치를 벌일 게 뻔하다. 수없이 들락거린 계란찜
과 뚝배기 찌개, 이것들을 또 어찌하랴? 그냥 뚜껑을 덮어두면 만사
형통일까? 몇 시간 뒤에 또 꺼내서 먹을 건가?

나는 더 이상 말하고 싶지 않다. 전 국민이 이렇게 세균덩어리들을
냉장고에 쑤셔 넣고도 세계에서 최고로 건강에 좋은 훌륭한 음식이라

고 입에 침도 안 바르고 떠들어댄다. 각자의 접시에 담아서 따로 먹는 게 정답이다. 학교 급식실에서 먹는 급식트레이가 최고로 좋은 식기이다. 제발 같은 접시에 여러 개의 젓가락이 들락거리게 하지 말자.

이제 씻는 일이 남았다. 수저 두 벌, 밥그릇 두 개, 시금치 담았던 접시, 배추김치 접시, 총각김치 접시, 냉장고에 있던 식어서 먹지도 않는 호박채 볶음을 버리고 난 빈 통, 조금 남은 김치를 작은 통에 담고 남은 큰 김치통, 찜통그릇, 요리하느라 썼던 수저들, 컵들, 도마, 칼등 싱크대에 점점 산처럼 쌓인다. 그래도 60여 년을 해온 일이기에 이 여사는 아무 불평 없이 깨끗이 씻어서 말린다. 설거지하는 데 또 40분을 소비했다. 10분의 식사를 위해 무려 2시간 가까이 훌쩍 지나갔다. 이게 딱 한 번으로 끝나는 일이라면 12첩 반상을 차려줘도 이 여사는 군말하지 않을 것이다. 궁중의 연회장에 올릴 음식이라도 마다하지 않겠다. 평생 무한반복이라는 게 문제이다. 똑같은 일을 죽어라고 반복하는 게 문제이다.

점심 시간이 되면 아침에 했던 일을 또 반복한다. 저녁 식사 준비는 이 정도 반찬 가지고는 어림도 없다. 두루치기나 자반이라도 튀겨야 직성이 풀린다. 먹는 사람은 방금 만든 음식이 아니고는 성에 차지도 않는다.

이 여사는 이런 일은 노동 축에도 못 끼고, 원래 해야 하는 거로 지금까지는 생각했다. 60여 년간이나 신물 나도록 해왔다. 80을 넘긴 요즘 이 여사는 그게 곽 씨 탓이려니 하고 화살을 잘못 돌린 거다. 그건 곽 씨 탓이 절대 아니다. 곽 씨의 어머니에게서 길든 잘못된 식습관 탓이다. 비약 같지만 나는 이런 식의 밥상 차리는 일을 시지프스의 바위에 비유해보고 싶다. 물론 엄마가 정성껏 차려준 음식을 맛있게 먹어주면 그것처럼 행복한 일이 어디 있겠는가? 그러나 얘기의 초점은 그게 아니다. 음식 습관을 두고 하는 말이다. 비단 나 혼자만의 생각일까?

여러 개의 접시에 죽 차린 반찬을 놓고 젓가락으로 끼적거리는 밥상을 꼭 고수하겠다는 사람에게는 더 이상 할 말이 없다. 다른 불편한 건 재까닥 고치면서 왜 이것만은 고칠 수 없는지 그 이유를 아직 요리 연구가나 여성학자들의 입에서 명쾌한 답을 듣지 못했다.

우리가 생각을 바꾸어서 실천에 옮긴 게 얼마나 많은데… 우리 민족이 어렵고 복잡한 걸 실용성 있고 능률적인 걸로 죄다 바꿔치기한 게 얼마나 많은데… 그렇다면 음식 문화도 못 바꾸란 법이 없다. 요즘 너무 먹어서 탈이라니까 밥 한 공기에 반찬은 딱 두 가지를 제안한다.

접시 하나에 반찬이 딱 두 가지라면 모두 펄쩍 뛸 것이고 아내들도 그럴 순 없다고 소리칠 것이다. 그래도 반찬은 꼭 두 가지로, 그렇게 해야만 앞으로 우리가 생존할 수 있을 거로 생각한다. 생존이란 다름 아닌 황혼 이혼을 막는 일이다. 그건 습관만 들이면 아주 쉬운 일이다. 내일 아침은 현미밥 반 공기에 계란 프라이, 김치 하나. 멸치조림, 이것을 큰 접시 하나에 담아서 밥 한 톨 남기지 않고 싹싹 먹어 치우길 바란다. 국도 먹지 말자. 국을 먹을 때면 일본의 덮밥처럼 국 한 그릇에 밥 한 공기면 되고 다른 반찬은 생략하기로 하자. 이것을 각자 급식용 트레이나 큰 접시에 한꺼번에 담아주고 완벽하게 싹싹 비우기를 권한다. 남자나 여자나 이렇게 먹는 습관을 어릴 때부터 훈련시키고 길들이면 그것도 맛있어질 것이다.

60년 뒤에 황혼 이혼이 절대 발생하지 않으려면 바꿔야 한다는 게 내 생각이다. 그렇게 어릴 때부터 길들이면 황혼의 곽 씨도 화내지 않고 충분히 혼자 차려 먹을 수 있고 위생은 덤으로 따라올 것이다.

물론 말도 안 된다고 나를 크게 질타할 것이다. 그러나 우리가 언제까지나 시지프스의 바위처럼 공들여 만든 걸 버리고, 다시 또 만들고, 그다음 날 또 버리고 할 것인가. 침과 조미료가 사이좋게 섞인 세균 덩어리를 어느 나라도 흉내 내지 못하는 건강한 밥상이라고 박박 우기는 건 좀 그렇다. 이런 일을 평생 할 것인가? 그러다가 80세가 되어 지쳐 나가떨어져서 악다구니로 싸울 것인가? 그럴 수는 없다. 침 범벅이 된 음식을 자연식이라고 우기며 또 꺼내 먹는 일은 내 생각으로 여기서 멈췄으면 좋겠다. 드라마를 보면 어느 부잣집에서 커다란 찌개 냄비를 가운데 놓고 반찬 접시들을 빙 둘러 보기 좋게 배치한다. 음식의 모양도 예쁘고 우아해 보인다. 그 가운데 식탁예절이 중요하다고 가르친다. 그러나 나는 이런 모습이 아주 못마땅하다. 한 식구니까 찌개 속에 이 숟가락 저 숟가락 쑤셔 넣고 먹어도 괜찮다는 건 우리가 노상 외치는 세계화에 맞는 말이 아니다. 전 국토가 불편한 집을 뭉개버리고 편리한 아파트 숲으로 하루아침에 탈바꿈시키는 마당에 침 담갔던 찌개를 또 끓이는 일은 이제 이쯤에서 끝냈으면 좋겠다. 반찬은 두 가지로 통일하자. 남북의 통일도 물론 바라지만.

스무 가지가 넘는 반찬을 스무 개도 넘는 접시에 상다리가 부러지도록 차려낸다고 소문난 전라도 한정식집도 기본 반찬 두 가지만 내놓으시길 권한다. 한정식집에 와서 반찬 두 가지만 먹으라고요? 말도 안 되는 소리! 하겠지만 나머지 반찬은 돈을 더 내고 사 먹으면 간단히 해결된다. 차림표를 보고 더덕구이와 조기구이 추가요 하면 끝이다. 그런 면에서 한정식집도 빙빙 돌아가는 스시집의 초밥 접시를 모방하면 어떨까? 그래서 먹고 싶은 반찬의 가격 딱지를 보고 초밥 접시 낚아채듯 앞에 내려놓고 먹는 거다. 이참에 그릇 회사에서는 여러 가지 아이디어를 공모해서 아름답고 실용적인 가정용 식판을 만들어냈으면 좋겠다.

산꼭대기까지 밀어 올린 바위가 다시 굴러떨어질 걸 알면서도 시지프스는 끊임없이 바위를 굴려 올린다. 사실 이 여사 자신도 곽 씨와 격렬하게 싸우는 이유를 정확히 모르고 있었다. 그냥 어느 날 갑자기 서로 맞지 않는다고만 생각했다. 이 여사가 시지프스의 바위를 60여 년 동안 무한정 굴려 올렸다는 사실조차도 인지하지 못하고 살아왔다. 곽 씨는 일부러 그런 건 아니지만 그 바위 위에 걸터앉아 있었다.

실질이혼 10년, 법률이혼 2년, 도합 싱글 12년차

가끔 만나는 후배가 있다. 학교 선후배 사이도 아니고 인생 후배라고나 할까? 어정쩡한 관계이지만 그녀가 어느 중견 회사의 국장 자리에 있을 때 만났으니까 나는 그녀를 이 국장이라고 부른다. 국장이란 지위가 어떤 자리인진 잘 모르겠으나 각 영업국의 국장들이 모여서 실적 발표도 하고 그런다니까 회사 내에선 딱 중간 정도 되는 서열일 거라 추측해본다. 내가 그녀를 만난 시기가 이 시기였기 때문에 이후 그녀의 칭호는 쭈욱 이 국장이다. 그렇다고 국장 자리에 계속 머물러 있던 건 아니고 쑥쑥 치고 올라가 대표 바로 코앞까지 올라갔지만 내가 부르는 호칭은 여전히 이 국장이다. 그런데 까마득히 밑에 있던 여러 국장 중의 한 사람이었던, 지극히 평범한 여자가 어느 날 대표 옆자리 근처에 와 있을 때 제일 놀란 사람은 다름 아닌 이 회사의 부대표였다. 그는 예의가 쓸데없이 바르고 젊었을 때부터 보고서를 과하게 잘 쓰기로 알려져 있다. 처음부터 끝까지 포장을 잘하는 남자였다. 남들 눈에는 그 자리에 앉을 만한 인물이라는 평을 들었다. 그런 그가 어울리지 않게 자기 자리를 뺏길까 봐 전전긍긍했고 회사 일은 제쳐 두고 그녀를 쫓아낼 궁리만 했다. 그냥 근사하게 앉아 있었으면 그의 실체를 아무도 몰랐을 텐데.

어느 퇴근 무렵 부대표라는 사람이 카톡으로 누군가와 그녀의 험담을 하고 있었다. 그는 실없이 책상에 앉아서 손가락을 놀리고 있었다. 그런데 그 시각 이 국장도, 이때 그녀의 직함은 이 전무였다, 부대표에게 '오늘 저녁 회식 때 저는 일이 좀 있어서 저녁만 먹고 조금 일찍 나갈게요. 즐겁게 보내세요.'라는 문자메시지를 보냈다. 그런데 부대표로부터 답장이 오는 데는 일 초도 걸리지 않았다.

'이 전무 말이야. 그 여자가 하늘 높은 줄 모르고 까불고 있어. 이제 슬슬 손 볼 때가 된 거 아니야? 내가 발을 걸 테니 그때 자네가 슬그머니 동조하란 말이야!'

이런 대답이 왔다. '자네'한테 갈 문자가 잘못 온 것이다. 경악할 노릇이었다. 그런데 더 놀란 사람은 부대표였다. 그는 어쩔 줄 모르고 카톡 문자를 도로 회수하는 기능이 있나 없나 이리저리 만지면서 전전긍긍하다가 오줌 마려운 강아지처럼 책상을 돌며 깨갱거렸다. 그러나 곧 회심의 미소를 지었다. 그는 영업보다는 임기응변에 능해서 회사 내에선 누구도 그가 가면을 쓰고 있는지 몰랐다. 그날 회식 때 그녀도 부대표도 시치미 뚝 떼고 저녁만 먹었다. 그러다 소주잔을 쨍하고 부딪치면서 눈도 한번 쨍하고 부딪쳤다. 그녀가 살짝 미소까지 날렸다. 회식 자리에 죽 둘러앉은 사람들을 곁눈질로 훑어보았다. 그녀의 머릿속은 부대표도 부대표지만 문자 내용 속의 '자네'가 누군지 너무 궁금했다. 아무리 둘러봐도 '자네'를 골라낼 수 없었다. 전부 가면을 쓰고 있어서.

　다음 날, 그녀는 서류 파일을 들고 부대표가 주재하는 회의실로 갔다. 부대표가 어떤 낯짝을 하고 있나 궁금해졌다. 문자 사건 이전과 이후의 얼굴이 어떻게 다른가 보고 싶었다. 부대표는 이날 소집한 강남지역 국장들에게 영업 지시를 내리고 있었는데 아니나 다를까 수치 하나 틀리지 않고 아주 진지하고 열정적으로 말하고 있었다. 하도 진지해서 하마터면 그 남자를 좋아할 뻔했다. 군더더기 없는 말솜씨에 감탄사를 내지를 뻔했다. 모르는 사람들은 그가 열정을 바쳐 회사에 헌신하는 사람으로 착각할 정도로 그의 옆모습과 부드러운 목소리는 분위기에 딱 맞아떨어졌다. 양복도 지나치게 깔끔했다. 그녀는 잠시 착각을 했다. 저 남자가 어제 나를 짓밟자고 부하 직원에게 꼬드겼던 바로 그 인간인가? 상상이 안 갔다. 국장들이 우르르 그녀에게 인사를 하고 스쳐 지나갔다. 두 사람만 남았을 때 그는 책상에 코를 박고 서류 파일을 보는 척했다.

"앉아요. 이 전무!"

그와는 아무 일도 없었던 듯 능숙하게 업무 처리를 하고, 공적인 대화를 나누고, 뒤돌아서서 문을 나서는데 그녀의 뒤통수에 대고 그가 아주 부드럽고 우아하게, 연속극의 회장님 같은 포즈로 입을 열었다.

"회사 내에서 그렇게 적이 많은 것도 회사로 볼 땐 마이너스 요인이에요."

이 자식이 뭐라고 떠드는 거야? 그날 사건을 부하직원이 험담한 거로 돌리려는 저 꼬락서니! 그는 남에게 덮어씌우는 것도 근사하게 했다. 돌아서서 정강이를 확 걷어차고 싶었지만 참았다. 그가 침착하게 다시 말했다.

"잊어버려요. 조그만 일에 연연하지 말고."

연연하지 말고 이 소리는 좀 잘한다고 나대지 말고 라고 들렸다. 이런 개새끼! 제가 뭐한 게 있다고. 입으로만 나불거리고. 그녀가 돌아서서 말했다.

"네, 그런 조그만 일은 잊어버려야지요. 뭐 그 정도 가지고…"

그녀는 미소를 어깨 뒤로 날리며 한 번 더 일격을 가했다.

"제가 직접 발로 뛴 서남부지역이 전무후무한 1위여서 약간 놀라셨지요? 뭐 그 정도 가지고…"

그즈음 갓 부임한 젊은 회사 사장이 쓸데없이 의욕에 넘쳐있을 때여서 그들은 이 계약직 사장의 여러 가지 실험 대상이었다. 파리 목숨처럼 간당간당한 사장 자리지만 본분을 알고 있나 싶을 정도로 혈기에 넘치는 사람이었다. 그는 대놓고 전무니, 부대표니 하는 자리는 결재 과정만 복잡하지 정말 필요 없는 자리라고 생각했다. 회사가 성장하려면 직급 제도 자체를 없애자는 주의였다. 가장 위기를 느낀 사람은 부대표였다. 부대표는 우아하고 품위 있게 폼을 재며 중년을 보내고 싶었는데 어느 날 둘러보니 사방이 사면초가였다. 사장은 2인자 격인 부대표와 전무 위치에 있던 그녀와 서울·경기지역을 반으로 갈라 경합을 벌이게 했다. 필드에 나가서 영업 직원보다 더 뛰어다니라는 소리였다. 그래야 소비자와 직접 부딪치는 사람들의 고충을 누구보다 먼저 알게 될 거라고. 맞는 말이었다.

그녀는 이를 악물고 뛰어다녔다. 평생을 앉아서 서류만 만지작거리던 부대표는 보기 좋게 이 국장에게 패했다. 반면 그녀는 회사 창립 이래 전무후무한 성적을 냈다. 모두 모인 자리에서 부대표는 코앞에 닥친 더 중요한 일을 처리하느라 전념을 하지 못했다고 근사하게 말했다. 하지만 무엇보다 큰 교훈을 얻었다고. 그래서 일선에 있는 사람들의 고충과 상황을 적극적으로 반영하는 계기가 되었다고. 마지막으로 투지가 남다르고 아이디어가 많은 사람은 바로 이 전무였다고 그녀에게 대놓고 아부했다. 문자 사건은 경합 이후에 벌어진 일이었다. '자네'라고 불리던 녀석은 감은 오지만 확신이 없는 채로, 결국 찾아내지 못하고 시간이 흘렀다. 이 국장과 부대표는 실적에 따라 일희일비하며 개와 고양이 사이처럼 아옹다옹 지내는 채로, 몇 년이 흘렀다. 열혈 투사였던 젊은 계약직 사장은 꿈을 제대로 펼치지도 못하고 대표직에서 물러났지만 부대표는 그냥 부대표였고, 나는 이 전무를 그냥 이 국장이라 불렀고, 이 국장은 그냥 실질 이혼 상태였다.

그녀를 처음 만났던 날을 정확히 기억한다. 그날은 나의 지인과 함께하는 저녁 식사 자리였는데 지인과 나는 소주잔을 부딪치며 세상의 불합리 때문에 입에 거품을 물고 있었다. 정말 쓸데없는 소리를 지껄이고 있었다. 그때나 바로 며칠 전이나 이 세상은 합리적으로 잘 돌아가고 있는데도 우리는 불합리하다고 우기면서 바퀴를 거꾸로 돌리려 애썼다. 아마 술에 취해서 세상이 거꾸로 보였나 보다. 옆에서 우리들의 수다에 살포시 미소만 짓고 있던 아름다운 여인이 바로 그녀였다. 그녀는 내 지인의 아주 친한 친구였다.

그녀가 직장에서 지금까지 살아남은 이유는 빼어난 미모 때문이라 생각할 정도로 외모가 눈에 띄었다. 그녀가 알면 노발대발하겠지만. 이런 훌륭한 영업비밀은 그녀만 모르고 세상 사람들은 다 알고 있었다.

우리가 처음 만났을 때 그녀의 당시 프로필은 실질 이혼 10년, 법률 이혼 2년, 모두 싱글 생활 12년 차였고 귀여운 아이들이 둘이나 있고, 직장생활을 오래 했지만 전세를 전전하는, 회사에선 무시무시한 경쟁에서 살아남아야 하는 상황이었다. 그래도 49살의 완숙한 아름다움은 그 모든 선입견을 무시해버리기 충분할 정도로 빼어난 미모를 갖고 있었다. 사전에도 안 나오는 실질 이혼이란 이혼을 선언하고 갈라선 지 10년이 되었다는 소리다. 그녀의 남편이 도장 찍어주는 데 미적거려서 10년 만에야 겨우 호적정리가 되었다는 소리다.

그녀의 결혼이야기로 되돌아가 보자.

코가 하늘 높은 줄 모르던 시절 한 청년이 바람결처럼 다가왔다. 키가 크고 옷을 멋지게 입을 줄 아는 남자였다. 청년이 그녀를 보고 첫눈에 반한 것은 물론이지만 그녀 또한 그의 장난기 가득한 말투 속에 숨겨진 여유로움에 반했다.

여러 사람 속에 묻혀 있어서 둘 사이에 말할 기회가 없었지만 그날 흘끗 쳐다본 청년의 얼굴에서 그날 저녁 틀림없이 전화가 올 거라는 예감이 들었다. 핸드폰도 없던 시절 얘기다. 예감은 빗나가지 않았다. 저녁 무렵 그를 잠시 잊고 식구들과 떠들고 있는데 그녀를 찾는 전화벨이 울렸다. 그녀는 수화기 너머 남자에게 퉁명스럽게 왜요? 하고 물었지만 가슴은 뛰었다. 그 남자는 수화기 속에서도 수줍어하는 게 역력했다. 나중에 상당히 친해졌을 때 그녀가 대뜸 왜요? 하고 물어서 그날 영화 구경 가자고 하려 했는데 말도 못 붙였다고 고백했다. 그녀는 그가 긴 다리를 가끔 흔들며 말하는 것조차 유쾌해 보였다. 그를 생각하면 유쾌함, 신선함, 밝음이 떠올랐다. 그들의 연애 시절은 짧았지만 행복하고 즐거웠고 무엇보다 앞으로 펼쳐질 인생이 환해 보였다. 흠이라면 남편이 한 직장에서 몇 달을 못 버티는 것이었는데 시댁의 도움으로 사는 데는 큰 지장이 없었다. 일 층에 거주하는 시부모는 직장에 다니는 그녀를 대신해서 아이들을 돌봐주었고 그녀의 가족은 청약한 아파트 입주를 기다리며 이층에 살았다. 아침은 전쟁터를 방

불케 했다. 아이들을 유치원에 보내놓고 계단을 뛰듯이 내려와 시부모께 오늘 아이들이 할 일과 간식을 내려다 주고 다다다다 소리 내며 회사로 향했다. 퇴근 후에는 장에 들러 반찬거리를 사 들고, 일 층에서 놀고 있는 아이들을 몰고 집으로 들어왔다. 식구들 저녁먹이고 씻기고 숙제시키고. 여느 맞벌이 부부와 똑같은 일상을 보냈다.

　남편은 한 직장에서 6개월을 못 넘겼다. 이유도 여러 가지였다. 상사가 성질이 고약해서 너무 힘들다거나 이 일은 정말 맞지 않아서 다른 일을 찾아보겠다거나. 결국 회사생활은 적성에 맞지 않는다면서 영어 학습지 대리점을 한다기에 주머니를 탈탈 털어서 대리점을 냈지만 월세도 못 낼 정도로 신통치 않았다. 남편은 벽걸이 선풍기 한 대와 스탠드 선풍기 한 대를 들고 다시 집으로 들어왔다. 그녀는 집에서 놀고 있는 남편에게 이런저런 회사에 이력서 내기를 권유하며, 다다다다 소리 내며, 바쁘게 출근했다. 그래도 새 아파트 입주를 기다리는 일은 소박한 즐거움이었고 고만고만 커가는 아이들 재롱을 시부모와 함께 즐기는 일도 기쁨이었다.

　그런데 청천벽력 같은 일이 벌어졌다. 남편이 다른 여자를 만나고 다닌다는 것이다. 가정에 충실한 부인이니까 이 정도쯤이야 하면서 남편은 너무 자만했다. 직장에 안 가니 하루가 지루했고 그래도 가정은 잘 돌아가고 있으니 오만해진 것이다. 시댁에선 남자가 가볍게 바람 피우는 일이라고 대수롭지 않게 말했다. 그런데 이들 부부가 헤어지라고 하느님이 일부러 도와준 것처럼 남편은 때맞춰 바람이란 걸 피웠고, 이 국장이 이혼을 결심하는 데는 일 분도 걸리지 않았다. 아무 문제 없이 잘살던 며느리가 갑자기 이혼을 선언하니 일 층 시댁에선 난리가 났다. 며느리만 빼고 시집간 시누이까지 달려와서 대책 회의를 열었다. 시누이가 앞장섰다. 저 여우가 위자료와 재산 분할을 틀림없이 청구할 거니까 입주 날짜를 기다리는 아파트를 빨리 오빠 명의에서 다른 사람 명의로 돌려놓자는 얘기였다. 오빠 명의로 된 정기예금도 엄마 명의로 빨리 돌려놓자는 데서 식구들이 만장일치를 했다. 그리고 나서 살살 달래보든가 하라고 코치했다. 이빨 빠진 호랑이가 되면 저두 별수 없이 눌러 앉을 거라고 했다.

"이혼하면 저만 손해지 남자가 그거 잠깐 한눈판 거 가지고. 걔가 살림을 차렸니? 막말로 같이 호텔방엘 드나들었니? 심심해서 바람 좀 쐰 걸 가지고. 이제 명의를 다 돌려놨으니 주도권은 우리한테 있어. 어떻게 나가는가는 한번 두고 보자."

시어머니 얘기였다.

모든 명의를 돌려놓은 걸 알고 이 국장은 그들에게 더 이상 대꾸하지 않았다. 허리가 휘도록 부었던 적금 통장과 아파트 중도금 영수증은 휴지조각이었다. 그녀는 가방 하나 달랑 들고 출근하면서 이혼소송 할 테니 도장 준비하라고 남편에게 선언하고 그길로 집을 나왔다.

그 후 그녀의 남편은 똥 싸고 밑 안 닦은 것처럼 이혼 서류에 도장 찍는 걸 질질 끌었다. 그녀가 집을 나온 지 10년 만에야 도장을 찍어주었다. 드디어 꿈에 그리던 이혼녀가 될 수 있었다.

이 국장과 부대표는 실적에 따라 일희일비하며 지냈다. 부대표! 저 찌질한 인간이 언제 회사를 그만두나! 기필코 너를 일 순위로 내보내겠다. 매일 아침 자동차 핸들에 대고 악담을 퍼부어댔다. 핸들에 대고 한 악담이 효험이 있었는지 결국 부대표가 제풀에 꺾여 나가떨어졌다. 어마어마한 숫자의 연봉을 포기하고 사표를 낸 것이다. 비즈니스 정글에서 살아남기 위해 우리가 모색해야 할 일은 무엇인가? 항상 거창한 질문을 회의 석상에서 폼 나게 던졌던 그가 떠나버렸다. 모색은 하지 않고 떠나버렸다. 정글에서 살아남지 못했다. 이제 이 국장이 부대표의 자리를 차지했다. 자기에게 사사건건 딴지를 거는 사람도 없고 제멋대로 날개를 퍼덕여도 붙잡는 사람도 없다. 그런데 이상한 일은 매일매일 기뻐서 춤을 춰야 할 텐데 전혀 기쁘지 않았다. 회사 일이 슬그머니 시시해지기까지 했다. 날개를 퍼덕일 때 하지 말라고 누가 붙잡아야 더 하고 싶은 욕구가 생기는데 아무도 안 붙잡으니 싱거워져서 슬그머니 날개를 접었다. 경쟁 상대가 없어졌으니 심심해졌다. 사사건건 갈구는 옹졸한 남자가 사라져서 후련한 마음은 아주 잠시였다. 재미 상실이었다. 남편과 이혼할 때도 덤덤했는데 부대표가 떠나니 마음이 공허해졌다. 하루에도 열두 번씩 그를 밀어낼 궁리만 했는데… 성공 후에 찾아오는 심리적 보상은 맥이 빠질 만큼 심심했다. 부대표가 사표를 낸 날 그녀는 혼자 술을 마셨다.

그녀는 마시던 맥주를 싱크대에 부으며 이 말을 내뱉었다.
"이제부터 시작이야!"
하수관으로 노란 액체가 쫄쫄 흘러 들어가는 소리가 났다.
이 말을 결혼이라는 제도권 안에 발을 들인지 22년 만에야 공기를 통해 내뱉었다. 결혼생활 7년 만에 이혼 선언을 하고 신월동에서 328 번 버스를 타고 가던 중 버스 안에서 뱅뱅 돌던 바로 그 말이었다. 그날 출근길, 미어터지게 많은 사람 중 아무도 그녀가 집을 나온 지는 몰랐다. 까마득한 옛날이라 정확히 기억은 없지만 그날 그녀는 이렇게 중얼거렸던 것 같다.
'나 오늘 이혼 선언 했단 말이야, 이 멍충이들아! 나는 오늘부터 시작이란 말이다. 그런데 나는 오늘 저녁에 당장 갈 곳이 없단 말이야!'
그날 버스에선 라디오 소리가 크게 들렸고, 모두 입을 다물고 있었고, 그녀 자신도 어제와 똑같이 사람들의 등짝을 밀고 나서야 버스에서 내렸다. 블라우스의 윗단추가 풀려있었고, 회사에선 산더미 같은 업무가 기다리고 있었기에 버스 안에서 뱅뱅 돌던 말은 까마득히 잊었다. 그런데 그때 그런 생각을 했던 걸 이제야 떠올렸다. 그날 분명히 버스 안에서 '오늘부터 시작이야!' 그랬던 게 이제야 생각났다. 그녀는 맥주 컵을 씻고 당장 계획을 짰다. 내가 내 생각대로 내 맘대로 경영할 수 있는 사업을 하기로. 전국의 유치원과 학교를 상대로 하는 영업이었기에 그동안의 거래처는 고스란히 그녀의 자산이었다.

카페에서 오랜만에 그녀를 만나기로 했다. 슬리퍼를 신고 동네마트에 가듯 가는, 대낮엔 개미 새끼 한 마리 보이지 않는 동네 카페지만 벽면에 할 말은 다 써 붙여놓았다. 에스프레소, 아메리카노, 카페라테, 카푸치노, 카페모카, 심지어 '더치커피 주문받음'이라고 쓰여 있는 곳에서 그녀를 기다렸다. 정면에 미스코리아가 두르는 띠지 같은 종이에 '딜리셔스 커피'라고 또 쓰여 있었다. 새로 나온 커피 종류인가? 하고 중얼거리고 있는데 그녀가 나타났다. 지금 그녀의 사업은 날로 번창하고 있고 무직인 신사와 목하 열애 중이랬다. 무직이란 경제적으로 은퇴해서 생활 전선에 뛰어들지 않아도 되는 여러 가지로 근사한 재력가 신사란 뜻이다. 그와 크루즈 여행을 떠나기 전 잠깐 틈을 냈다고 하면서 밝게 웃었다. 나는 벽을 가리키면서 자주 애용하는 사람처럼 "딜리셔스 커피 주세요." 했다. 이건 분명히 죽었다 깨어나도 구분을 잘 못 하는 내 혀 탓이기도 하겠지만 딜리셔스와 아메리카노의 맛은 동일했다. 나는 아직도 딜리셔스 커피가 커피 종류의 하나인지 아니면 그냥 맛있는 커피여서 딜리셔스라고 쓰여 있는지 잘 모른다. 커피를 마시다가 그녀가 피식 웃었다.

"그에게는 또 다른 매력이 있어. 안정감을 주고 매사를 관조하는 듯한 그의 가치관은 평범한 남자와는 다르다는 걸 확실히 느껴."

처음 회사를 나와서 몇 푼 안 되는 퇴직금을 홀라당 까먹을 까 봐 다른 사람하고 동업할까도 생각했는데 그때 다시 한번 무릎을 치면서 혼자 중얼거렸단다. 위험이 닥쳐도 혼자 감내하자 지금까지 그래 왔듯이. 이렇게 결론을 내렸단다. 이런 결론이 나도록 자리를 내준 유난히 튼실한 자기 무릎에 감사한다고. 처음 회사를 차리고 안달을 하던 자신의 모습을 생각하면 웃음이 슬그머니 나온다고 했다. 20여 년 전의 이혼 선언은 남편의 바람이 결정적이었지만 아마도 마음속에 내재해 있던 독립에의 열망이었을 거라고. 그 열망이 그때 바로 이루어진 게 아니라, 때를 기다리다 이제야 이루어진 거라고 했다. 나는 5년 차에 접어든 사업의 번창도 물론 기원했지만, 무엇보다도 그녀와 아름답게 살고만 싶은 신사와 행복하게 지내라고 마음속으로 건배를 했다. 그녀는 그의 빵빵한 통장에는 아무 관심이 없다고 했다.

끝으로 그녀를 그토록 못살게 굴던 부대표가 최근에 그녀의 회사로 찾아와 고문으로 있게 해달라고 부탁을 하더란다. 그 일은 성사되지 않았지만 저 남자를 한번 수족처럼 부려볼까? 하는 생각을 아주 잠시 했더란다. 참 그녀다운 발상이다.

그가 권하는 비타민주사를 알파벳순서대로 맞으려면 일 년 내내 맞아도 모자란다

오래전 디스크 진단을 받은 이후로 신경 성형술이란 것도 하고 물리 치료도 가끔 받느라 정형외과를 내 집처럼 드나들게 되었다. 요즘 자주 가는 동네병원이 있는데 그 의사의 실력이 어떤지는 잘 모르겠지만 항상 사람들로 바글바글하다. 병원의 성패는 고가의 장비 싸움이라면서 너도나도 입이 떡 벌어지게 비싼 장비를 갖춰놓는 게 유행이다. 그러나 이 병원은 고가의 장비와는 무관하다. 엑스레이 사진도 흐릿해서 찍으나 마나다. 의사도 별로 권하지 않는다. 그렇다고 요즘 유행하는 시술이란 것도 하는 걸 이 병원에선 본 적이 없다. 그러다보니 사진만 전문으로 찍어대는 의사가 접수창구에서 바쁜 간호사를 대신해서 접수해줄 때가 종종 있다. 요즘 영상 의학과 지원하기가 하늘의 별 따기라고 들었는데 기이한 현상이다. 자고 일어나면 신문에 대문짝만하게 실리는, 노인을 상대로 하나도 아프지 않게 시술한다는 광고가 나오는 세상인데 이 병원의 원장 의사는 시술도 별로 좋아하지 않고, 그렇다고 외과적인 수술도 좋아하는 것 같지 않다. 누가 이 병원에서 수술하고 바늘로 꿰맸다는 사람을 아직 보지 못했으니까. 그런 걸 좋아하지 않는 건지 수술 실력이 없는 건지는 아직 파악이 안 됐지만, 그는 항상 부드럽고 온화한 말투로 여러 가지 물리 치료와 각종 주사를 권한다. 그가 권하는 비타민 주사는 알파벳 순서대로 맞으려면 일 년 내내 맞아도 모자랄 것이다. 비타민 C, D 주사는 말할 것도 없고 갱년기 치료와 성 기능 장애에 특히 탁월하다는 태반 주사, 피로 해소에 효능이 있다는 마늘 주사, 체지방을 감소시키는 신데렐라 주사도 형광으로 써 있다. 요즘에는 눈꺼풀을 떨지 않나요? 하면서 선전하는 마그네슘 주사도 눈에 띈다. 내가 혹시 눈꺼풀을 떨어본 적이 있나 하며 기억을 더듬어보았다.

그는 환자들에게 최소 10분 정도 시간을 할애해서 다정다감하게 얘기를 나눈다. 환자에게 일일이 10분 정도 상대해주는 의사는 여기 말고 전국 어디를 가도 없을 것이다. 그는 정 할 말이 없으면 작년에 갔던 여름휴가는 어땠는지 물어본다. 성질 급한 나는 그런 것도 시간이 아까워 대충 대답하고 얼른 치료라는 걸 받고 싶은데 의사가 가지도 않은 여름휴가 얘기를 묻느라 놓아주질 않는다.

평소에 한 시간 넘게 기다리는 게 너무 싫어서 꼭두새벽에 오면 빨리 진료를 받을 수 있으려나 싶어 얼굴에 물만 찍어 바르고 서둘러 병원에 간 적이 있다. 그런데 입이 딱 벌어졌다. 의사는 아직 출근도 안 했는데 노인들로 바글바글했다. 도떼기시장이 따로 없었다. 이 노인들도 나와 똑같은 생각을 가지고 대충 세수하고 왔나 보다. 그들은 진찰받는 게 목적이 아니라 수다 떨러 온 듯 빨리 해달라고 아무도 재촉하지 않고 느긋하게 깔깔거렸다. 그들은 아침 시간을 더 좋아했다. 그들은 기다리는 걸 더 좋아했다. 간호사는 이력이 난 듯 저희끼리 커피 마시고 떠들다가 노인들의 수다를 배겨낼 자신이 없었는지 걸어 나왔다.

"진찰은 나중에 받고 물리치료 먼저 받으실 분은 오신 순서대로 이 줄에…"

간호사의 말이 끝나기 무섭게 노인들이 득달같이 달려들어 각자의 침대로 들어가 누웠다. 나는 지진이라도 나서 자기 집 침대로 숨어들어 가는 줄 알았다. 여기 온 노인들은 원장의 자상함에 매료되어서 각종 주사를 맞고 나서 입에 침이 마르도록 칭찬한다.

"이 의사는 절대로 돈을 밝히는 의사가 아녀. 허구헌날 사진만 찍어대고 뻑하면 수술하라는, 돈만 밝히는 의사와는 한참 달라!"

민망하게도 사진만 찍어대는 의사를 앞에 두고 떠들었다. 그러나 내가 보기에 이 원장은 무한한 생존 경쟁에서 용케 살아남을 줄 아는, 지상에서 보기 드물게 자상하며, 돈을 좋아하는 사람이었다. 아침 시간에 병원 가는 것을 포기한 지는 오래되었다.

오래전으로 시간을 되돌려 보자.

아이들이 번갈아 기관지염이다, 폐렴이다 해서 소아과 문턱을 닳도록 다닌 적이 있다. 지금은 없어졌지만 우리 동네 사방오리에서 제일 유명하다는 병원이 큰 사거리에 있었다. 간판 이름도 '유명' 자의 한 글자를 따서 아주 유명해졌다. 하도 유명해서 전국의 아기들이 다 몰려온 듯 온종일 아이들 울음소리가 끊일 날이 없었다. 병원 대기실은 콩나물 시루였다. 처음에는 이 병원이 싹싹하고, 친절하고, 깨끗하고, 자상하고, 조용하고 그랬는지는 모르겠지만 우리 아이들이 다닐 무렵부터는 기다렸다는 듯이 싹싹, 친절, 청결, 사랑, 자상과는 하등 상관이 없었다. 기다리기로 유명해서 유명하다는 건지 왜 유명한 건지 도무지 종잡을 수 없었다. 그런 델 애를 둘러업고 꾸역꾸역 다니는 내가 한심할 정도였다. 세 명의 의사 중 한 명을 배정받아 계속 그 의사의 진찰을 받기 시작했는데 우리가 운이 나빠도 너무 나빴다. 다른 방의 의사들은 한 시간 정도만 기다리면 진료를 받을 수 있는데, 우리의 담당 의사는 무슨 일인지 두 시간을 기다리게 했다. 용하다는 소리 들으려고 일부러 그랬는지 하여간 무작정 기다리게 했다.

점심시간이 끝날 즈음이면 다른 두 명의 의사는 일찍 문을 열고 환자를 받는데 우리 담당 의사는 가차 없이 문 걸어 잠그고 점심시간을 꽉 채웠다. 저렇게 설렁설렁 일하는 의사를 세상천지에 첨 봤다. 그리고 약 타는데 또 한참을 기다렸다. 명 짧은 사람 갈 뻔했다. 아이의 기관지염을 고치기 위해 오고 가고 도합 4시간 이상을 소비했다. 어디 산골 사는 것도 아니고 서울 한복판에서 말이다. 나중에는 하도 성질나서 애꿎은 경비원에게 푸념해댔다. 경비원은 아이들이 현관문에 달라붙거나 말거나 엉덩이를 좀체로 의자에서 떼지 않고 말했다.

"옛날엔 여기가 안 그랬어. 용하다구 해서 멀리서두 왔는데 요즘 왜 이러나 모르겠어? 내가 봐도 개판이여!"

고용인까지 개판이라고 할 정도면 문제가 있어도 한참 있는 것이다. 나이든 원장이 왜 미국 가서 안 오는지 모르겠다고 했다. 눈에 안 보이면 죄다 미국의 세미나에 갔다고 하니까 그 말도 신빙성은 없다. 나이든 원장이 와서 다시 옛날의 영광을 찾기를 바라는 경비원도 사람들이 질문하면 턱 끝으로 가리켜주고 좀체 자리에서 일어날 줄 몰랐다. 느릿느릿 일하는 그 남자도 개판에 한몫했다.

그리고 몇 달 후, 설렁설렁 일하던 우리 애들의 담당의사로부터 한 통의 우편물이 날라 왔다.

나한테만 특별히 보낸 건가 하고 반갑게 뜯었다. 지가 딴 데다 병원을 차렸으니 애용해 달라는 개업 인사였다. 친절하고 신속하게, 성의껏 모실 테니 아이들을 데리고 와달라는 소리였다. 남의 병원에 있을 때는 일부러 설렁설렁 느릿느릿 일해서 몇 시간을 기다리게 만들더니… 제가 개업해서는 일하던 병원의 환자주소 베껴서 편지질이나 하고…

신속하게 모신다는 말에 더 울화통이 터졌다. 이런 빌어먹을 놈! 편지를 북 찢어서 쓰레기통에 넣었다.

오래된 친구에게 책 선물을 받다

　친구 4명이 저녁 먹으며 수다 떠는 자리에 그녀가 책을 쓱 내밀었다. 웬 책을 다 선물하니? 오래 살고 볼 일이네. 집에 가서 읽어 봐. 그녀가 말했다. 나는 약간 놀라면서 건네준 책을 한 손으로는 책을 꼭 잡고 다른 한 손의 엄지손가락으로는 스르륵 소리가 나도록 전체를 훑어 넘겼다. 이 동작은 책을 처음 손에 쥐었을 때 습관적으로 하는 동작이다. 그렇게 안하면 새 책에 대한 예의가 아닌 것 같아서다. 그리고 나서야 책의 제목을 읽었다. 안에 무라카미 하루키의 작품이 들어있다고 껍데기에 밝힌 대로 그의 짧은 단편도 포함된 번역본이었다. 한 권의 책 속에 단편 소설과 수필이 섞여 있었고, 저자도 여러 명, 번역자도 여러 명, 그 여러 명 중 한 명이 나의 오랜 친구였다. 책의 중간쯤에서 친구가 손가락으로 자기 이름을 가리키며 내가 번역한 작품이야 하고 말했다. 그래? 나는 그 자리에서 책을 펼치고 그녀의 이름을 확인하려 들었다. '집에 가서 봐' 이런 소리는 귓가에 흘려들었다.

인쇄된 책 속에 그녀의 이름이 정말로 들어있었다. 장정은 일본의 정서처럼 고요하고 은은한 색깔을 띠고 있었는데 책속에서 언제나 한결같이 나긋나긋 말하는 나의 40년 지기의 향기도 났다.

　나의 친구는 오랫동안 일본계 은행에 근무하면서 일본어에 관심을 두고 있다가 내친김에 방통대 일본어과를 들어가더니 급기야는 일본어 번역 동아리에 들어가 꾸준히 공부한다고, 까지가 내가 알고 있는 전부였다. 그런데 일을 낸 것이다. 단독 번역본은 아니고 여러 동아리 멤버 속에 섞여서 있었지만, 살포시 그녀의 이름을 세상에 내보였다. 나 이렇게 열심히 하고 있다고. 나는 그날로 당장 두 권을 읽어 치웠다. 그 친구 덕분에 일본 작가들의 작품을 실로 몇 년 만에 읽었다. 그동안 나의 취향이 아니라고 단정 지으며 일부러 사서 읽어보지는 않았다. 그 유명하다는 하루키의 소설도 애써 찾지 않았다. 간간이 일본에서 센세이션을 일으킨, 정말로 일본다운 가벼운 처세술 비슷한 책은 근래 들어 심심풀이로 읽어본 적은 있다. 시집간 딸애 방에서 주인 없이 굴러다니던 것들이었다. 예를 들면 잡동사니를 버리면 꿈이 살아난다든지, 미니멀리즘을 실천해 보라고 권유하는 책들이다. 지극히 일본 사람다운 발상에 슬쩍 미소 지으며 들춰보았다. 논리가 안 맞는 말인데도 묘하게 고개가 끄덕여졌던 기억이 있다.
　굴러다니던 책을 다 읽고 나서 주변을 둘러보니 나의 방은 온갖 잡동사니로 둘러싸여 있었다. '저 잡동사니들 때문에 내가 여태 빛을 보지 못했구나' 하는 생각이 퍼뜩 들었다. 실제로 나의 오래된 꿈은 잡동사니에 깔려 살아날 기미가 안 보였다. 잡동사니를 치워서 나의 오래된 소망을 일으켜 세우고 싶었다. 잡동사니를 버리면 꿈이 살아난다고 강력히 주장하니 실험해보기로 했다. 내 옷은 물론이고 남편이 안 입는 옷까지 샅샅이 찾아내어 가로세로 일 미터 크기의 대형 비닐봉지 다섯 개 분량을 버렸다. 10년 묵은 체증이 쑥 내려갔다. 일낸 김에 시원한 맥주 캔 하나 사서 들어와서 벌컥벌컥 마시고 싶었지만 꾹참았다. 고물상 사장님이 만 원짜리 지폐를 한 장 쥐여주는데 그게 그렇게 소중할 수가 없어서 그냥 들고 들어왔다. 나의 과감한 행동에 아주 뿌듯해하며.

그런데 만 원을 손에 쥐고 들어온 그 시각, 낯선 남자가 등을 돌리고 서랍을 뒤지고 있었다. 웃통을 벗고 반쯤 쭈그리고 앉은 그의 등은 의외로 빈약해 보였다. 볼품없는 등짝을 드러낸 저 남자가 익숙한 듯하면서도 몹시 낯설었다. 잠시 생각에 잠겨 있는데 그의 날카로운 목소리가 들렸다. 저 목소리는 분명 남편이었다. 한 시간 전에 내다버린 초록색 티셔츠를 찾는 중이었다. 나는 속으로 놀라며 남편이 찾는 걸 포기하도록 초록색 옷의 단점을 주절거렸다. 그 옷은 유행도지났고, 목도 늘어났고, 자기한테 정말 안 어울리는 옷인데 왜 찾아? 나는 고물상에 갖다줬다는 소리는 차마 못 하고 그게 어디 갔지? 여기 있었는데… 이 서랍 저 서랍을 열어보며 찾는 시늉을 했다. 나중에 그는 나의 만행을 알고 불같이 화를 내며 침대에 벗어 던졌던 옷을 머리에 다시 꿰었다.

　그는 생전 열어보지도 않던 장롱을 열더니 뭐가 없어졌나 본격적으로 수색하기 시작했다. 애써 기억을 더듬어 마저 없어진 것들을 주절거렸다. 얇은 국방색 잠바는 가을 산행할 때 입으면 딱인데, 베란다에 있던 책들도 죄다 버렸구먼 뭐. 서재 만들 때 다 필요한 건데… 그는 투덜거리면서 찾는 동작을 멈추지 않았다. 그가 서재를 만들어놓고 10년 동안 묵혔던 책들을 정리하는 야무진 꿈은 내 생전에 바라지도 않는다. 어느 천년에 서재를 만들겠나? 그런 생각은 일찌감치 버리는 게 좋다. 그는 국방색 잠바를 철이 바뀔 때마다 종종 입었다고 우기는데 나는 그가 국방색 잠바를 입은 걸 본 기억이 없다. 잠바는 껌껌한 상자 속을 견디다 못해 곰팡이가 날 지경이었는데도 작년까지 입었다고 우겨댔다. 남편은 그 후에도 종종 내가 내다 버린 책과 옷을 찾았다. 십 년 동안 입다가 이제 쓸모없어졌다고 자기가 직접 옷 수거함에 내다버리고는 내가 버린 거라고 박박 우겨대는 데는 환장할 노릇이다. 누명 쓰는 게 억울했지만 하는 수 없었다. 이렇게 해서 버리는 일을 중도에 포기했다. '모든 걸 버리면 꿈이 살아난다'라는 걸 확인해볼 기회조차 얻지 못했다. 우리 집의 베란다는 베고니아 화분 대신 차곡차곡 개켜진 옷들로 가득 찬 사과 상자가 다시 모여들기 시작했다. 옷과 책들은 일 년 내내 먼지를 뒤집어쓰고 상자 안에 갇혀있다. 그는 아마 쌓여있는 물건들을 보면서 쾌감을 느끼는 듯하다. 버리는 일을 중도에 포기했기 때문에 내 꿈이 정말로 다시 살아나오는가 하는 실험도 자연히 포기했다.

다시 친구가 건네준 책으로 돌아가 보자.

일본 소설가가 쓴 잡문이나 수필, 단편 소설 등은 내 기억으로는 근래 들어 처음 접해본다. 식욕이 왕성하던 시절에 이것저것 먹어 치우듯 닥치는 대로 읽었지만 지금은 너무 많은 책에 둘러싸여 있다 보니 책을 안 읽을 자유도 있다고 주장하는 중이다. 그런데 친구가 준 책을 곱씹으며 읽어보니 와우, 감탄사가 절로 나왔다. 그곳엔 재미와 감동을 나긋나긋 말하는 또 한 친구가 앉아 있었다. 그러나 우리 정서로는 고개가 갸우뚱거리게 하는 대목도 더러 있다. 무코다 구니코의 단편소설 중에 이런 이야기가 있다. 구니코란 소설가도 처음 알았는데 이후 나는 그녀의 팬이 되었다. 주인공이 가족과 식탁에 앉아 즐거운 시간을 보내고 있었는데 지금은 헤어진 옛 애인이 붕어 한 마리를 슬쩍 갖다 놓는 데서 이야기가 시작되었다. 주인공은 그 여자와 불륜 관계였다. 가족들이 있는 집과 애인이 산다는 손바닥만 한 연립 주택을 오가며 가볍게 즐긴다는 내용에서 이게 가벼울 일인가? 살짝 의아했다. 아무튼 다다미가 있는 싸구려 연립에서 그는 애인과 벌거 벗고 부둥켜안기도 하고 알몸으로 태극권 흉내를 내고 깔깔거린다. 그럴 수 있다. 그들은 불륜 관계이니까. 그런데 작가는 옛 애인도 아무런 감정이 없는 사람으로 그렸다. 복선이 깔려있고 그 여자의 내면 정서 어쩌고 하는 문제는 차후에 따져볼 일이다. 내가 말하는 것은 작가의 시선 말이다. 내가 아는 작가라면 적어도 회한, 상처, 죄책감, 미안함, 한바탕의 회오리바람 이런 따위를 언급하며 생의 무거운 주제로 다뤘을 법한데 그 작가는 애인과의 관계를 가벼운 산책 정도 한 일로 생각하는 것 같았다. 가족이 있어서 그런다지만 애인과의 관계를 새털처럼 치부하는 것에 약간 어리둥절했다. 애인과의 청산의 절차도, 끝이 난 뒤의 감정도, 미풍이 부는 언덕에서 산책을 끝내고 저녁 식탁에 앉는 기분이랄까? 방금 목욕을 끝내고 맥주 한 잔 마신 기분이었다. 가볍고 맨숭맨숭했다. 그 감정은 머리가 갸우뚱했지만 의외로 고요하고 상쾌했다.

친구 덕분에 이런저런 일본의 정서를 맛본 시간이었다. 책을 덮고 냉장고로 갔다. 캔맥주를 탁 소리 내 따고 유리잔에 거품이 넘치도록 부었다.

나는 아직도 그에 대해 아는 게 없다

6시에 알람을 맞춰 놓았지만, 습관적으로 30분 전에 눈이 떠진다. 나의 하루가 시작되는 시간이다.

미국에서 나폴레옹 힐의 처세술 책만큼이나 센세이션을 일으켰다고 저자가 자화자찬하는 책 『미라클 모닝』에선 아침에 눈뜨면 미적거리지 말고 재빨리 장소를 이동하라고 했다. 그 한마디는 정말 효과가 있었다. 『미라클 모닝』은 알람시계가 아니라 지하철 안에서 앞사람 처다보고 있기도 뭐해서 심심풀이로 보던 책의 제목이다. 내가 지하철을 타는 시간은 갈아타는 역까지 합해서 총 열 정거장도 안 되니까 책을 볼 수 있는 시간은 기껏해야 왕복 한 시간 정도 된다. 밀리는 퇴근 시간엔 책을 꺼낼 엄두를 내지 못할 때가 더러 있지만 이 자투리 시간 동안 나는 수많은 책을 읽어 치웠다. 읽어 치웠다고 해야 어감이 맞는다. 가벼운 것부터 시작해서 몇 년을 책꽂이에 꽂혀있어서 버릴까 했던 책들도 술술 읽혔기 때문이다. 지하철이 말 그대로 지하 깊숙이 들어가니 창밖의 풍경도 볼 수 없고, 기껏해야 앞사람의 멀뚱거리는 눈만 바라보아야 하는데 이때 독서는 아주 안성맞춤이다. 이주헌의 『지식의 미술관』을 들고 가려면 가방이 좀 무거운 게 흠이라면 흠이지만 아주 즐겁게 시간을 보낼 수 있다. 『미라클 모닝』의 작자가 시키는 대로 따라해 보겠다고 입으로 꺼내기가 민망해 식구들 몰래 실천해보는 중이다. 책에서 시키는 대로 오늘 아침 눈을 뜨자마자 순식간에 자리를 이동하기로 마음먹었다. 벌떡 일어난 게 아니라 니은 자로 '빨딱' 일어났다. 곧 거실로 나가 물 한 잔을 마셨다. 평소 같으면 누운 채 리모컨과 안경을 찾아 뉴스를 본답시고 TV를 켰을 시간이다. 등을 침대에 부비면서 한 시간 가까이 밍그적거리다가 일어났을 시간이다. 운수 나쁜 날은 케이블에서 오래된 영화를 한 시간 넘게 보다가 화들짝 일어난 적도 있다. 그런 날은 정말 운수 사나운 날이어서 온종일 찝찝했다. 침대에서의 사투, 일어나자! 아니 좀 더 비비고 있자! 그래도 일어나야 하는데! 이런 뜨뜻미지근한 시간이 매일 반복되었다. 거의 한 시간 가까이나. 그러다가 어디서 전화라도 오는 날이면 휴대폰을 귀에 대고 누운 채 시간을 흘려보냈다.

그런데 '할'이 시키는 대로 눈을 뜨자마자 장소이동을 하니 고민은 대번에 사라지고 거짓말처럼 머리가 맑아졌다. 내가 다정하게 불러주는 할은 저자의 이름이다. 그에게 편지를 보낸 미국인들이 할이라고 부르니까 나도 그를 할이라고 자애로운 목소리로 불러준다. 할의 말은 사실이었다. 그는 아침에 일찍 일어나서 조깅하라고 처음부터 끝까지 일관성 있게 우겨댈 뿐 다른 얘기는 별로 한 게 없는데도 이 책을 통해서 엄청난 돈을 끌어모았다고 한다. 사이비 종교의 교주가 천국으로의 안내라는 강력하고 명확한 한마디에 일확천금을 손에 쥐듯이 '아침의 기적'이라는 강력하고 명확한 지시에 막대한 부를 거머쥐었다.

그의 말대로 침대에서 거실로 재빨리 장소이동을 한 다음 신문을 가지러 현관문을 여니 낯선 남자가 엘리베이터 앞에 서 있다. 그는 딴짓하다 들킨 학생처럼 갑자기 차렷 자세로 고개를 까딱했다. 앞집 남자는 이 시간에 누구와도 마주친 적이 없어서 귀도 후비고, 하품도 했을 것이다. 엘리베이터가 20층까지 올라오는 동안 그는 다리를 달달 떨거나 콧구멍을 후볐을지도 모른다. 생각지도 못했을 나의 출현에 약간 놀란 기색이다.

말쑥하게 양복을 빼입은 남자는 청년도 아니고 중늙은이도 아니었다. 약간 통이 넓은 양복바지를 입은 걸로 봐서 사십대 후반 정도 됐을까? 그가 무방비 상태로 있다가 게슴츠레한 눈에 안경을 덧씌우고 산발을 한 중년 여인이 민낯을 내미니까 화들짝 놀라는 건 당연한 일이다. 그는 우락부락한 외모답지 않게 수줍어했다. 우리는 더도 덜도 말고 딱 목례 정도 하는 만큼만 아는 사이였다. 앞집 남자와 한 엘리베이터 공간에서 20초 정도 있어도 서로 말을 건 적이 없어서 그의 목소리가 저음인지 고음인지 알 길이 없다. 깃이 **빳빳한** 셔츠를 입고 있는 거로 봐서 웬지 저 남자 목소리는 고음일 거라는 생각이 든다. 그렇다면 언제 한번 말을 걸어보고 시험을 해보리라. 사람 보는 눈이 없는 내가 목소리의 인상마저도 꽝이라면 다시는 겉모습으로 저 사람은 점잖은 사람일 거야 저 여자는 좀 싹수가 없어 보여 라고 미리 단정 짓는 방정맞은 일은 하지 않겠다. 그러나 우리가 마주친 지 일 년이 다 가도록 앞집 남자는 여전히 입을 열지 않는다. 나는 **빳빳한** 깃과 **빳빳한** 그의 목 이외에는 그에 대해 아는 게 없다.

아직 6시가 되기 전이다. 신문을 먼저 보면서 한 시간 가까이 낭비하던 시간을 확 뒤집어 버렸다. 맑은 정신일 때 컴퓨터 앞에 앉기로 했다. 말짱한 정신일 때 키보드를 왕창 두드리기로 했다. 아니나 다를까 할의 말이 백 프로 맞았다. 정말 미라클 모닝이었다. 그의 말대로 기적이었다. 컴퓨터 앞에 앉기가 그렇게 힘들었는데 신문을 던지니 글이 술술 써졌다. 평소 같으면 신문 보면서 커피 한 잔 마시다가 시계를 보고 놀라서 머리 감고 출근하기 바빴는데 글 쓸 시간이 무려 두 시간이나 오롯이 생긴 것이다. 참 그는 아침에 명상하고 달리기를 하라고 했지. 하지만 나는 내 식대로 개발해서 신문을 던지고 글을 쓰기로 했다. 이 장면에선 할에게 무척 미안하다. 나도 이걸 책으로 내서 일확천금을 거머쥐어 봐? 제목은『내 방식대로의 아침의 기적』

으로 하면 어떨까?

　오늘 아침도 여전히 앞집 남자가 출근하려고 엘리베이터 앞에 서 있다. 책에서 시키는 대로 기상과 함께 빨딱 일어나 신문을 가져오려고 하는데 그의 헛기침 소리가 들려왔다. 이렇게 이른 시간에 출근하는 그는 뭘 하는 사람일까? 사계절 양복을 입고 출근하는 사람은 직종이 뭘까? 궁금해졌다. 그의 목소리도 듣고 싶다. 그가 성질이 사나운지 부드러운지 얼른 판단해버리고 싶어 죽겠는데 그는 여전히 정체를 드러내지 않고 있다. 절대로 기침 소리로 판단해버리지 않겠다고 이를 꽉 깨물었다. 그가 산발한 내 모습을 보면 또 놀랄까 봐 내려가기를 기다리며 현관 앞에 숨을 죽이고 서 있다. 그가 철문 안쪽에 내가 서 있다는 걸 알아차렸는지 기침소리를 멈추었다. 그도 나를 의식해서 일부러 숨소리도 안 내고 있는지도 모른다. 딩동, 엘리베이터에서 어떤 여자가 '문이 열렸습니다' 라고 친절하게 말해준다. 그는 그 여자의 안내에 따라 아래층으로 내려간다. 나는 현관문을 빼꼼히 열고 신문을 집어든다. 휴우, 하느님! 오늘도 신문의 유혹에서 벗어나 책상 앞에 먼저 앉게 해주셔서 감사합니다. 미라클 모닝의 저자 할에게 감사합니다. 할, 나도 언젠가 당신에게 편지를 보낼지도 몰라요. 기다려요.

　퇴근길에 엘리베이터에서 앞집 남자를 다시 만났다. 그는 예의 고개만 까딱할 뿐 입을 자물쇠로 채우고 있었다. 그런데 잠시 뒤 그의 목소리를 들을 절호의 기회가 왔다. 누군가에게서 전화가 온 것이다. 나는 그의 입을 뚫어지게 쳐다보았다. 어떤 소리가 나올까 기대하며. 드디어 그가 입을 벌렸다.

"혼자 사니까 짐이 없어서 작은 거로 했는데 이건 얘기가 다르잖아요!"

그가 버럭 화를 냈다. 전화기 속에 있는 저쪽 남자도 만만치 않다. 작은 거나 큰 거나 한 번 이동하는 데 드는 비용은 똑같다고 했다. 앞집 남자는 더 만만치 않았다. 어째서 작은 차와 큰 차의 값을 동일하게 받느냐 그건 너무하지 않냐? 저쪽에선 '우리는 시간이 돈이에요. 큰 차나 작은 차나 드는 시간과 인력은 똑같아요' 이렇게 말하는 소리가 들렸다. 그게 어디 똑같냐 말도 안 되는 소리 하지 마라. 처음엔 그거 감안한다고 하지 않았냐. 그들의 대화는 20층의 엘리베이터 문이 열려서 상냥한 아가씨가 '문이 열렸습니다' 라고 말할 때까지 똑같은 얘기만 반복하고 있었다. 드디어 그가 휴대폰의 입이 닿는 부분을 한 손으로 가리고 내게 고개를 까딱하더니 내렸다. 나도 목례를 하며 그를 따라 내렸다. 앞집 남자는 내가 출근해 있는 동안 이사를 해버렸고 뭘 빼먹었는지 빈집으로 다시 온 것이다. 내가 우리 집 현관으로 들어오고도 그는 복도에 서서 이삿짐센터 사장과 아까 했던 얘기를 다람쥐 쳇바퀴 돌듯이 반복하고 있었다. 그의 목소리는 날카롭지도 않았고 부드러운 저음도 아니었다. 이성적이고 논리적인 사람 같진 않고, 그렇다고 친절하고 매너 있어 보이는 것도 아니다. 그는 흥분해

있다. 흥분한 사람이면 그의 진면목을 알 수 없다. 그와 나는 잠시라
도 멈춰 서서 날씨 얘기라도 해야 했다. 그는 내가 어떤 사람인가 판
단할 기회를 주지 않고 떠날 심산이다. 그는 아직도 이삿짐센터 사장
과 전화 중이다.

다람쥐는 계속 쳇바퀴를 돌고 있다. 둘 중의 한 사람이 연결고리를
끊어야만 통화가 끝날 것이다. 내가 나가서 그들의 통화를 방해하고
싶었다.

나도 그들의 논쟁에 끼어들 생각이 없다

　지하철은 고도의 집중력을 최고로 발휘할 수 있는 최적의 공간이다.

　복잡하면 복잡할수록, 시끄러우면 시끄러울수록 더욱 좋다. 실마리가 안 풀려서 책상 앞에서 전전긍긍하는 사람들은 골치 아픈 걸 들고 일단 밖으로 나오라고 권하고 싶다. 한가한 시간대에 지하철에 앉아서 문제를 펼쳐보라. 십중팔구는 해결될 것이다. 지겹도록 책장이 안 넘어가는 책도 지하철만 타면 이상하게 책장이 술술 넘어간다. 역무원들이 책에 빠져드는 향수라도 뿌려 넣은 듯 신기할 정도로 머릿속에 쏙쏙 들어온다. 붐비는 9호선이라면 더욱 집중이 잘된다. 어느 연인이 내 앞에 서서 앉아 있는 내 발을 밟아가며 서로의 몸을 밀착시킨다. 서로의 볼을 어루만지다가 참을 수 없었는지 볼을 갖다 대고 쪽쪽거린다. 그러다가 서로의 눈을 바라보며 히히거린다. 불 꺼진 침실에서나 있을 법한 일이 내 앞에서 벌어지고 있다. 돈 안 내고 에로틱 영화를 보고 있다. 몇 정거장 지나면 곧 헤어질 연인이라 그런지 아쉬워하며 쪽쪽 소리를 더 크게 낸다. 지들이 그러면 그럴수록 딱딱한 내용의 책은 머리에 더 잘 들어온다. 이 역에서 내려 계단 밑의 삼각형의 후미진 곳으로 가면 걔네들에게 안성맞춤인 장소가 있다고 알려주고 싶다. 나도 가끔 중간에 내려서 걸려온 전화를 받곤 하는 장소이다.

어디를 바삐 가는지 전철 안엔 항상 사람들로 바글바글하다. 중국어가 한국어처럼 들리는 걸 보니 신도림이나 대림역 정도 왔을 것 같다. 서서 책을 보고 있는데 누가 내 등을 집게손가락으로 찌른다. 한두 번 경험해 보는 일이 아니어서 별로 놀라지도 않는다. 처음에는 깜짝 놀라서 뒤를 돌아보았지만 이제는 이력이 생겨서 슬그머니 뒤돌아본다. 분명히 머리에 파마하고 목이 늘어진 옷을 입은 중년과 노년의 경계선에 있는 여인이 나를 쳤을 것이다. 맞다, 그녀들 중의 한 사람이었다. 그녀는 말은 하지 않고 눈을 동그랗게 뜨고 손가락으로 자기가 방금 앉았던 자리를 가리키며 거기 앉으라고 손짓을 해주고 내렸다. 그 좌석이 자기 것도 아닌데 나한테 인심을 쓰고 내린다. 만약에 그녀가 지정해주지 않은 다른 사람이 뛰어가 앉기라도 한다면 가다말고 싸움이라도 할 기세다. 고마운 여인이다. 두 정거장이면 내리지만 호의가 고마워 엉덩이를 비비고 쑤셔 앉았다. 대림역 정도에서나볼 수 있는 풍경이다.
이제 겨우 자리에 앉았는데 어떤 여자가 거의 위협하는 수준으로 바짝 다가와 서 있어서 방심하다간 내 다리 사이에 그녀의 다리가 끼일 정도이다. 노리고 있다가 내가 일어나면 냉큼 앉으려고 그러는지… 더 재빠른 사람이 내 자리를 차지하게 될까 봐 한 치의 틈도 주지 않았다. 그녀가 향수 냄새를 풍기며 내게 바짝 다가오니 거북살스러웠다. 그녀는 내가 다음 정거장에서 일어난다는 걸 알고 있는 걸까? 그렇다면 거의 점쟁이 수준이다.

당산역 9호선 승강장 앞에서 어떤 늙수그레한 여자가 지팡이를 짚고 이거 선릉역 가요? 묻는다. 당산역은 알다시피 2호선과 9호선이 교차하는 곳으로 매일 사람들이 벌떼처럼 몰려드는 곳이다. 노파의 눈동자는 의외로 맑았다. 어떤 여자가 손가락으로 가리키며(그 여자도 약간 늙수그레하다)

"조오기 엘리베이터 올라타고 오른 방향 옆길로 새면 2호선 탈 수 있어요. 한참 걸어야 해요. 내가 지금 반대로 갈아타고 온 사람이에요 나는 공항시장 가요."

묻지도 않는데 자기 행선지까지 소상하게 알려준다. 대답이 너무 길어서 정작 그 노파가 자기 갈 길을 잘 알아들었나 싶다. 그때 한 남자가, 그는 무거운 가방을 메고 있어서 한쪽 어깨가 기울어있었는데, 이 남자는 지하철에 대해서 도가 튼 사람인지 아주 자신만만하게 말한다.

"2호선 쪽으로 가려면 걷는 곳이 많은데 차라리 지금 9호선 타고 끝까지 가서 종합운동장에서 한 번 갈아타는 게 나아요."

그런데 그보다 더 유식한 노인이 방금 말한 남자를 타박한다. 이 사람아 지금 이게 공항 쪽으로 가는 찬데 여기서 타라구 하면 어떡하라구 그러냐고 화를 냈다. 이번엔 좀 전의 덜 유식한 남자가 더 유식한 남자에게 약간 언성을 높였다.

"아, 내 말은 조오기서 타란 얘기지 조 앞에서."

바로 맞은편을 가리킨다. 그러지 말고 여기서 타요. 여기가 훨씬 수월해요. 강요까지 한다. 그러자 다른 사람이 그래두 조금 더 걷고 한번에 가는 게 낫지 노인이 갈아타려면 힘들어요. 하며 거든다. 지팡이 노파는 누구 말이 옳은 걸까 눈동자를 굴리면서 가타부타 말이 없다.

처음에는 듣고만 있던 사람들이 벌떼처럼 몰려들더니 순식간에 두 파로 나뉘었다.

그냥 여기서 타고 끝까지 가서 한 번 갈아타는 게 낫다. 아니다 여기서 걷는 게 흠이지만 한번에 쭈욱 가는 게 낫다. 걸어도 보통 걸어야지 노인이 사람들에게 치여서 걸어갈 수가 있나? 그냥 여기서 타라. 사람들이 구름 떼로 몰려들어 노인이 걷기는 힘들어요. 저 양반이 왜 노인이야? 요즘은 저런 노인은 노인 축에도 안 들어. 저 양반 정도면 충분히 갈 수 있어요. 저 양반이 노인이 아니면 누가 노인이야? 이번엔 노인이다, 아니다로 나뉘었다. 더 유식한 노인이 에레베타도 있구 했다. 덜 유식한 노인은 계속 화가 나서 말했다. 무슨 소리야! 에레베타 찾다가 길만 잃어요. 그냥 에스커타 타는 게 낫지. 이번엔 엘리베이터냐 에스컬레이터냐로 나뉘었다. 전부 한마디씩 하는 사람들은 죄다 늙수구레한 노인들뿐이다. 젊은이들은 하나같이 스마트폰을 손에 들고 귀에 이어폰을 꽂고 있다. 이때 젊은이 하나가 결정을 내려주면 신속하게 해결이 될 텐데 그럴 기미가 안 보인다. 젊은이들은 꿈쩍도 안한다. 그러다 맞은편 종합운동장 방향의 차가 왔다. 걸어가지 말고 갈아타라는 파들이 빨리 가서 저거 타요 하면서 지팡이 노파를 떠밀 기세지만 늙은이들 말은 신빙성이 없어 보였는지 지팡이 노파는 꿈쩍도 안한다. 맞은편 차가 떠나고 이번엔 김포공항 방향의 전철이 왔다. 처음에 길게 대답해준 여인이 일 등으로 올라타며 다시 한번 "조오기! 저쪽 에스커타 타고 올라가서 오른쪽으로 틀어요." 하며 안으로 들어가지 않고 문 쪽에 서서 말했다.

젊은이들은 계속 이어폰만 꽂고 있다. 모두 올라타고, 젊은이들도 올라타고, 나도 올라타고, 지팡이 노파만 황망히 서 있다. 그들은 전철 안에서도 지팡이 노파가 빨리 행동을 취하지 않으니까 안타까워서 발을 동동 굴렀다. 차 안에서도 두 파로 나뉘었다.

잃어버린 너

　수십 년 묵은 서가의 책처럼 수십 년 묵은 친구들이 몇 명 있다. 바로 세월과 함께 익어가는 중학교 때 친구들이다. 그동안 만남을 지속한 건 아니고 서로 살기 바빠서 아이가 하나였을 때 잠시 만나고 오랜 시간 떨어져 있다가 몇 년 전에야 전화번호를 이리저리 추적해서 간신히 연락되었다. 30년 만에 극적으로 만난 것이다. 남들이 들으면 그게 무슨 친구야 하겠지만 우리는 다시 만나는 순간 마치 어제도, 그저께도 계속 만났던 것처럼 이야기를 무한정으로 쏟아냈다. 지금도 뭐가 바쁜지 서로 시간을 조율해야만 만날 수 있다. 그동안 어떻게 살았는지는 대충 알고 있지만 결혼 이후의 행적을 자세히는 모른다. 그사이 각자 수많은 일들이 있었겠지만 기억력이 나빠서 결혼 전 만났던 남자친구들까지도 몽땅 까먹어버리고, 세월을 껑충 건너뛰어 당장 팔자주름을 어디 가서 펴야 하는지만 골몰한다.

　며칠 전 한강 변에서 저녁노을을 즐기고 있었다. 강변을 즐기러 나온 사람들과 통닭 시켜 먹으라고 전단 돌리는 아주머니들의 수가 똑같은 비율로 북적대서 촌사람이 읍내장터에 나온 것처럼 어리둥절했다. 그래도 시끌벅적 속에 나름의 질서가 있었다. 야외용 돗자리를 빌려주는 사람들, 손님들이 버리고 간 돗자리를 쓰레기통에서 다시 주워 파는 사람들, 통닭을 배달하는 오토바이들, 돗자리 사이사이로 아이스크림 통을 들고 조용히 외치는 사람들, 강물을 바라보며 행복에 젖는 연인들, 그들은 저녁노을 아래에서 각자 하루 치의 삶을 부지런히 마무리하고 있었다. 우리는 억지로 쥐여주는 전단을 선심 쓰듯 열장이나 받아들고 열심히 궁리했다. 어떻게 시켜 먹어야 이 시간을 알차고 보람있게 보낼까? 세트 메뉴를 시키면 돗자리를 덤으로 준다는데 혹해서 자꾸 그쪽으로 구미가 당겼다. 여러 가지 포즈를 취한 치킨의 자태를 살펴보다가 갑자기 한 친구의 그간 행적이 궁금해져서 뜬금없이 내가 물었다. 갑자기 뭐가 궁금해지면 그 자리에서 해결해야 직성이 풀린다.

"너는 어떻게 해서 무용과를 가게 되었니? 너 원래 무용했었니?"

정말 뜬금없는 질문이었다.

"응, 그게 사연이 좀 있어. 너 혹시 중학교 때 우리 무용 가르쳤던 김경희 선생님 기억나니?"

"김경희 선생님이라면 『잃어버린 너』의 작가 김윤희 아니니?"

"너도 알고 있었구나. 우리가 그 선생님께 무용을 일 년 정도 배웠었잖아. 그런데 상명사대부고에 와서 그 선생님을 또 만난 거야. 서로 알아보고 너무 반가워했어. 그 선생님 영향을 많이 받았어."

세상에! 그 선생님을 타지에서 또 만나다니!

잃어버린 너! 그 소설은 출간되자마자 베스트셀러였지만 당시엔 이런 인연도 모르고 아무 생각 없이 그러나 인상 깊게 읽었다.

사실 몇 달 전, 친구 인숙이가 김윤희 씨가 너희 학교 무용선생님과 동일 인물이야 라고 얘기했을 때 나는 경악을 했었다. 그래? 그 선생님이라고는 상상도 못 하고 책을 읽었는데… 아, 그랬구나! 까맣게 몰랐었네. 왜 진작 알지 못했을까? 그때도 미처 몰랐던 걸 꽤 아쉬워했었다. 그런데 이 친구가 그 선생님 영향을 받았다니 기이한 인연이구나 생각했다. 그리고 당시에 그 선생님이 했던 말들이 파노라마처럼 지나갔다. 그때 선생님의 인상은 차가워 보였지만 이 말만은 기억이 난다.

"나중에 시간이 되면 내 얘기도 한 번 해보자."

아주 담담한 투로 남의 얘기 하듯 했는데 그땐 그냥 흘려버렸다. 이 세상 모든 사람에게 비밀로 하고 있었던 이야기를 혼자 간직하기엔 너무 버거웠던 게 아니었던가? 너 어떻게 해서 무용과를 지원했니? 한마디 물음이 꼬리에 꼬리를 물고, 무용과를 왜 갔는가는 하나도 궁금하지 않고 그 선생님 얘기로 강변을 물들였다.

다음 날, 당장 도서관에 달려가서 김윤희를 검색하니 그 소설과 관련된 책이 세 권이 나오는데 너무 오래되어서 진열장에 있지 않고 서고에 보관돼 있었다. 직원에게 세 권 모두 갖다 달라고 했더니 그녀가 책을 들고나왔다. 이분이 우리 무용선생님이에요. 아무 상관없는 그녀에게 자랑하고 싶었지만 내가 보는 앞에서 먼지를 탈탈 털기에 무신경한 그녀에게 하려던 말을 멈추었다. 선생님의 이력을 대충 훑어보았다. 재임했던 시기는 내가 다녔던 시기와 얼추 비슷하기는 한데 우리 학교는 중·고등학교가 같은 재단으로 있는 사립학교여서 아쉽게도 중학교 이름이 빠져있었다. 중·고등학교가 분리돼 있지 않아서 무용선생님들은 고등학교와 중학교를 동시에 가르치기도 했던 시절이었다. 고시 공부하듯 책을 샅샅이 읽었다. 선생님의 문체는 군더더기 하나 없이 아주 알찬 글이었다. 이 정도 글솜씨면 무용을 하지 말고 글을 본격적으로 썼더라면 유명소설가로 대성하지 않았을까. 물론 선생님은 그 후에도 여러 권의 소설을 출간했다. 잠깐 스쳐 지나가는 인연이러니 생각했는데 순수한 사랑을 넘어 용기 있게 행동한 그녀가 갑자기 사랑스러워지기 시작했고 그녀가 우리에게 했던 말들이 자꾸 떠올랐다. 그 주인공이 바로 나라면 과연 그런 용기를 냈을까? 부끄럽지만 어림도 없다.

당시에 선생님은 얼굴과 오른손 하나만 쓸 수 있고 다른 신체는 전혀 쓸 수 없는, 대소변도 받아 내야만 했던 남자를 몰래 숨겨두고 아무렇지도 않은 얼굴로 출근해서 우리를 가르쳤다니… 얼마나 힘들고 고독했을까? 우린 그것도 모르고 천진난만하게 말도 잘 안 듣고, 체

육복도 제대로 안 챙겼다. 우리가 그때 선생님의 비밀을 알았더라면 몰래 가서 그 남자를 돌봐주고, 밥도 차려주고, 그 남자가 좋아하는 페르 귄트 소곡도 틀어주고, 그 남자가 음악을 듣다가 스르르 잠이 들면 턴테이블도 살짝 꺼주고, 선생님의 굉장한 비밀을 절대 발설하지 않기로 우리끼리 약속도 하고 그랬을 텐데… 그러나 두 사람은 이미 이 세상에 없다.

잃어버린 너!

경영학을 전공하던 유쾌한 남자, 엄충식이 그녀 앞에 불쑥 나타났다. 준수한 외모를 가진, 윤희를 지극히 사랑하는 전도유망한 청년이었다. 바로 김윤희의 첫사랑이다. 그는 졸업 후 윤희와 약혼을 하고 미국 유학길에 오른다. 그들의 앞길은 말 그대로 탄탄대로였다. 먼 타국에서 그리움의 편지가 오가고, 사랑하는 사람과 곧 재회할 날을 기다리며. 윤희도 그가 떠난 사이 마지막 남은 대학 생활에 여념이 없었다. 졸업 작품을 위해 음악을 고르고 무용 연습에 매진하면서도 그가 돌아올 날을 손꼽아 기다렸다. 그런데 미국에서 청천벽력같은 소식이 날아왔다.

그가 교통사고를 당해서 중태라는 것이다. 교통사고, 중태…

이런 말은 윤희 주변에서 절대 일어나지 않는 것으로만 알았다. 그러나 태평양을 건너온 소식은 그들의 무지갯빛 사랑을 삽시간에 물거품으로 만들었다. 그리고 열흘 후 장래 시어머니를 통해 그가 죽었다는 소식을 알려 왔다. 몸이 엉망이어서 미국에서 장례를 치르기로 했다는 것이다. 열아홉 살에 그를 만나 일평생을 함께 하자던 남자가 이 세상에서 감쪽같이 사라진 것이다. 그녀는 믿을 수가 없었다. 그녀의 시간은 그때부터 멈춰버렸다. 간신히 졸업은 했지만 그가 없는 이 세상은 아무 의미가 없었다. 그의 유쾌한 웃음소리가 어디선가 들리는 것만 같았다. 아직도 그의 죽음이 믿어지지 않았다. 터덜터덜 집에 들어가서도 그녀는 그의 환영을 본다.

정확히 일 년 뒤, 믿을 수 없는 일이 윤희에게 일어났다. 이게 사실이라니! 정말일까?

윤희는 죽었다던 그가 약수동 꼭대기에서 간신히 연명하고 있다는 사실을 알게 된다. 그가 쓸 수 있는 건 오른손과 지독히도 맑은 그의 정신뿐. 그는 24시간 남의 도움이 있어야만 연명할 수 있는 전신 마비 상태였다. 얼굴 한 쪽은 흉하게 일그러져 있었다. 설상가상으로 그의 어머니는 돌아가시고 가족은 파산 상태로, 그는 산꼭대기에서 고립무원의 상태로 버려지다시피 했다. 그런 그와 일 년 만에 재회한 것이다. 그녀는 북받치는 설움에 미친 듯이 그의 이름을 부르며 셋방에 들어섰지만 예전의 그는 아니었다. 언덕바지 그의 초라한 셋방엔 세 개의 트렁크, 방바닥에 널브러진 몇 권의 책, 그리고 머리맡에 놓인 환자용 변기.

현실은 차마 눈 뜨고 볼 수 없을 정도로 참담했다. 엄충식은 윤희를 외면했다. 가라고 소리쳤다. 그러나 그녀가 누구인가? 비참한 현실을 바라만 보고 있을 여자가 절대 아니다. 스물세 살의 처녀 김윤희는 그를 위해 큰 용기를 낸다. 어디서 그런 용기가 샘솟았는지 자신도 미처 몰랐을 것이다. 그를 끌고 충주의 어느 사립학교 무용 교사로 부임한다. 가족들 아무도 모르게. 아니 이 세상 사람들 아무도 모르게. 남들은 미쳤다고 하겠지만…

그녀는 수안보에 있는 어느 농가에 방을 얻었다. 사람들 눈을 피해 사랑하는 남자 엄충식을 수안보에 두고 낮에는 시내 학교에서 아이들을 가르쳤다. 밤에는 그를 위해 밥과 빨래를 하고, 좋아하는 음악도 같이 듣고, 그가 유일하게 움직일 수 있는 오른팔을 베고 행복해했다. 다행히도 두 사람에겐 수호천사처럼 평생 두 사람을 지켜주는 엄충식의 친구 이종환이 있었다. 친구는 윤희에게 크나큰 위안이었다. 그녀는 수안보에서의 생활이 도둑처럼 몰래 이루어진 일이지만 무척 행복했다고 나중에 고백한다. 이런 생활은 충주를 떠나 서울의 한 여학교에 부임해서도 지속된다. 그러나 가족들은 그녀의 이중생활을 까마득히 모르고 그녀에게 결혼을 종용한다. 마침내 그를 두고 다른 남자와 마음에도 없는 결혼을 하게 된다. 그러나 마음에도 없는 결혼이 오래 지속될 리 만무다. 그녀의 결혼 생활은 남편의 사기로 몇 달 만에 막을 내렸지만 이혼 도장을 찍는 데는 오랜 시간이 걸렸다. 결혼으로 직장도 잃고 수중에 돈 한 푼 없지만 그와의 사랑은 더욱 견고해져서 이제 그를 떠난 삶은 생각할 수 없었다. 이혼이란 혼돈의 시기를 딛고 다시 윤희는 아버지의 회사에서 일하게 되었다. 이제 그들은 안정적으로 행복을 이어가는가 싶었지만 행복한 시간도 잠시, 신은 오른쪽 팔이라도 성하니까 팔베개를 할 수 있는 거라며 행복해하는 그들을 무척 시기했다. 그가 병을 숨겨 왔다. 그의 병세가 심각해져서 윤희는 그를 억지로 병원에 입원시킨다.

그는 알고 있었다. 자신의 생명이 끝나는 날을⋯ 가엾게도 그는 사고가 난 15년 동안 하루도 그녀를 걱정하지 않은 날이 없었다. 그녀를 사랑하기에 더욱⋯

약수동 꼭대기 슬레이트 지붕 아래 누워 있을 때 그는 그녀가 다가오는 걸 철저히 거부했었다. 식물인간처럼 누워 그녀를 미치도록 그리워하면서도 이를 악물고 그녀를 거부했었다. 그러나 운명은 이 가련한 연인들을 다시 만나게 해주었고 그들은 죽어도 떨어지기 싫어했다. 그들은 행복해하면서도 서로 미안해했다. 더 많이 주고 싶어 안달했다.

24시간 음악과 책을 볼 자유만 주어졌고 그 외 모든 자유를 박탈당한 남자.

그가 윤희에게 하루만 자유를 달라고 했다. 단 하루만 혼자 있고 싶다고⋯

"윤희, 너도 집에 가서 목욕도 좀 하고 눈도 붙이고 하룻밤만 쉬었다 와!"

그가 윤희에게도 하룻밤의 자유를 주었다. 윤희는 그의 간곡한 청을 뿌리치지 못하고 마지못해 병실 문을 나선다.

그는 윤희를 쳐다보지도 않고 천장만 바라보며 '윤희야, 미안해, 미안해.' 이 말을 되뇌었다. 윤희는 병실 문을 나가면서 희미하게 그 말을 들었던 것 같다. 이 하룻밤의 자유가 그들을 영영 헤어지게 했다.

그는 윤희가 없는 사이 스스로 목숨을 끊었다. 멍청하게도 그는 자기 멋대로 해석한 '자유'라는 선물을 그녀에게 주려고 했다. 다음 날 그는 병원 안치실에 편안한 모습으로 누워있었다. 윤희는 수의로 검은 양복을 입혀서 그를 떠나보냈다. 점점 흙 속에 파묻히는 관을 보며 눈물을 흘렸지만 한편 마지막 말도 없이 떠난 그에게 화가 나기도 했다. 이렇게 두 사람은 세상 사람 아무도 모르게 15년을 이어왔던 사랑의 끈을 놓았다.

하룻밤 새 독파한 『잃어버린 너』의 줄거리는 대강 이렇다. 나만 느꼈을 감정인지 모르지만 나는 그 책을 읽는 내내 그 선생님의 강단 있는 면모를 보는 것 같아 살짝 미소도 지었다. 지금 생각해 보면 선생님이 무척 야무졌다는 생각이 든다. 싹싹하게 말하는 투 하며 교단을 향해 큰 키로 성큼성큼 걸어 들어오는 걸음걸이 하며. 잘못이 있을 때는 얄짤 없이 혼내는 칼 같은 성미 하며. 아마 모든 일처리도 쾌활하게 척척 해냈을 것이다. 척척박사처럼.

어느 날 선생님은 우리에게 뭔가를 말하려다 말고 입을 꼭 다물었다. 우리 60명, 아니 120개의 눈동자는 이 까칠한 서울 여자를 숨도 안 쉬고 바라보았다. 무슨 말을 하려나? 그러나 선생님은 입을 다부지게 다물고 출석부에 사인하고 창가로 다가갔다. 나는 그날 그녀의 고독한 실루엣을 얼핏 보고야 말았다. 나팔바지를 즐겨 입는 그녀의 긴 다리도 함께. 그리곤 어느 날 인사말도 없이 사라졌다. 지금 생각해보니 그날 선생님은 창밖을 바라보며 휠체어에 앉아 그녀만 24시간 바라보는 저 남자 엄충식을 어떻게 쥐도 새도 모르게 서울로 옮기나 그 생각을 했을 것이다. 우리에게 작별인사하는 것도 잊어버리고…

그녀가 떠난 며칠 뒤, 얼굴에 진한 화장품을 덕지덕지 바르고, 경상도 사투리를 화장만큼이나 진하게 하는 선생님이 새로 부임해 왔다. 그녀는 오자마자 우리를 강당으로 불러 일렬로 세우고 무용의 기본이 안 돼 있다고, 그동안 뭘 배웠냐고, 처음부터 다시 해야 한다고 했다.

김경희 선생님은 우리들 앞에서 힘들어하거나 한숨짓는 것을 보인 적이 없다. 씩씩했다. 그러니까 누구도 흉내내지 못할 용기있는 행동을 한 것이다. 까칠해 보이는 외모와 달리 낮에는 시내에 있는 학교에서 우리들을 가르치고 저녁이면 부리나케 버스를 타고 수안보로 달려갔을 선생님을 생각해 본다. 수안보의 한적한 농가, 휠체어에 앉아있는 연인 옆에서 그날 학교에서 있었던 이야기를 조곤조곤 들려주는 선생님 모습이 눈에 선하다. 그녀의 연인은 온종일 창밖을 보며 그녀를 얼마나 기다렸을까? 언제든 떠나라고 했지만 그녀가 조금이라도 늦으면 진짜 그의 곁을 떠난 게 아닌가 하고 그녀가 방문을 들어설 때까지 노심초사했을 지도 모른다. 지나가는 발소리만 들려도 귀를 쫑긋 세웠을 것이다.

84년 겨울, 애인이 떠나간 후 그녀는 그와 있었던 일을 감상에 사로잡히지 않고 담담하게 담백하게 써 내려간다. 그리고 이 책『잃어버린 너』는 삽시간에 베스트셀러가 된다. 교현동에서 수안보를 향해 부리나케 달려가는 동선을 머릿속으로 그려보았다. 수안보의 정경, 온천을 즐기는 사람들로 사시사철 시골 장터처럼 떠들썩한 시외버스터미널을 지나 애인이 기다리는 한적한 시골 마을이 수줍은 듯 나타난다. 마침내 그곳의 방문을 열고 안도의 한숨짓는 연인들, 달천강 입구, 수옥정 폭포. 이런 말들을 책에서 발견할 때면 귀에 익은 동네여서 아! 우리 선생님도 내가 지나갔던 곳을 지나갔구나! 생각하면서 감회가 새로웠다. 내가 선생님과 이야기하며 산책하는 기분이었다.

당시 내로라하는 스타, 강석우와 김혜수가 주연을 맡아서 영화로도 만들어졌다. mbc 베스트셀러극장에서 드라마로도 방영되었다. 우연의 일치인지 나는 책과 영화와 드라마를 모두 보았다. 일본에서도 만들어졌다고 들었다. 그들이 즐겨듣던 그리그의 페르 귄트 모음곡도 좋아하게 되었다. 주인공 페르 귄트가 가진 재산 다 잃고 비참한 신세가 되어 고향에 돌아와 산중 오막살이에 사는 옛 애인 솔베이지를 찾아가는 얘기가 줄거리다. 언제나 옛 애인은 그 자리 그대로 변함없이, 그러나 호호백발이 되어 있다가 그를 받아주게 돼 있다. 오디세우스가 온갖 고난과 유혹을 물리치고 귀향할 때 그의 아내 또한 수십 년 동안 그를 기다리지 않았는가? 몰락한 애인이 귀향해서 찾아오면 무조건 받아주자고 약속이라도 한 듯 동서고금을 통하여 익숙한 결말이다. 나의 선생님도 이런 맥락으로 이해한다면 좀 비약일까? 그들이 페르 귄트 소곡을 끔찍하게 좋아하는 것은 어쩌면 귀향본능일 거라는 생각이 든다. 억지 논리의 어감은 있지만.

아무튼 장안 사람들 모두 『잃어버린 너』를 읽고 그들의 사랑에 흠뻑 빠져들었다.

선생님은 그 후 꼭 10년 뒤에 『잃어버린 너, 그 후』 편을 출간했다. 충식 씨, 기다려요. 우리 곧 만날 거예요. 하면서 그에 대한 그리움을 다시 글로 써 내려갔다. 그 그리움은 소리 없이 흐르는 시냇물이라 했다. 여러 편의 장편소설을 더 쓰기도 했지만 안타깝게도 더 이상 글을 쓰지 못하고 오랜 시간 병을 앓다가 돌아가셨다고 했다. 선생님과 운명적으로 조우하고 그녀의 영향으로 무용학도가 되었다는 친구의 말을 빌리자면 선생님 인상은 차갑게 보여도 가까이 다가가면 속은 무척 따뜻한 분으로 기억한다고 했다. 그 친구는 선생님의 장례식에 갔었다고 했다.

조혜경, 그걸 이제야 얘기하니? 그런 중대한 얘기는 진작 발설했어야지!

남한강의 불시착

그해는 장마가 오래갔다. 비가 너무 오랫동안 내려서 어른들은 이러다 추석을 맞이하겠다고 했으니까.

그날도 비가 몹시 왔었고 일요일이었을 거다.

외국인 네 명이 탄 헬리콥터가 남한강 국민학교에 불시착하는 큰 사건이 있었다. 그때 우리들은 우주인이 나타난 듯 신기해하며 벌때처럼 모여들었다. 무채색의 우비를 입고 하늘에서 내려온 그들은 정말 우주인이었다. 비록 흐릿한 TV 화면을 통해서지만 바로 며칠 전 아폴로 11호가 발사되고 닐 암스트롱이 달에 착륙해서 공중에 부유하듯 걸음을 떼는 걸 두 눈으로 똑똑히 본 터라 우주인은 우리에게 낯설지 않았다. 그들 4명은 모두 키가 굉장히 컸고 코가 유난히 뾰족했다. 얼굴도 모두 쌍꺼풀이 짙은 닐 암스트롱을 닮아 있었다. 모이라고 스피커로 방송도 안 했는데 역전동 주민들이 빠짐없이 집합했다. 나의 담임 선생도 나타났고, 교장도 헬리콥터를 구경하기 위하여 위에는 흰 런닝서츠에 아랫도리는 파자마 바람으로 찡그린 얼굴을 들이 밀었다. 목사님도 넥타이를 맨 채 찢어진 비닐우산을 들고 뭔 일인가 하면서 얼굴을 내밀었고, 신앙촌 전도사도 양복 입고 성경책을 옆구리에 낀 채 나타났다. 꼬마들은 잔칫집에 온 것처럼 와자지껄 떠들며 어른들 사이로 고개를 내밀었다. 여름이라곤 하지만 오랜 장마로 우중충하고 쌀쌀하기까지 한 날씨여서 민소매 아래 가느다랗게 매달린 내 팔뚝 위로 소름이 돋았다. 벌 떼처럼 모여든 사람들은 서양인들의 입 모양 하며 손동작 하나까지 일거수일투족을 빠짐없이 주시했다. 하나라도 놓치면 영화의 한 장면을 놓친다고 생각했는지 열심히 노려보았다. 모두들 헬리콥터는 말할 것도 없고 미국인을 이렇게 가까이 보는 것도 처음이었을 것이다. 외국인들은 어른, 아이 할 것 없이 모여든 대부대에 삥 둘러싸여서 몹시 난감해하는 눈치였다. 그들은 홍당무가 되어 우리를 둘러보다가 눈썹이 그윽하고 유난히 짙은 남자가 매끄럽고 유창한 그들의 언어로 동료에게 말을 걸었다. 한 남자가 포문을 여니까 다른 세 명도 스스럼없이 말을 던지고 받았다. 지금 생각하면 아마 이런 말을 주고받았을 것이다.

"이 마을의 이름이 뭐지? 여기가 학교인가?"
"글쎄, 학교일까, 아니면 마을회관일까?"
"여기선 대체 어디에다 연락해야 하는 거야?"
"헬리콥터를 놔두고 경찰서까지 걸어가야 하는 건가? 그런데 경찰서가 어디지?"

"이 마을에 전화가 있기는 한 건가? 야 이 사람들 되게 웃기게 생겼다. 별의별 사람들이 다 모였네, 하핫"

"흐흐흐, 그런데 저 사람들은 누가 늙은이고 누가 젊은이야?"

아닌 게 아니라 우리는 우산을 쓰고 그들을 빙 둘러서서 그들의 난감한 표정, 놀란 눈빛, 행동거지 하나도 놓칠세라 열심히 쳐다보고 있었다. 이런 데서 자리싸움하는 동네 조무래기들, 흰 가운을 휘날리는 이발소 아저씨, 직종과 장유와 남녀를 가리지 않고 서서 그들을 빤히 쳐다보고 있었다. 우비 입고 와서 노려보는 사람도 있고, 양복 입고 점잖게 서서 심히 아는 체 하는 사람들도 있었다. 그때 신작로의 이발소 사장이 누런 가운을 휘날리더니 그들을 향해 대놓고 아는 체를 했다.

"저 사람들은 분명히 하와이 사람들일 거야."

그 이발소 아저씨가 밑도 끝도 없이 우겨댔다. 그는 저들이 결코 미국인이 아님을 침을 튀겨가며 강조했다.

"하와이 사람들은 얼굴이 노랗거든. 저 사람들은 분명히 하와이 사람들이야. 미국인은 절대 아니야."

그가 다시 부연 설명을 했다. 본토박이 미국 사람들을 바로 양놈이라 하는 거고, 하와이 사람들은 양놈이 아니라고 우겼다.

내가 보기엔 백옥같이 뽀얀 피부를 가진 사람들로 보였는데 그는 사람 보는 눈이 예리해서 피부색의 미묘한 차이를 식별해내는 혜안이 있었나 보다. 어쨌든 약간 누렇게 보인다는 관계로 졸지에 하와이 사람들이 되어버린 외국인들은 말이 통하는 사람도 없고 해서 저희끼리 난감한 표정으로 하와이 말로 지껄이고 있었다. "저 사람들이 하와이 사람들이래. 미국사람 아니래." 하면서 그들의 코앞에서 아줌마들이 그들에게 손가락질했다. 그들도 우리의 언어가 신기한지 관심을 가졌다. 지지미 치마를 흰 광목천으로 동여맨 동네 여자들은 감히 유식한 이발소 아저씨 곁에 다가가진 못하고 자기들끼리 멀찌감치 서서 그의 근거 없는 유식함에 대해 존경의 마음을 품었다. 동네 여자들은 더 나아가 그 유식한 아저씨가 그들이 뭘 원하는지 알아보고 그들의 요구사항을 들어주려나 하고 기대했다. 그 아저씨가 그렇게 유식하니까 그들의 언어쯤은 다 알아들으리라 생각했다. 그러나 유식한 아저씨는 우리의 기대와는 달리 하와이 사람들에게 손가락질만 계속하며 그들이 하와이 사람인 것만 강조했다. 저 사람들은 분명히 하와이 사람들이야.

하와이 종족과 역전동 종족은 서로 신기해하며 한참을 쳐다보았다. 유식한 남자가 하도 박박 우기니까 교장도, 목사도, 전도사도 별 대꾸를 하지 않고 자리를 떴다. 우리 동네에선 목소리 큰 사람이 박박 우기면 아무도 반박하지 않는 게 불문율이다. 하와이가 미국 아니었어? 미국에 속해 있지 않나? 하며 괜히 반박하면 저들의 언어인 미국 말로 물어보라고 시킬까 봐 그랬는지 그들은 슬그머니 자리를 떴다. 비는 종일 내리다 못해 폭우로 변했다.

　나중에 들은 얘기로 그날 그들은 온종일 동네 사람들에 에워싸여 비를 맞았고, 너무 폭우가 심해서 결국 동네 사람들은 흩어지고 경찰차가 빗속을 뚫고 와서 그들을 어딘가로 데려갔다는 얘기를 들었다. 그 유식한 중늙은이 이발소 아저씨는 흰 가운차림으로 가끔 신작로에 쭈그리고 앉아 담배를 피워댔다. 동네 노인들과 한담을 하는 와중에도 목소리를 높여서 열변을 토했다. 지나가다 들어보면 그 아저씨는 진짜 유식했다. 일본 사람들이 우리나라에 와서 길도 닦아놓고, 철도도 놔주었다고 주장했다. 일본놈들은 어떻게 알았는지 신통하게도 시골 촌구석까지 번지수를 다 정해주고 행정을 손쉽게 하도록 만들어 주었다고 했다. 일본 놈들 아니었으면 그때 우리 힘으로는 어림도 없는 일이라고 박박 우겼다. 옆에 있던 노인들도 그의 말에 맞장구를 치는 듯했다.

뒤죽박죽인 걸 원래대로

손 여사는 문화센터에서 만난 사람이다. 그녀는 매일 천 가방이 불쑥 튀어나오도록 두꺼운 교재와 대형 보온병을 싸 들고 다녀서 볼 때마다 꽤 무거울 텐데 하는 생각이 들었다. 꽤 무게가 나가는 보온병을 기울여 뜨거운 김이 나는 누런 물을 종이컵에 따라서 열심히 마신다. 누런 물이란 그녀의 언어로 의역해서 내가 갖다 붙인 거다. 하루 이틀도 아니고 매일같이 누런 물을 마시길래 그게 뭐냐고 물었더니 "이건 박사님들이 좋다고 하는 재료를 섞어서 만든 건강 물이야." 하면서 내게 한 잔을 권했다. 건강 음료도 아니고 건강 물이라고 말하는 게 내 귀엔 일부러 북한 말투의 단물처럼 약간 위트 있게 들렸다. '저 우아한 몸짓에 참 어울리지 않게 독특하고도 생소한 언어를 쓰는구나' 생각했다. 꽤 유명 브랜드의 반지를 겹으로 낀 기다란 손가락으로 따라주었다. 아닌 게 아니라 자세히 보니 항상 팔찌나 장신구를 몸에 지니고 있었다. 그녀와 나의 만남은 이렇게 시작되었다. 아침마다 나를 보면 화들짝 반기면서 한 잔 가득 따라주는데 커피 이외에는 잘 안 마시는 나로서는 시큼털털한 누런 건강 물을 목에 넘기는 일은 사실 고역이었다. 한 사람도 아니고 여러 박사의 조언으로 만들어졌다지만 혼합물이라 그런지 그냥 한약물을 삼키는 기분이었다.

  수업이 시작되었다. 아동과 노인 상담에 관한 내용을 얘기하는데 그녀는 계속 책의 페이지를 못 찾고 있었다. 허 거참, 눈이 좀 나쁜 사람인가? 의아해하며 내 팔을 쭉 뻗어도 옆자리에 안 닿길래 엉덩이를 조금 들어서 페이지를 넘겨주고 손으로 짚어주기까지 했다. 강사가 페이지를 앞으로 넘겨서 다시 몇 페이지를 펼쳐 보세요 할 때도 그녀는 저 뒤쪽 이백몇 페이지에서 헤매고 있는 게 아닌가! 나는 참 별일이네 중얼거리며 엉덩이를 들어 별일 아닌 것처럼 페이지를 넘겨주었다. 유치원 손녀를 데리고 나와서 옆에 앉혀놓고 토닥이는 기분이었다. "허 거참 왜 페이지를 못 찾는 거야!" 오늘따라 엉덩이를 몇 번이나 들었다 놨다 했는지 모르겠다. 강의를 맡은 강사는 아주 따분한 사람이어서 몇 시간 내내 하품만 해댔다. 그는 유머집에서 베낀 듯한 오래된 개그를 수업 중간중간에 남발하고 있었다. 전혀 맥락도 없이 아주 생뚱맞게. 하품을 뻑뻑하다가 학창 시절 수업 시간에 선생님 몰래 다른 책을 보듯이 카톡을 몰래 들여다보았다. 카톡에 나와 있는 손 여사의 근사한 프로필 사진도 훔쳐보았다. 그녀는 월남 여인처럼 목까지 칼라가 올라온 긴 드레스를 입은 우아한 포즈의 프로필 사진을 올려놓았다. 멋진 풍광을 뒤로하고 찍은 사진도 있고, 손녀딸과 노는 사진도 있고, 열대식물을 뒤로하고 열대 섬의 진짜 주민처럼 찍은 사진도 있다. 백몇 장의 카톡 프로필 사진을 주르륵 넘겨보았다. 사진 찍는 걸 참 좋아하는 사람이구나! 독사진의 포즈를 어울리게 잘 찍는구나! 이 사진은 어디에서 찍은 걸까? 사진을 손가락으로 휘리릭 넘겨보며 그녀를 감상하다가 그 옛날 수업 시간에 친구들에게 쪽지 돌리고 우리끼리 키득거린 일이 갑자기 생각나서 손 여사에게 몰래 카톡을 보냈다. '수업 끝나고 지하 커피숍에서 커피 한 잔 마시자.' 요렇게 보냈다. 그녀는 휴대폰을 보던 얼굴을 들고 답장 대신 내게 손가락을 동그랗게 해서 오케이 사인을 보냈다. '아, 수업 시간이라 문자 대신 사인을 보냈구나' 하고 생각했다.

지하 커피숍에 손 여사를 비롯한 맘에 맞는 사람 몇 명이 둘러앉았다. 나하고 좀 떨어져 앉았는데 그녀의 경상도 사투리가 크게 들려왔다. 그녀는 수업 시간에 벌였던 황당하고도 요상한 숫자 찾아 헤매기를 완벽하게 잊어버리고 함께 모인 네다섯 명을 들었다 놨다 하며 재미있는 얘기로 좌중을 휘어잡는 중이었다. 그녀의 말에 사람들은 손뼉을 치며 박장대소했다. 저런 능력이 있었네! 하고 있는데 생소한 언어가 또 내 귀를 스쳐 지나갔다. 다른 사람들은 아무렇지 않게 들었는지 모르지만 그녀의 특이한 언어습관이 내 귀에 들어오다가 탁 걸렸다.

"암뼝이라예. 암뼝이 와서예 암껏두 못하구 마카… 나두 암뼝 있을까봐… 세비란에 갔어예."

하더니 멀리 있는 나에게 느닷없이 암뼝 그거 해 봤어예? 하고 물었다. 처음엔 못 알아들었다가 그녀의 친척 누군가가 심각한 암에 걸려서 위중하다는 얘기를 하던 중이란 걸 알았고 자기도 신촌 세브란스병원에서 검사했는데 나에게도 암 검사해봤냐 대충 이런 거였다. 나는 그녀의 말을 번역하느라 골몰하다가 얼떨결에 받은 질문이어서 애매하게 고개를 끄덕였다. 그녀는 만족해하며 암뼝에 대해 아는 지식을 총동원해서 말했다. 또 한 번 참 독특한 언어 세계에 살고 있다고 생각했다. 다른 사람들은 아무렇지도 않은지 그녀의 말에 아무도 딴지를 걸지 않았다.

손 여사는 이상한 버릇이 있다. 문자를 보내도 절대로 답장을 보내지 않는다. 대신 문자를 보내자마자 득달같이 전화벨이 울린다. 거참, 손가락이 없나? 번거롭게 왜 전화를 해대? 중얼거리며 그녀의 높은 톤의 목소리를 받아낼 준비를 한다.

그녀는 절대로 손으로 직접 글씨 쓰는 일을 하지 않는다. 그녀가 쓰는 글씨라곤 무슨 상형문자처럼 삐뚤빼뚤 쓴 손유경이란 이름 석 자 정도란 걸 시간이 조금 지난 뒤에야 알았다. 손유경은 그녀가 옛 이름을 버리고 재판으로 끌어낸 최근에 생긴 이름이다. 수업시간에는 강사의 말에 고개를 크게 끄덕이며 뭔가를 열심히 그어대고 있다. 뭘 저렇게 열심히 하나 들여다봤더니 중요한 부분에 당구장 표시를 하거나 밑줄을 긋는 게 아니라 교재 전체에 밑줄을 그어대고 있었다. 참 별일이네, 뭐가 중요하다고 저렇게 형광펜으로 벅벅 그어대고 있담! 고3 수험생처럼 열심히 벅벅 그어댄다.

담당 강사의 수업 만족도에 대한 설문 조사를 한다고 해서 문화센터 직원이 20여 개 정도의 문항이 적힌 무기명 설문지를 돌렸다. 그녀는 그 설문지도 아주 중요한 문서를 읽듯이 밑줄을 빼곡하게 치며 읽었다. 하도 새카맣게 볼펜으로 그어놔서 정작 답안을 쓸 여백이 부족할 정도였다. 뭐라고 상형문자로 끄적거리더니 다른 사람들이 써낸 여러 장의 종이 밑에 푹 쑤셔 넣고는 아무렇지도 않게 옆의 사람들과 떠들었다. 정작 그녀가 설문지에 쓴 글씨라곤 벅벅 그어댄 볼펜 자국 외에 아무 글씨가 쓰여 있지 않았다.

나중에 그녀가 내게 고백을 했다. 사실 자기는 받침이 없는 글자만 간신히 읽는 정도이고 쓰는 건 자신이 없다고 했다. 더구나 숫자 쓰기는 더 어렵다고 했다. 세상에나! 무슨 사연이 있었길래 우리가 공기처럼 아무렇지도 않게 읽고 쓰는 일이 그녀에겐 넘을 수 없는 장벽이었다니! 그런데 자기가 글을 잘 모른다는 사실을 다른 사람들은 눈치채지 못하게 해달라고했다. 그녀의 고백 이후 장장 석 달 동안의 강좌가 끝날 때까지 나는 그녀의 수족이 돼주었는데 그녀는 물 만난 고기처럼 나를 데리고 다니며 그동안 장벽처럼 가로막혔던 관공서며 은행

볼일을 씩씩하게 해치웠다. 아직도 우리 클래스의 친구들은 손 여사가 좀 색다른 언어를 쓰기는 하지만 아주 교양있고 우아한 중년 부인이란 걸 의심하려 들지 않는다. 세상 사람들과 자연스럽게 어울려서 자신의 의견을 피력하는 데 글을 잘 모르는 일은 전혀 상관이 없었다. 그런데 문득 이런 생각이 먼저 스쳤다. 그렇다면 그녀는 내가 어릴 때 책이 닳도록 수십 번 읽어댔던 작은 아씨들이며 소공자, 소공녀, 몽테크리스토 백작, 삼총사, 하이디, 퀴리 부인, 제인 에어, 사랑의 학교, 키다리 아저씨, 장발장… 이런 걸 읽을 수 없었다는 소리잖아! 이런 감동을 전혀 느끼지 못하고 자랐다니 그녀가 너무 가여웠다.

그녀는 호적 나이가 정확지 않다고 했다. 실제 나이도 정확히 모를 뿐더러 학교를 제때 다닌 바로 아래 남동생들보다 이상하게 호적 나이가 더 어리다는 사실도 고백했다. 이런 불공정한 일이 다 있나! 그녀를 낳고 딸이라고 뭉그적거리다가 호적 신고도 제때에 하지 않은 그녀의 부모에게 갑자기 화가 치밀었다. 그녀를 낳고 남동생을 보라고 그녀의 이름도 남자 이름처럼 승용이로 지어주었다. 발음하기도 힘든 '손승용'으로 60여 년을 살다가 최근에 '손유경'으로 개명했다고 고백했다.

그녀의 아버지는 무슨 병인지도 모르고 십수 년을 시름시름 앓았다. 아니, 모르는 게 아니라 폐결핵이란 걸 알면서도 동네 사람들이 알면 수군거릴까 봐 쉬쉬하며 살았다. 아픈 아버지가 하는 일이라곤 두꺼운 털조끼를 입고 양지바른 흙벽 아래 쪼그리고 앉아 햇볕을 쬐는 일이 전부였다. 어머니는 남편 대신 6남매 식솔을 먹여 살리느라 하루 종일 쇠 대야를 머리에 이고 생선 장수를 다녔다고 했다. 위로 있는 금쪽같은 오빠는 태어나자마자 호적에 올려졌고, 그녀 밑에 있는 두 명의 남동생들도 제대로 호적 신고를 했는데 그녀만이 이 세상에 없는 존재로 있었다. 남동생들을 낳고도 이태를 그냥 흘려보내다가 그 아래 여동생들이 생기고 나서야 그녀를 호적에 올렸다고 했다. 경남의 두메산골 어느 흙벽돌집에서 60여 년 전에 그녀의 의지와 상관없이 벌어진 일이었다. 그녀가 사실 학교에 입학을 안 한 건 아니었다. 몇 살 때인지 정확히 모르지만 초등학교에 들어갔었다. 그러나 장사 나간 엄마 대신 동생들 돌보고 집안일 하라고 그녀를 학교에 보내지 않았다. 그마저도 2학년이 되면서 학교 문턱엔 아예 발을 들이지 못했다. 아버지는 동상 걸린 손으로 동생을 등에 업고 빨래하고 밥하는 어린 소녀에게 잔소리해댔다. 왜 게으름을 피우냐고, 집안일을 더 열심히 하라고… 오빠와 남동생들과 동네 친구들은 다 학교에 가고 그녀와 등에 업힌 어린 동생들과 아버지만 남은 빈집에서 끊임없이 일만 해댔다. 그래도 그녀는 원래 그런 거니 하면서 불만 자체를 할 줄 몰랐다고 한다. 장사를 마치고 돌아오면 집안은 아이들로 엉망이 되기 일쑤인데 피곤한 엄마는 아홉 살 소녀에게 매질했다. 맏딸이 집안을 잘 건사하지 못했다고. 이름만 맏딸일 뿐 자기가 몇 살인지도 모른 채 산골의 흙벽돌집에서 다람쥐 쳇바퀴 돌듯이 일만 했다.

그런데 어느 날, 소녀인지 처녀인지 모를 나이에 접어들었을 때 우연히 도시에서 온 훤칠한 청년과 맞닥뜨리게 되었다. 그가 그녀에게 살짝 미소를 보냈는데 그의 하얀 이를 본 순간 뭔가가 가슴속에서 요동치고 있다는 생각이 들었다. 그녀는 그렇게 하얀 손을 가진 남자를 처음 보았다. 가끔 저녁이면 저수지 언덕에 올라가는 그 남자를 목격하곤 했는데…. 그런 그를 먼발치에서 바라보는 게 유일한 낙이었다. 그는 홀로 둑에 앉아 사색에 잠겨있기도 하고, 어떨 땐 자전거를 끌며 천천히 걸어가는 뒷모습을 보이기도 했다. 그는 무채색의 셔츠에 면바지를 주로 입었는데 그 모습이 소탈하고 진실해 보였고 무척 고독해 보였다. 저녁이면 빨리 설거지 끝내고 개울둑을 산책하는 고독한 남자를 보러 가는 게 일과였다. 그가 그녀에게 말을 걸어온 적은 없지만 그를 볼 때마다 가슴속에서 뭔가 뜨거운 게 용솟음치고 있다는 걸 느꼈다. 그날도 어둑해질 무렵 부모 몰래 저수지로 나갔다. 그런데 그 남자가 그녀와 아주 친한 동네 친구와 다정하게 얘기를 주고받으며 언덕을 걸어가고 있는 게 아닌가! 그들은 오래된 연인처럼 서로를 밀착하며 걸어가고 있었는데 그 광경은 어디 딴 나라에서 온 사람들 같았다. 플레어스커트를 입고 팔랑팔랑 걸어가는 친구는 자신감이 있어 보였고 두 사람의 모양새는 한 폭의 그림 같았다. 사실 그 남자와 말을 섞어본 적도 없고, 정확한 얼굴 모습도 또렷이 알지 못할뿐더러 아니 그녀와는 아무 상관이 없는, 그저 얼굴이 하얀 남자일 뿐이었다. 그런데도 그들이 나란히 걸어가는 것을 목격하는 순간 그동안 품었던 희망 같은 게 와르르 무너졌다. 그날 저녁 집 쪽으로 터덜터덜 걸어오면서 자신의 행색이 너무 초라하다는 생각에 머릿속이 어지러웠고 도무지 마음이 진정되질 않았다. 태어나서 처음으로 식구들이 부대끼는 흙벽돌이 지긋지긋하게 싫어졌다. '아, 그동안은 세상의 시계가 어떻게 돌아가는지도 모르고 살았구나' 하는 생각이 들었다. 그 일이 계기는 아니었지만 생전 처음으로 자신이 우물 안 개구리였다는 걸 깨닫고 하루라도 빨리 흙벽돌집에서 뛰쳐나오기를 소망했다. 그 후 병약했던 아버지는 돌아가시고 어느 정도 세월이 흘러 아는 사람의 소개로 부산의 어느 공장에서 일하게 되었다.

그녀의 자취방이 있는 골목 끝 집에 허여멀건 한 대학생도 자취하고 있었는데 그 청년은 연탄불을 잘 꺼트러서 그녀에게 탄불을 자주 빌리러 왔다. 그는 한두 번도 아니고 자주 미안해하며 그녀를 찾았다. 그런데 그녀가 누구인가? 좀 안된 사람을 보면 도와주고 싶어 안달이 난 씩씩한 처녀 아닌가! 거기에다 십수 년간 집안 살림에 이골이 난 처녀 아닌가! 그 청년에게 그야말로 아무 사심 없이 연탄불 피워주고 몰래 반찬 해다 바치고, 순전히 동생들 돌보는 심정으로 열과 성을 바쳤다. 이 순진한 대학생은 그녀의 순수한 마음에 홀딱 빠져서 앞뒤 돌아보지 않고 동거를 시작했다. 동거하며 집안일하고 억척같이 살림 꾸리는 데는 전혀 학력이 필요하지 않았다. 그녀가 글을 쓰지 못한다는 사실을 감쪽같이 속였다. 남편은 대학을 졸업하고도 평생 자리를 잡지 못해서 무학의 그녀가 억척같이 장사를 하며 집안을 일구었다. 남들은 하기 좋은 말로 글이라도 배우지 그동안 뭐 했어? 이렇게 말하지만 그녀가 거두어야 할 식솔들은 계속 늘어났고… 그녀에게 동생들은 쉴 새 없이 손을 내밀며 도와달라고 칭얼대었고… 언제 편안히 자신을 돌아볼 기회가 있었겠는가! 그래도 천성이 부지런하고 남들을 잘 도와주는 체질이라 여태껏 일만 하며 살다가 눈 깜짝할 새 중년이 되었다. 지금은 좋은 노후를 맞이할 준비를 하며 문화센터에서 열심히 교양을 쌓는 중이다. 여전히 밑줄 그어가며.

그녀는 자신의 이름 '손유경'을 무척 사랑한다. 책 껍데기에 '손유경'을 써넣는 건 물론이고, 모든 소지품에 손유경을 쓴다. 필통도 큼지막한 걸 사서 별의별 필기구들을 잔뜩 넣고 다닌다. 이름을 바꾸고 나니 자신감이 생겼는지 자기 나이도 원래대로 되찾고 싶다고 말했다. 바로 밑의 남동생보다 6살이나 어리게 호적에 올라있는 걸 제대로 해놓는 게 소망이라고 했다.

"나이 먹는 게 뭐가 좋아? 남들은 한 살이라도 어리게 보이려고 애를 쓰는 판국에 이제 와서 호적 나이 올려서 뭐 할 거야?"

형제들과 친척들과 주변 사람들은 그녀가 호적 나이 올리는 걸 극구 뜯어말린다. 허구한 날 손을 내미는 동생들도 누나에게 빈정거린다. 그딴 게 뭔 소용이냐고! 그거 고친다고 뭐가 달라져? 그러나 그녀는 형제들과 서열이 뒤죽박죽인 게 정말 끔찍하게 싫다고 했다. 진짜 정확한 나이는 모르지만 형제의 서열만큼은 정확히 안다고 했다. 순서가 뒤죽박죽이었던 것을 원래대로 꿰맞춰서 똑바로 정렬시키면 그 다음의 목표는 글을 배우고 싶어질지도 모른다. 식구들이 대놓고 뜯어말리니까 호적을 고칠 수는 있는지 아직 미지수이지만…

　나는 그녀가 하나하나 목표를 완수해 갈 때마다 그저 손뼉을 쳐주련다. 뭐 대단한 결과나 세상의 가치관 이런 거 아니라도 그냥 소소한 소망을 향해 한 발자국 나아갈 때마다 성취의 기쁨을 누리는 것에 방점을 두었으면 한다.

19

신때 가게

"노량진에 내려서 육교 건너편에 쪼맨한 골목이 있단 말이다. 맹 갈
구치는 게 포장마찬데 그기 지내고 보매, 거가 또 사람들이 마카 댕
겨요. 그기 뚫고 오란 말이다, 그라고 오른쪽으로 틀어요. 내 말 알아
들었나?"

휴대폰 너머로 들려오는 소리가 엄청 커서 귀에서 좀 떨어뜨려서
대답을 했더니 내 목소리가 작다고 역정을 냈다.

"네, 오른쪽으로 틀어서요?"

"차 댕기는 길 말고 쪼맨한 골목길이데이. 쇳때가게 찾아온나."

노량진에 가게가 있다는 작은 아재를 찾아가는 길이다. 그를 몇 년
만에 보는지 모르겠다. 짧은 대화 속에 '맹 갈구친다'는 말을 여러 번
했다. 어떤 일이 그를 가로막고 할 일을 못 하게 하는지 말끝마다 맹
갈구치는 것 뿐이라고 한탄했다. 그 옛날 미모에다 키까지 훤칠했던,
시청 여직원이었던 외숙모도 어떻게 변했는지 한번 볼 겸 집으로 찾

아가고 싶었는데 군이 가게로 오라고 했다.

"거 뭐시냐? 국수 가닥 같은 거 볶아서, 맹 왜놈간장만 처발라갖고…… 그 포장마차 바로 옆이다."

포장마차를 얘기할 땐 쓴 한약을 마시는 것처럼 내뱉었다.

그가 서울로 올라간 데에는 사연이 있다. 남의 밑에서 일할 때는 성실하게 일해서 일가를 이루었는데 어찌된 일인지 독립을 하고나서 얼마 안 가 홀라당 말아먹고 바로 서울로 올라갔다. 그가 사업을 말아먹은 가장 큰 원인은 사람들에게 너무 인색하게 굴어서 그렇다는 설이 있다. 큰 아재가 죽고 나서 그가 남긴 아이들을 떠맡기 싫어 서울로 올라갔다는 설도 있다. 이유야 어찌됐든 그를 본 지는 오래되었다. 큰 아재를 땅에 묻던 날, 엄마에게 가장 많이 시달렸던 사람이다.

"니가 고 따우로 인색하게 구니까 개가 막노동했지! 아이고 불쌍한 내 동생!"

우리가 국민교육헌장보다 더 많이 들은 소리다. 누나가 자꾸 도와주니까 그 인간이 일을 안 하는 거지. 저는 손이 없나 발이 없나. 제 입에 들어가는 밥은 지가 벌어야지 누가 숟가락까지 집어주노. 남매는 틈만 나면 입씨름을 했고 엄마는 싸움 말미에 "아이고오~ 불쌍한 내 동생!" 하고 마무리했다. '불쌍한 내 동생'은 일찍 죽은 큰삼촌을 말함이다. 그 말은 내 친구 미정이가 감탄을 할 때나, 못 볼 꼴을 봤을 때 수시로 쓰는 '아이고 아멘!'과 같은 추임새였다.

작은삼촌은 옛날부터 손재주가 좋아서 개집도 멋지게 뚝딱거려 만들고, 잠시도 쉬는 법 없이 집안을 페인트칠하고 다독거려서 늘 새집처럼 보이게 했다. 친척 중 가장 사람답게 사는 모습을 보여주었다. 그는 지극히 성실했지만 결정적인 단점이 있었다. 그는 이 세상 모든 게 부정적이었다. 집을 사는 데도 이리재고 저리재고 그러다 때를 놓치고…… 다른 사람한테 빼앗기고 나서야 그때 그걸 사야했는데 하고 후회했다. 자신이 가진 가장 좋은 장점, 성실함마저도 부정적으로 생각하는 위인이었다.

그는 비관주의자이자 결정 장애 환자였다.

수많은 인파를 헤쳐 가다 눈에 띈 여인숙 간판이 삐딱하게 벌어진 대문 위에 소심하게 붙어있는 게 친근하게 느껴졌다. 저녁 먹을 시간이어서 재수생과 공시생을 필두로 온갖 수험생들이 쏟아져 나왔다. 골목 안에 포장마차가 즐비해 있다. 포장마차들은 대부분 비슷한 철판 볶음 요리 일색인데도 자세히 보면 절대로 남의 영역을 침범하지 않고 고유의 음식을 팔고 있다. 이탈리아식 파스타 포장마차, 베트남 여인을 부인으로 맞아 장사하는 베트남 쌀국수집, 태국식 볶음밥집, 김치볶음밥집, 일본 우동집, 밥과 반찬 세 가지가 도시락처럼 나오는 백반집, 샌드위치집, 탱탱한 소세지를 쿡 쑤셔 박고 겨자와 케첩을 한 손에 쥐고 동시에 쓰윽 뿌려주는 소시지 버거집, 가격은 담합이라도 한 듯 똑같이 저렴했다. 가난한 수험생들에겐 안성맞춤이다. 그가 말한 대로 볶음 우동집 옆에 '섯때 가게'가 있었다.

　볶음 우동집으로 젊은이들이 양 떼처럼 몰려들어서 그들의 뒤통수만 바글거렸다. 볶음 우동집 포장마차의 길이는 약 일 미터 정도였다. 그 앞에 자그마치 50명 정도가 북적대고 있었다. 좁은 포장마차 앞에 한창 먹성 좋은 젊은이들이 꿀벌들처럼 바글거렸다. 바로 볶음 우동집과 딱 붙어있는 곳이 바로 삼촌의 열쇠 가게인데 그곳은 옆집과 달리 파리만 날렸다. 신식 자물쇠들은 투명 플라스틱 포장을 한 채 귀하게 모셔져 있고 그 밖의 열쇠들이 포도송이처럼 주렁주렁 매달려 있다. 삼촌이 차지할 수 있는 공간도 딱 1㎡ 정도밖에 안 되었다. 닳아서 반질거리는 나무 의자 앞에 골동품이 되어버린 열쇠 깎는 기계가 대형 현미경처럼 의연하게 가운데 자리를 차지하고 있다. 쇠붙이 덩어리는 꼿꼿하게 무게를 잡고, 중앙에 놓여 있었는데 내 눈에는 그 물건이 고고학적 가치가 있는 유물로 보였다. 삐죽 나온 손잡이는 로봇의 팔처럼 보였고, 현미경처럼 들여다보는 곳도 있고, 어쨌든 그 유물은 굵은 케이블로 연결된 채 먼지를 뽀얗게 뒤집어쓰고 있었다. 옆집의 번잡함과 소란스러움과는 아무 상관 없다는 듯 고고하게 서 있었다. 인파를 헤집고 꾸역꾸역 찾아간 곳에서 삼촌이 나를 반갑게 맞아 주리라 생각했는데 어쩐 일인지 가게 앞은 썰렁했고 그 앞에 이런 나무 푯말이 나를 맞이했다.

'출장 중, 011-***-****'

　나랑 금방 통화했는데 어디 가셨지? 갑자기 주문이 들어와서 출장 가셨나? 생각하며 일본어 표기로 마츠리라고 쓰여 있는 검은 색 삼각형 손수건 자락이 줄지어 휘날리는 바로 옆 볶음 우동집을 쳐다보았다. 젊은 주인의 손놀림이 현란했다. 일본풍의 앞치마와 모자를 쓰고 순식간에 볶음 우동과 채 썬 양배추 위에 뿌연 소스를 뿌려 내놓는 주인 남자에게 나는 눈을 뗄 수 없었다. 데리야키 소스 비슷한 갈색의 소스를 찍찍 뿌려가며 우동을 볶는 그의 손놀림은 마치 흰 손수건으로 여러 마리의 하얀 새를 공중에 날리는 데이비드 카퍼필드의 마술 같았다. 잠깐 넋을 잃고 바라보다가 그에게 다가갔다. 나이는 삼십 대 후반쯤 돼 보이려나? 그는 양손에 각각 잡은 사각 뒤지개로 부지런히 우동을 볶다 말고 간간이 고개를 들어 학생들에게 열쇠 가게 쪽으로 가지 말라고 주의를 주었다.

　'열쇠 가게 손님으로 온 나에게 방해되지 말라고 그러나? 참 예의 바른 주인일세! 얼굴도 잘생겼는데 성격도 깔끔하네!' 생각하면서 학생들에게 다가갔다.

　학생들은 빽빽이 서서 볶음 우동을 먹고 있었고, 학생들 틈새로 잘생긴 주인이 철판 위에 국적 불명의 우동을 숙주나물과 분주히 뒤섞고 있었다. 음식을 기다리는 사람들이 천 원짜리 지폐 몇 장을 손에 들고 길게 늘어섰다. 그들은 삼촌의 열쇠 가게를 침범하지 않으려고 안간힘을 썼다. 나는 선을 넘어와도 되는데 생각하며 서서 먹는 학생 몇 명의 등을 치며 '여봐 학생!' 하고 불렀다. 나는 절대로 경박하지 않게, 잘난 척 하지 않으면서, 최대한 자연스럽게, 목소리를 낮춰서 점잖게 불렀다.

"이봐, 학생들, 복잡한 데서 먹지 말고 이쪽으로 와서 먹어요."

이렇게 말할 때 베푸는 자의 여유랄까 그런 감정을 느꼈다. 학생들이 내 목소리에 뒤를 돌아보고는 선을 넘었다고 생각했는지 몸을 살짝 움츠렸다.

나는 더욱 온화한 미소를 지으며 선을 넘어오라는 손동작을 했다. 마치 열쇠 가게 앞의 땅이 내 땅이라도 되는 양 이 앞에서 먹어도 좋다고 학생들에게 부드럽게 말했다. 옆집 가게 주인은 국수 볶는 일과 돈 계산 하는 일을 동시에 하느라 내가 자비를 베푸는 광경을 보지 못했다. 나의 자비로운 행동을 그가 알아줬으면 좋겠는데 호떡집에 불난 것처럼 주위는 아수라장이었다. 나는 생색을 내고 싶어 만면에 웃음을 머금고 볶음 우동집 주인에게 다가갔다. 그러나 그는 나의 온화함과 너그러움에 전혀 관심이 없고 무리 속에서 쉴 새 없이 음식을 뒤섞고, 천 원짜리 돈을 받아 챙겨 라면 박스 속에 던지고 하는 동작을 무한 반복했다. 나는 사람들을 헤치고 쓰윽 나타나서 다시 자비로운 미소를 지었다.

"저어, 이 열쇠 가게 아저씨 어디 가셨어요?"

"몰라요."

내 말이 끝나기 무섭게 퉁명스러운 소리가 들렸다. 그는 쳐다보지도 않고 순식간에 갈색으로 볶은 밥과 우동을 일회용 접시에 반반씩 담았다. 바빠서 저러겠지. 삼촌의 행방을 재차 물었다. 혹시 어디 가셨는지…

"아, 내가 그걸 어떻게 알아요?"

그는 성질을 팍 냈다. 내가 잘못 들었나? 내가 아까 그 집 손님에게 이 땅으로 넘어오라고 관용을 베푸는 장면을 봤다면 저렇게 행동하진 않을 텐데 그걸 보지 못한 게 안타까울 따름이다. 나는 다시 비굴하지만 상냥하게 "열쇠 가게 주인, 어디 잠깐 출장 가셨나 봐요?' 라고 하며 그의 반응을 살폈다.

"출장은 무슨……"

우동집 주인이 코웃음을 쳤다. 그리고는 학생을 향해 '거기 학생, 그쪽으로 넘어가지 말고 이쪽에 와서 먹어요!' 소리쳤다.

그때 삼촌이 헐레벌떡 뛰어왔다. 그는 나 때문에 헐레벌떡 뛰어온 게 아니라 학생들이 선을 넘나 안 넘나 감시하려고 뛰어왔다.

"와 남의 가게 앞에서 처묵노?"

삼촌이 다짜고짜 학생들에게 소리치니까 옆집 가게 주인은 삼촌보다 더 크게 소리쳤다.

"거기가 왜 당신 땅이여? 당신이나 나나 마찬가진데 왜 난리야. 거기 하루에도 수만 명이 지나다녀요."

"내 가게 앞이니까 내 꺼지. 거기 학생, 좀 비켜요. 우리 손님 방해되니까."

학생 하나가 밥 먹다 말고 일회용 그릇을 들고 삼촌을 힐끗거리며 사라졌다.

"손님은 무슨… 하루 온종일 앉아서 학생들 감시나 하면서… 요즘 누가 열쇠를 깎아요. 다들 번호키 달지."

"저놈이 말이면 다 말인 줄 알어. 불량식품이나 팔면서… 제 주제에 누구더러… 이리로 넘어 오지 말라고요 글쎄. 저 쪽에 가서 먹어. 저 쪽에."

"출장은 무슨… 오줌 싸러 갔다 오면서…"

출장 간 게 아니라 오줌 싸러 갔었다는 그의 말에 삼촌은 큰소리로 독설을 퍼부었다. 그는 더 이상 대꾸하지 않고 밀려드는 주문에 철판 위에 있는 사각뒤집개를 집어 들다가 혼자 중얼거렸다.

"지나가던 개가 웃을 일이다."

우동 가게 주인의 비아냥을 듣자 삼촌이 또 고래고래 소리 질렀다. 학생들은 눈치를 살피며 슬금슬금 옆으로 비켰다. 우동가게 주인은 몰려드는 학생들로 더 이상 대꾸를 할 수 없었다. 그는 어린 아이 키만큼 큰 비닐봉지에서 숙주나물을 꺼내 철판 위에 수북이 부었다. 포장마차 앞에 늘어선 줄은 끝이 안 보였다. 뜯지도 않은 숙주나물 보따리가 몇 개 더 있었다. 그걸 오늘 안으로 다 사용할 모양이다. 그의 손놀림은 혀를 내두를 정도였다.

불쌍한 삼촌, 그가 온종일 하는 일은 가뭄에 콩 나듯이 오는 손님들에게 열쇠를 팔거나 깎아 주고, 남는 시간은 옆집 우동 가게 손님이 이쪽으로 넘어오나 안 넘어오나 그것만 감시했다. 학생들이 조금만 넘어오면 고래고래 소리 지르는 게 일과였다. 보통으로 말하는 것도 화가 나서 떠드는 것처럼 들리는 게 우리 외가 집안의 내력이다. 외가 식구들은 하나같이 다혈질이어서 툭하면 언성을 높이는 유전 형질을 숙명처럼 갖고 태어났다. 그런데 그게 나이가 들면서 수그러드는 게 아니라 언성은 더욱 높아졌고, 조그만 일에 핏대를 올리고, 쓸데없이 적을 만들었다.

밤 8시, 옆집 가게는 아직도 불난 호떡집인데 삼촌은 조용히 문 닫을 채비를 했다. 사방에서 기름에 지글지글 볶는 냄새가 코를 찔렀다. 그가 값나가는 신식 열쇠를 고리에서 떼어 내 가방에 소중히 담았다. 양쪽에 날개처럼 펼쳐져 있던 널빤지를 대문 닫듯이 접으니까 주렁주렁 매달렸던 열쇠들이 감쪽같이 사라졌다. 그 널빤지도 분명 그의 아이디어로 만든 것일 거다. 그가 커다란 쇠붙이 자물쇠로 잠그고 열쇠를 빼서 비닐 가방에 집어넣었다. 마지막으로 나무 의자 두 개와 열쇠 깎는 틀을 옆으로 눕혀서 밑으로 집어넣었다. 완벽하게 일과를 마친 셈이다. 그는 가게 문 닫는 일을 제례가 끝나고 제물과 양초를 거두어들이듯이 엄숙하고 진지한 얼굴로 해냈다. 그가 짊어진 가방은 신식 열쇠들 때문에 묵직했다. 가방을 들쳐 매니까 빈약한 어깨가 한쪽으로 찌그러졌다. 걸친 잠바도 묘하게 쭈글쭈글했다. 작은 키가 쪼그라들어 그의 뒷모습은 더없이 초라해 보였다.

그는 내게 물어보지도 않고 근처 순댓국집으로 들어갔다. 뜨거워서 요동을 치는 순댓국에 그가 숟가락을 집어넣었다. 그가 아는 음식이라곤 고작해야 짜장면과 순댓국이다. 그가 소주를 따랐다. 입을 벌려 입안으로 깍두기를 집어넣을 때 조준이 잘 안 되는지 오만상을 찌푸렸다. 에그, 저 노인네! 고집을 좀 누그러뜨리고 옆집 사람들 편의도 봐주고 그러면서 잘 지낼 것이지. 에그, 불쌍한 삼촌! 나는 그의 찌푸린 인상에 대고 속으로 중얼거렸다. 숙모가 귀에서 소리가 나고 머리가 빙빙 도는 것처럼 어지럽다고 드러누웠을 때 당장 병원에 데리고 가는 게 순서일 텐데 그가 제일 먼저 한 일은 세상에서 제일 혐오하던 생명보험에 덜컥 가입하는 일이었다. 뚝배기에서 올라오는 수증기가 그의 깊고 굵은 이마의 주름을 덮었다. 주름은 고랑을 이루었다. 그 고랑은 내 고집대로 살 거니까 암말 말고 잔이나 채우래이! 라고 말하는 듯했다.

그도 청년이었을 때 크리스마스이브가 되면 나팔바지를 입고 밤새도록 시내를 활보했고, 누군가를 그리워해서 밤을 새워 편지를 썼다. 존 덴버의 노래를 따라 불렀고, 조율이 안 된 기타를 들고 우리들 앞에서 폼을 쟀었다. 지금은 은색 보철을 뒤집어쓴 어금니로 깍두기를 씹고 있는데 쓴 한약을 삼킨 것처럼 오만상을 찌푸리고 있다.

한밤중에 구일역에 가보라

이 동네에 들어서서 다리 건너 제일 먼저 나타나는 것은 고척 돔 구장이다.

그것은 돌고래 포즈로 멋있게 누워 있는 은회색 커다란 돔형 건물이다. 스카이 돔이라는 이름처럼 있는 힘을 다해서 위용을 부리며 위압적으로 서 있다. 어찌나 멋있게 위엄을 부리는지 구름다리 위에 서면 진짜 구름 위를 걷는 것처럼 어질어질하다. 멀리서 바라보면 푸른 하늘 한가운데 떠 있는 우주정거장에서 돔의 뚜껑이 열리고 우주선이 허공으로 날아오를 것만 같다. 가을 햇볕이 강렬하게 내리쬘 땐 거기에서 뿜어 나오는 광채에 눈이 부셔서 제대로 쳐다보질 못한다. 보행광장 앞의 매끄럽고도 눈부신 경사로에 서 있을 때면 내가 지금 사막 한가운데 와 있나 착각할 정도다. 나는 부신 눈을 가늘게 뜨고 한참을 서 있다. 라파엘로의 여인 가슴처럼 풍만한 그것의 부드러운 곡선을 바라보며 상념에 빠져 본다. 그것은 주변의 시시껄렁하고 조잡한 경관과 아무 상관 없이 고고하게 누워 있다. 너머로 보이는 천변의 광장은 머리 하얀 늙은이들만이 조깅하고 있다. 그런데 이렇게 고고한 녀석이 바로 앞길 건너 풍경과는 전혀 조화롭지 못하다. 한마디로 저 혼자 잘났다. 한쪽은 최첨단 미래도시에 와있는 기분이고 바로 길 건너에는 읍내장터에 온 느낌이다.

30여 년 가까이 한동네에서 살면서 그간 아이들은 학교를 졸업하고, 결혼까지 일사천리로 해버리고 최근 그 동네를 떠나왔다. 그곳은 절간같이 조용해서 심심하다 소리를 입에 달고 살았었다. 삶이 싫증 날 정도로 무료한 동네를 떠나 한 달 전 이곳으로 이사 왔다. 그런데 이 동네에 이사 와서 보니 여기저기서 하늘 땅 가릴 것 없이 경쟁하듯 소음이 진동하고 있었다. 보도에 올라서면 쿵쾅쿵쾅 울려서 내가 지금 공사 현장 한가운데 서 있나 착각할 정도이다.

주변 차도에서는 땅굴을 파는 듯한 굉음에 가까운 소리가 난다.
돌출된 철로 위로 쉴 없이 오가는 전철과 시시때때로 하늘을 활보하는, 가끔 바퀴까지 보여주는 비행기 소리는 애교에 불과하다.
오류 IC를 향해서 끊임없이 꼬리를 무는 자동차들의 경적.
흰 대리석 빛의 단단한 돔 구장의 코앞에는 119 소방대가 바짝 붙어 있다. 사이렌 소리를 요란하게 내며 소방차들이 줄지어 들어간다.
돔 구장의 옆구리에서는 서해안 고속도로를 향해 멈출 줄 모르고 자동차들이 질주한다.

길을 잘 몰라서 반대편으로 빠지면 다시는 왔던 길로 되돌아가지 못하고 이정표를 따라서 미로 같은 숲길을 하염없이 걸어야만 하는 요상한 전철역, 바로 구일역이 옆에 있다. 안양천의 교각 위에 세워져서 하천을 건너는 다리 역할도 하는 전철역이다. 한마디로 안양천 한가운데 있는 섬이다. 한쪽 승강장에서 철로 쪽을 내려다보면 하천의 물이 넘실대서 고소공포증이 있는 나로서는 일부러 고개를 돌린다. 카드를 개찰구에 대고 나서 잘못 나온 걸 알고 다시 반대편으로 가려면 도저히 건널 수 없는 강을 건넌 것처럼 난감해질 때가 종종 있는 괴상한 역이다. 승강장에 내려서 내가 빠져나가야 할 통로를 짐작해본다. 1번 출구와 2번 출구의 사이의 거리는 거짓말 보태서 100m 달리기를 해야 할 정도로 승강장이 길다. 목적지를 정해서 승강장을 빠져나가려면 비행장에 들어선 듯한, 장작 난로의 연통 같은 긴 통로를 지나가야 한다. 깜깜한 밤중에 사람들의 꽁무니를 따라서 통로를 지나다가 이대로 하천으로 빠지는 게 아닌가 하는 착각이 들 때가 있다. 역을 왜 이따위로 만들었나 의아해하다가 우리 동네가 철로를 중심으로 두 쪽으로 갈라져 있어서 종종 벌어지는 현상이란 걸 한참 만에야 알았다.

한 동네가 육교 하나로 건너다녀야 하는 건 불편함이 아니라 그냥 일상이다. 내가 놀란 건 따로 있다. 같은 동네임에도 철로를 사이에 두고 남북으로 갈라진 것처럼 생활환경이 완전히 다르고, 서로 왕래가 없어 바로 코앞에서 일어나는 일도 잘 모른다는 사실이다. 개봉1동에서 일어난 일을 개봉2동 사람들이 까맣게 모른다는 사실이다. 엎어지면 코 닿을 곳인데도 병원이나 미장원조차 서로 모르고 있다. 나는 일동 사람이지만 대담하게도 매일 육교를 넘어서 이동 동사무소 위층 작은 도서관을 애용한다. 거리로 따지면 재래시장 가는 거리인 500여 미터 거리라고 생각했는데 이쪽 사람들이 우리 쪽 일을 까맣게 모르는 거로 봐서 이쪽에서는 나를 외국인처럼 여기는 듯하다. 우리 집 앞에 힙스터라는 커피숍이 있는데 모두 알다시피 아주 핫해요. 나는 그곳의 장점을 말하려고 얘기를 꺼내면 네에~ 그렇구나~ 있구나~ 있겠지~ 커피숍은 어디나 흔하니까. 이런 반응이다. 나는 매일 일동의 소식을 이동 사람들에게 알려주려고 애쓴다. 어디에 좋은 정형외과가 있고, 어디에 괜찮은 미용실이 있고, 어디에 큰 슈퍼마켓이 있다고… 그들은 무척 지루해하며 자기 동네도 좋고 큰 거 많은데 굳이 알려줄 필요까지는… 일동 사람들 일에는 전혀 관심 없다는 뜻으로… 하품을 길게 한다. 이동 사람들의 말속엔 자부심이 은근히 서려 있다. 우리는 나름 이 동네서 중산층의 삶을 누리면서 행복하게 사는데 굳이 철길 건너 일까지 알 필요는 없다고…

굴착기로 굴을 파는 것 같은 소음을 안고 매일의 일상을 살아가던 처음 한 달 동안은 머리가 도는 줄 알았다. 친절하게 커튼 봉을 달아줄 만큼 잘 아는 집수리 전문가도 없고, 그래서 맹렬히 뿜어대는 햇빛을 투명 유리가 달구어질 정도로 종일 받아내야 했다. 고장 난 에어컨은 한 달이나 방치한 채 수리기사는 종무소식이고, 한동안 창문여는 것을 아예 포기해 버렸다. 그런데 비행기가 지나가면 지나가나보다, 전철이 지나가면 가나 보다 생각하며 소음을 어느 정도 포기할때쯤 어느 날 무심코 창문을 바라보다가 기이한 광경에 입을 딱 벌렸다. 내가 소음에만 신경 쓰는 동안 그들은 매일 내 눈앞에서 기묘한쇼를 벌이고 있었다. 강렬한 선홍빛의 석양이 쏘아보며 나를 관찰하고 있었다.

해 질 무렵 아파트 유리창 너머로 고개만 빼 들면 매일 저녁 무렵선홍빛의 석양을 바라볼 수 있다는 사실이다. 저 멀리 스카이라인 위로 선홍빛의 석양은 하루도 빠짐없이 내게 말을 걸어왔다.

"석양 아래 철로의 곡선이 이렇게 아름다울 수도 있는 거 너는봤니?"

"여전히 공사 중이라는 육교 위의 반쯤 떨어져 나간 현수막도 석양아래서는 분홍빛 커튼으로 보이는 거 너는 알고 있니?"

"영종도에 공항이 생기구부터는 비행기 소리가 예전보다 훨씬 덜나는 거 너 알고 있니?"

진짜 그럴라구? 내 눈을 의심했지만 천변에 지천으로 피어있는 백일홍을 본 순간 누가 뭐래도 이번 생은 황홀하고도 아름답다고 매일중얼거린다. 이동 사람들이 알아주거나 말거나…

석양과 친해지고 나서부터는 생뚱맞게 서 있는 고척 스카이 돔마저 다르게 보였다. 그것은 주변의 소음에 하얀 귀를 열어두고 있었다. 한 길가에 기우뚱하게 서 있는 반쯤 떨어져 나간 간판과 울퉁불퉁한 보도블록을 끌어안고 있었다. 소방차가 사이렌을 울리거나 말거나, 전철이 철로 위로 맹렬히 달리거나 말거나 고고하고 우아한 자세를 흐트러뜨리지 않았다. 아니 주변과 조화롭게 지내려고 안간힘을 쓰고 있었다.

한밤중에 구일역에 한번 가보라. 철로 위에 역이 붕 떠 있어서 플랫폼에 내려서면 아직 타고 있던 대형 애드벌룬 속에서 내려오지 못한 느낌이 들 것이다. 발을 승강장에 내디뎠지만 여전히 애드벌룬 속에 붕 떠 있는 느낌. 매일 스릴을 느끼고 싶어 하는 사람이라면 지하철에서 내릴 때 내 발밑에, 또 그 철로 아래 유유히 흐르는 하천을 굽어보며 내리기를…

바로 앞 선로에선 급행열차라고 쓰여 있는, 절대 급하지 않은 급행열차가 소리만 요란하게 내며 지나쳐간다. 강변의 암흑 속에서 발산하는 그곳의 기다란 빛을 눈으로 좇다 보면 여기야말로 모든 역의 종착역처럼 슬픔과 환희의 종착지로 여겨진다.

안드로메다의 은하철도 999처럼 보인다.

플랫폼 전체가 물결 위에 떠 있는 듯 신비함이 흐른다.

여기 그런 거 안 팔아요!

동네에 편의점이 생겼다. 상인들이 서로 눈치를 보면서 입점을 미루다가 제일 먼저 생긴 게 편의점과 빵집이다. 오랜 코로나 19 시기여서 새로 입주한 아파트의 상가가 한동안 텅 비어 있었다. 입주민들은 할 수 없이 멀리 대형 마켓에 가서 한꺼번에 장을 봐오거나 인터넷으로 주문하며 몇 달을 버텼다. 사실 과일도 팔고 배추도 팔고 고무장갑, 손톱깎이 심지어 화투 따위도 파는 슈퍼마켓이 생겼으면 했는데 편의점과 빵집이 먼저 생겼다. 빵은 어느 시기부터 대사증후군이 생길까 봐 사먹지 않은 지 오래되었고, 동네 슈퍼에 비해 깨끗하고 세련된 편의점은 35년 경력의 주부가 왕래하기엔 거리가 멀었다. 종목이 무엇이건 이 시기에 용감하게 오픈한 가게를 보는 일이 얼마나 반갑던지 상점 구경을 처음 해 보는 사람처럼 들뜨기까지 했다. 살 것도 없는데 읍내 구경나온 촌뜨기처럼 이리저리 두리번거리는데 편의점 아르바이트생은 그러거나 말거나 무표정하게 스마트폰만 들여다봤다. 암튼 텅 빈 곳을 한 치 오차 없이 깨끗한 직사각형 플라스틱 용기로 채워주니 눈요기는 할 만 했다. 도시락과 음료수의 종류만 해도 수십 가지가 진열돼 있지만 몇 바퀴를 둘러봐도 딱히 살 것은 없다. 깨끗하게 다듬어진 대파가 직사각형으로 똑바르게 잘려서 투명플라스틱 용기 안에 들어있는데 너무 반듯해서 그게 대파가 아니라 서양의 어떤 음식 재료인가 생각했다. 심지어 양배추조차 세척은 물론 완벽하게 채칼로 썰어놓고 뚜껑만 열면 접시에 담을 수 있게 만들어놓았다. 양파도 반쪽씩 갈라서 압축팩에 들어있고, 전자레인지에 바로 데워 먹을 수 있는 각종 레토르트 식품들, 육개장, 곱창볶음, 알탕, 닭갈비, 안동 닭찜, 안심 스테이크, 닭가슴살 스테이크, 뼈 없는 불 닭발 등이 내가 이름을 잘 몰라 그렇지 다 열거하자면 스무 가지도 넘게 진열돼 있다. 편의점에서 식탁으로 장소만 옮기는 수고만 하면 된다. 씻을 일도 없고 도마와 칼을 사용할 일도 없고 그저 산더미처럼 쌓이는 플라스틱 용기만 부지런히 갖다버리면 끝나는 것투성이다. 자취생도 아니고 이름뿐이지만 몇 십 년 주부경력을 내세우는 나로서는 선뜻 손이 가질 않았다. 그걸 사다 먹고 버려질 플라스틱 더미 하며, 야채가 코딱지만큼 있는 걸 누구 코에 붙이나 생각하면 내 평생에 그걸 사다 먹을 일은 없을 것 같았다. 그래도 하루에 한 번 장을 보듯 편의점을 배회했다. 뭐 배회할 정도로 넓은 곳은 아니지만 그래도 뭐라도 사고 싶은 게 있나 해서 코딱지만 한 그곳을 매일 들렀다. 자꾸 가서 그곳에 누워 있는 요리들과 눈인사를 하다 보니 꼭 내가 요리를 해서 선을 뵈는 것처럼 아주 친숙하게 느껴졌다.

어느 날 나이 지긋한 부부가 와서 오늘은 이걸 먹어볼까? 다정하게 말하는 소리가 들렸다. 노부부는 심오한 토론 끝에 골라든 덮밥을 계산하고는 은발을 휘날리며 집으로 걸음을 옮겼다. 나도 그들처럼 달콤짭짜름한 덮밥을 한번 사 먹어 볼까 하는 생각이 들었다. 사람들이 요즘 이런 게 대세라고 떠들기도 하고, 또 재료도 없는데 직접 요리한다고 해서 두 식구가 얼마나 먹겠어? 하면서 하나씩 사들이기 시작했다. 하루는 육개장. 하루는 갈비탕. 하루는 함박스테이크… 이런 식으로 돌아가면서 사보았다. 뭐 식단을 짤 필요도 없고, 육질이 그대로 살아있는, 영양 듬뿍 이라고 써있고… 그냥 편의점 주인이 끌리는 대로 갖다 놓으면 그게 우리의 저녁 식사였다. 이렇게 편리한 일이 어디 있는가? 스마트폰으로 요리법을 들여다볼 일도 없고, 레인지에 데워서 내가 요리한 것처럼 접시에 감쪽같이 담아놓으면 입맛 까다로운 남편에게 지청구 안 들어서 좋고, 양이 너무 적어 탈이지만 일거양득 아닌가! 그러나 문제는 산더미처럼 쌓이는 쓰레기를 처리하는 게 일이었다. 거기에다 정수기도 아직 설치하기 전이라 생수 용기도 매일 쓰레기에 보탰다. 아침마다 눈을 가릴 정도로 쌓인 투명 플라스틱을 잔뜩 안고 재활용 통에 쏟아붓고 나서 또 저녁에 먹을 음식을 사 들고 온다. 용기를 뜯고 채 썬 양배추를 쏟아부었는데 양이 얼마나 적은지 지름 10센티 접시의 절반도 안 되었다. 나 혼자 서서 젓가락으로 집어 먹으면 없어질 양이었다. 진짜로 그 자리에서 해치웠는데 간에 기별도 안 왔다. 이러기를 딱 한 달째 되는 날, 쌓이는 용기에 죄책감이 들어서 그날로 사먹는 걸 포기했다. 대세를 그만 따르기로… 이후 오가며 드나드는 길목에 있었지만 가끔 음식물 쓰레기 봉지를 사러 가는 것 빼고는 일부러 멀리했다. 창 너머로 보이는 계산대에선 아르바이트생이 여전히 스마트폰에 머리를 숙이고 있다.

냉동실을 정리하다가 버릴 음식물 쓰레기가 갑자기 많아져서 5리터 봉지가 필요해졌다. 여전히 편의점은 반짝반짝 빛나는 투명용기에 담긴 각종 요리가 요란하게 진열돼 있다. 일부러 안 쳐다보고 곧장 계산대로 갔다.

"5리터 음식물쓰레기봉지 두 장만 주세요."

계산대의 아르바이트생은 쳐다보지도 않고 "없어요. 우리 그런 거 안 팔아요."라고 했다. 없다고 대번에 싹둑 잘라 말하니까 구비해놓지 않은 편의점 쪽에서 미안해해야 마땅한데 기세에 눌려 내가 무안해져서 "그럼 3리터짜리 10장 묶음 주세요." 했다.

5리터 봉지는 왜 안 파는 거야? 썩은 배추를 두 조각 내서 3리터 봉지에 욱여넣으며 중얼거렸다. 또 시간이 흘러 썩은 무를 버릴 일이 생겼는데 내 팔뚝만한 무를 조각조각 내서 간신히 3리터 봉지에 쑤셔넣고 삐죽 튀어나온 곳을 투명테이프로 둘둘 말아 동여매서 버렸다. 그때마다 5리터 봉투를 팔지 않는 편의점을 향해서 투덜거렸다. 누가 농사지었다고 농산물 준다고 하면 버릴 일부터 걱정이 되었다.

3리터 봉지가 떨어져서 할 수 없이 편의점엘 또 갔다. 이번엔 5리터 있냐고 물어보지도 않고 3리터 묶음을 사서 나오려는데 내 뒤에 있던 여자가 5리터 묶음 주세요, 당당하게 말하는 게 아닌가? 나는 화들짝 놀라 여기 5리터도 있어요? 라고 되물었다. 편의점 직원은 퉁명스럽게 있어요! 그러는 게 아닌가? 내가 미심쩍어서 재차 물었다. 진짜 5리터 봉지가 있냐고. 그녀는 신경질 내듯이 있어요! 했다. 참 별일도 다 있네. 그동안 나한테만 5리터 봉지를 안 팔았다는 얘기잖아. 나한테 무슨 억하심정이 있었나!

사실 오해는 금방 풀렸다. 내가 그때 두 장 달라고 했는데 그녀는 두 장은 안 팔고 10장 묶음만 판다는 소리를 나는 안 판다는 걸로 이해했다. 그녀가 없다고 단번에 싹둑 잘라 말해서 진짜 없는 걸 자꾸 달라고 하면 안 될 것 같아서 나도 재차 질문하는 걸 포기했던 터였다. 그래도 그렇지 낱개로는 안 팔고 5리터짜리 10장 묶음은 팔아요 라고 상냥하게 말해주면 어디 덧나나? 직원은 내가 그렇게 생각하거나 말거나 묵묵부답이다.

나는 5리터 봉지 한 묶음을 사 와서 몇 년 묵혀 있던 냉동실 식품을 무슨 한풀이라도 하듯 남편 몰래 왕창 버렸다. 나에게 5리터는 없다고 일언지하에 거절했던 직원은 여전히 스마트폰에 코를 박고 있다.

지하철 6번 출구

"우리 홍대입구역 6번 출구에서 만나자."

그러지 뭐, 어려울 게 뭐 있어? 시내 어디에나 널린 게 6번 출구인데 거기로 가면 되지 뭐. 이런 생각을 하고 백팩을 매고 신도림에서 2호선으로 갈아타고 홍대입구에서 의기양양하게 하차했다. 승강장에서 6번 출구로 가라는 표시가 보여서 아주 얌전히 그 길을 따라갔다. 지나치는 젊은이들의 싱그러운 모습도 느긋하게 감상하며… 난 지하철의 말을 아주 잘 듣는 사람 중의 하나이다. 지하철을 아주 많이 사랑한다. 나 같은 길치, 방향치도 6번 출구를 따라가는 건 식은 죽 먹기여서 순순히 따라갔다. 한글과 아라비아 숫자만 알면 우주에 세운 지하철이라도 잘 갈 자신이 있다. 아무 생각 없이 얌전히 6이라는 숫자를 따라갔다. 너무 일찍 나왔나? 역시 지하철은 너무 빨라서 탈이야. 중얼거리며 6이라는 숫자 밑에 공항철도와 경의중앙선이 같이 표시되어 있어서 아, 그 노선도 내가 가려고 하는 길에 있구나 생각했다.

한참 가다가 '아스트로 데뷔 5주년'을 축하한다는 커다란 전광판을 만났다. 팬들이 후원해준 축하 화면을 보며 어서 커서 K팝으로 나라를 빛내주어라! 중얼거리며 아낌없이 축하해주었다. 지하철은 계속 내게 친절을 베풀었다. 긴 복도를 걸으려면 다리 아플까 봐 평면 에스컬레이터도 설치해주고, 중간중간 길 잃어버릴까봐 계속 화살표 표시도 해주고… 그런데 출구는 대체 언제 나오는 거야? 생각하며 약속 시각에 늦을까봐 이번엔 걸음을 좀 빨리했다. 드디어 개찰구를 빠져나가려는데 배구선수 김연경의 생일을 축하한다는, 아스트로보다 두 배나 더 큰 전광판이 나왔다. 축하해주지 뭐! 돈 드는 것도 아닌데… 갈 길은 바쁘지만 그녀의 생일을 진심으로 축하해주었다. 경의중앙선과 공항철도와 6번 출구 표시는 사이좋게 따라다녔다. 그들이 시키는 대로 계속 걸었다. 그런데 어느 순간 6번 출구 표시가 사라지고 경의중앙선과 공항철도만 남았다. 어라! 그런데 이번엔 다 사라지고 뜬금없이 7번 출구가 나왔다. 두리번거리다가 오던 길에서 숫자를 놓쳤나 해서 다시 돌아가 보니 내가 잠깐 방심하던 사이 방향을 잘못 틀었다. 다시 정신을 똑바로 차리고 숫자 6을 놓치지 않으려고 애썼다.

오래전, 우리의 선생님들은 무슨 심통이라도 부리듯이 학생들이 주로 다니는 복도에 일등부터 꼴찌까지 나래비로 적은 전체 모의고사 성적표를 크게 붙여놓았다. 우리는 쉬는 시간마다 고개를 빼 들고 누가 일등을 했는지 누가 하위권에 있는지 한눈에 보고 우와! 탄성도 지르고 한숨도 내뱉었다. 교사들은 우리가 대오각성해서 공부를 열심히 하라고 그랬다지만 그건 사실 모독에 가까운 만행이었다. 학생들의 인권 같은 건 개나 주던 시절에 있었던 얘기다.

사회에 나와 보니 성적은 정말 아무것도 아니었다. 나는 그 친구가 모의고사 성적표의 몇 번째에 있었는지 모르지만 졸업하고 한약 도매상을 하다가 나중에는 한의원을 크게, 그것도 미혼의 나이에 여러 개차려서 명문대 출신 한의사를 여러 명 고용했었다는 얘기를 그녀에게서 들은 적이 있다. 그 친구는 20대에 한약 도매상으로 꽤 돈을 벌던 시절이 있었는데 그때 특유의 친화력과 끈기로 승승장구했지만 그걸로 성에 차지 않았다.

"이걸 도매금으로 팔지 말고 직접 한약을 지어 팔면 어떨까?"

이런 생각이 문득 들었단다. 그래서 자신이 직접 머리 싸매고 공부해서 한의사가 될까 생각했는데 머리 싸매고 공부한다고 해서 다 한의사가 되는 것도 아니고, 또 재수 삼수하는 동안 가게일은 어떻게 될 것이며… 그게 여간 골치 아프고 시간 낭비가 아니어서 접었다. 그렇게 공부하느라 쓸데없는 용을 쓰는 대신 자기가 여러 명의 한의사를 직접 고용해서 그녀의 말로 부려먹는 게 더 이득일 거라는 신통방통한 생각이 들었다. 그래서 그 친구는 그렇게 피 터지게 공부하는 대신 자기보다 머리 좋은 명문대 출신 수재들을 가뿐히 고용해서 몇십 년 동안 한의원 사업을 크게 일으켰다. 아이들이 다 성장한 지금은 가게를 하나로 정리해서 여행이나 다니며 유쾌한 인생을 보내고 있다. 모의고사 성적표를 붙여놓는 등 선생님들이 갖은 수단을 썼지만 공부 머리는 그녀의 인생에 별 영향을 끼치지 못했다. 암튼 우리의 선생님들은 그 시절 우리에게 어깃장 놓는 일을 꽤 했던 것 같다. 장난꾸러기 선생님들!

"대체 너 어디 있는 거니?"

내가 헤맨 건 헤맨 축에도 못 든다. 나는 그래도 내 힘으로 6번 출구를 기어이 찾아내서 밖으로 나왔다. 오늘 만나기로 한 친구 A가 분명히 4번 출구 쪽에서 오고 있다는 소리를 들었는데 아직 나타나지 않아 다시 전화를 걸었다. 그녀가 도리어 반문했다.

"6번 출구가 대체 어딘 거야? 4번 옆은 5번이고, 5번 옆은 6번 아니겠니? 그런데 여긴 그런 공식이 안 통하네."

6번 출구란 게 좀체 보이질 않는다는 거다. 지나가던 사람에게 물으니 지하철로 다시 내려가서 6번 출구로 나가는 게 빠를 거라고 알려줘서 친구 A는 지금 지하철 안으로 다시 들어가는 중이란다. 안내해주었던 사람은 경험상 그게 빠를 거 같아 알려줬을 뿐 이곳의 특이한 지형을 잘 몰랐을 것이다. 결국 지하철 안에서도 4번 출구에서 길이 뚝 끊기고 안보여서 이번에는 지상으로 다시 나오는 중이란다. 그 친구는 오르락내리락 내가 겪은 걸 똑같이 반복하는 중이었다.

"그럼 다시 밖으로 나와서 애경 백화점 반대쪽으로 와!"

홍대입구역 근처에 사는, 근처 지리에 빠삭한 친구 B가 다시 알려 줬다.

"반대쪽이라구? 알았어." 그녀가 너무 쉽게 대답한다 했다. 알긴 뭘 알아! 그녀는 역시 헤매다가 또 통화했다. 다시 나와서 우리가 말하는 애경 백화점의 반대가 아니라 우리가 알려준 길의 반대쪽으로 더 멀리 갔던 것이다. "그 길이 아니야! 다시 뒤돌아서 와!" 어쨌든 여러 번의 전화통화와 함께 우여곡절 끝에 우리는 감격스런 해후를 했다. 나를 포함한 A, B, C 세 사람은 6번 출구 앞에서 이산가족 만나는 것보다 더 기뻐했다.

복도에 붙여놓은 종잇장을 보고 같이 울고 웃던, 까마득한 시절에 만난 친구들과 오늘 함께 경의선 철길을 걷기로 했다. 모의고사의 추억 이후 몇십 년 세월이 흐른 뒤 우리는 다시 의기투합하여 여기 6번 출구에서 만나기로 한 것이다. 내가 오늘 만나는 여고 친구들도 한약방 친구처럼 모의고사 성적표가 최상위권에 있었는지 제일 밑에 꼬래비에 있었는지 까마득히 잊어버린 지 오래다. 친구 A는 22살에 초등 교사로 임용되어 40여 년간 봉직하다가 얼마 전 퇴직을 했다. 그런데 퇴직하자마자 기다렸다는 듯이 손자 돌보는 일이 주어졌다. 서울에 있는 손자가 아니라서 일주일에 3일은 세종시에서, 나머지는 서울에서 보낸다. 그래도 손자를 돌보는 사이사이 여행도 가고 친구도 만나고 노래 교실도 다니고… 대통령보다 더 바쁘게 보내고 있다. 그녀를 만나려면 예약하고 만나야 한다. 또 한 친구 B는 벤자민 버튼처럼 세월을 거꾸로 보내고 있다. 젊어지는 샘물을 마시는지 20대의 얼굴을 그대로 간직한 B는 지금도 간간이 일어를 가르치고 있다. B의 특기는 속사포처럼 말하기다. 말이 어찌나 빠른지 그녀가 한 말을 내가 되새김질하는 동안 그 친구는 이미 딴 주제로 넘어가고 있다. 그녀가 저만치 앞서가고 있는 건 순전히 나의 머리가 못 따라가서다. 속사포처럼 말하는 중에도 절대로 궤도 이탈을 하지 않는, 그녀의 입을 바라보는 일은 정말 유쾌하다. 이야기의 주제를 꽉 붙들고 있어서 나처럼 가다가 삼천포로 빠지는 일은 일어나지 않는다. 학교에서 배운 적이 없는 비상한 재주를 가졌다.

오늘 같은 날 숲길 산책을 택한 건 신의 한 수였다. 화창하기 그지없는 봄 날씨는 코로나로 찌푸린 얼굴에 미소를 만들어주기에 충분했다. 책거리의 책방 아가씨도 환하게 옷을 입었다. 1900년대 초, 서울과 신의주를 이어주고 거기에 경부선까지 이어서 한반도의 동맥 역할을 하던 경의선이 좌우 격동의 시기에 우리끼리 피터지게 싸우다가 결국 남북으로 갈라져 문산에서 딱 멈춰버렸다. 처음 의도는 일제가 군수물자를 수송하기 위한 거라고 했다니 우라질! 우리의 유산 속에는 일제의 만행이 미치지 않은 곳이 없다. 이제 도심의 철로는 모두

지하화되고 남아 있는 옛길은 경의선 숲길과 책거리로 멋지게 재탄생되었다. 기차가 다니지 않아도 기차가 다니던 시절의 옛 추억을 더듬으며, 철로 위를 느릿하게 걸으며, 우리는 과거 이야기로 꽃을 피웠다. 성격이 독특했던 선생님들의 이야기는 최고의 양념이었다.

"건강이 무기야!" 누가 뭐랄 것도 없이 우리 세 사람은 동시에 고개를 끄덕였다. 이들은 요즘 미치도록 행복해서 건강하게 오래도록 살고 싶다고 욕심을 부린다. 애들이 부모가 너무 오래 사는 거 안 좋아하면 우리끼리 몰래 100살 넘게 살자고도 다짐했다. 도원결의가 아니라 버드나무 아래에서 유원결의를 했다. 애들 몰래 오래도록 살자고…

제시카와 홈스

나는 어릴 때 특별한 취미는 없었지만 명탐정 포와로, 셜록 홈스 등이 나오는 추리소설을 즐겨 읽었다. 밥만 먹으면 홈스 시리즈를 읽어대서 엄마에게 책을 빼앗긴 적도 여러 번 있다. 그런 거 보지 말고 공부 좀 하라고. 심취하는 정도가 아니라 아예 주인공 홈스의 일거수일투족을 거의 스토킹하다시피 따라다녔다. 가상의 인물이지만 실제 인물처럼 그의 괴팍한 성격까지 사랑하였다. 성인이 되어서는 그 열정이 좀 식기는 했지만 나처럼 한 남자만을 성인이 될 때까지 지고지순하게 사랑하는 사람은 이 지구상에 꽤 드물 것이다. 머지않은 시기에 내가 할머니 명탐정 미스 마플처럼 사건 해결의 주인공이 되는 추리소설을 한 번 써보리라 생각하고 있다.

초등학교 몇 학년 때인지 정확하진 않지만 어머니 회관 자리에 있던 도서관에서 '셔얼록 호옴즈'라고 피가 흐르는 듯 쓰여 있는 검은 글씨체의 요상한 책을 발견했다. 귀퉁이가 나달나달해진 그 책은 도서관이라고 말하기 민망할 정도로 빈약하기 짝이 없는 서고의 책들 속에 파묻혀 있었다. 점잖게 말해서 서고이지 창틀은 깨져서 찬바람이 들어오고 잠시라도 머무를 수 없을 정도로 추웠다. 그곳을 어떤 경로로 들어갔는지는 기억에 없지만 얼음장 같이 추운 곳에서 그냥 빨려 들어가듯이 선 채로 몇 장을 주르륵 읽어댔다.

베이커가 221번지, 희미한 가스등!

그 아래 석탄을 때는 벽난로!

이상한 화학 실험도구들! 빛바랜 신문 더미!

이야기 속으로 잠깐 넋이 나가있느라 멀리서 어떤 어른이 쿵쿵거리며 나무계단을 올라오는 소리도 듣지 못했다. 결국은 같이 갔던 친구들이 여기저기 돌아다니는 통에 우리는 곧 쫓겨나고 말았지만. 그러나 홈스는 그날부터 내 머릿속을 빙빙 돌아다녔다. 시가를 물고 있는 매부리코 남자의 실루엣이 잊혀지지 않았다. 프록코트와 실크 해트를 쓴 독신의 남자가 몸서리쳐지게 그리웠다.

아, 친구들이 떠들지만 않았다면 그를 더 만날 수 있는 건데… 뭔가 미진한 마음을 안고 역전동 골목에 있는 우리 집으로 돌아왔다. 우리 집의 대문은 찌그러져 있었고, 개밥 그릇은 꽁꽁 언 채 마당에 내동댕이쳐져 있고, 동생들은 칭얼댔고, 언니는 숙제하는 데 시끄럽다고 소리 지르고, 오빠는 뭐가 불만인지 오만상을 찌푸리고 있었고, 엄마는 쓸데없이 추운데 돌아다녀서 손등이 다 터졌다고 내게 야단을 쳤다. 이국적이고 고풍스러운 빅토리아 시대에서 현실로 확 돌아오는 데는 아무 조건도 시간도 필요 없었다. 내 눈에 보이는 것 이것들이 몽땅 현실 세계였다. 나는 아주 어린이였으므로 조금 전의 환상의 세계는 눈 깜짝할 새 잊어버리고 한겨울 손등이 갈라져 피가 나는 손으로 눈물을 닦는 꼬마로 단박에 돌아왔다.

헌팅캡을 쓰고 시가를 물고 있는 매부리코 남자의 실루엣은 내가 좋아하는 셜록의 상징이다. 그는 철저한 현장 분석과 증거, 그리고 방 안에 가득 쌓여 있는 종이 뭉치 속에서 과거의 사건을 들춰내어 현재의 사건을 명쾌하게 조합한다. 연금술사들이나 할 법한 화학실험으로 고약한 냄새를 피워 주인 여자의 짜증도 듣는다. 그는 이걸 과학적이라고 주장하지만 내가 보기엔 다분히 주술적이란 생각이 든다. 만인이 사랑하는 소설의 주인공 홈스가 사건을 해결할 때는 무섭도록 집중력을 발휘하고, 증거와 정황을 가지고 추론한다. 그의 오랜 친구 왓슨 박사가 알려준 것처럼 그는 식물학과 화학, 해부학에 해박한 지식을 갖고 있으며, 독극물에 관한 한 타의 추종을 불허할 정도로 정통하다.

사건이 있는 곳이니까 경찰이 나오는 건 당연한 일이다. 베인즈 경위처럼 매력 있는 경찰도 있지만 홈스보다 맨날 한발 늦게 와서 허덕대는 건 기본이고, 발자국 흔적 등 사건 현장의 보존을 엉망으로 해놓고 거들먹거리기만 하는 경찰들의 모습은 실소를 금할 수 없다. 홈스가 다 풀어놓은 사건에 숟가락만 얹어놓고 잘난 척하는 경찰을 보면 귀엽기까지 하다. 그런 허풍쟁이들! 어느 집에나 그런 사람은 꼭 한 명씩 있다. 우리 친척 형제 중에도 누구라고 꼭 집어서 말은 안 하겠지만 남의 공을 자기가 한 것처럼 떠벌리는 사람이 있다. 또 자기가 잘한 일을 제발 알아달라고 두고두고 떠들어대는 인간도 있는데 입 다물고 있었으면 그에게 이런 면도 있구나 할 텐데… 제가 세운 공을 꼭 제 입으로 떠벌려서 빛바래게 하는 인간도 있다. 홈스는 이와 반대로 아주 매력적인 인물이다. 멍청이 경감 뒤에서 그냥 씨익 웃고 만다. 이런 남자를 사랑하지 않는 건 직무 유기이다.

내가 겨울밤에 엄마 몰래 이불 뒤집어쓰고 추리소설을 읽는 취미가 있듯이 홈스의 취미는 난롯불을 피워놓고, 안락의자에 몸을 깊숙이 하고 느긋하게 시가를 피우는 일이다. 치열한 두뇌 싸움으로 사건을 명쾌하게 해결하고 난 뒤, 밖은 우중충한 영국 날씨로 진눈깨비가 내리고, 그 시각 벽난로 앞에서 조용히 시가를 물고 사색에 잠겨있는 한 남자! 그가 바로 홈스이다. 그래서 나도 황량한 언덕에 아주 단순한 오두막 한 채를 지어놓고 타오르는 장작불을 지그시 바라보면서 포도주의 약간 신 듯한 맛을 음미하는, 어른이 된 나 자신을 상상한 적이 있다. 홈스는 니코틴에 취했는지 와인에 취했는지 불그레한 낯빛과 게슴츠레한 눈으로 몽상을 즐긴다. 동화책으로 본 홈스 시리즈여서 그가 연기를 뿜어대며 피우는 것을 시가 정도로 표현했지만 나중에 그게 시가가 아니라 코카인이라는 것을 알았다. 눈을 지그시 감고 행복의 최절정, 깊숙한 구름 속에 있는 듯한 표정은 코카인 따위에 심취한 표정이다. 그의 조수 왓슨은 건강을 위해 번번이 말리기도 하지만.

TV 추리물 〈제시카의 추리극장〉의 제시카 할머니도 내가 좋아하는 사람 중의 하나다. 흘러간 영상물이라서 추리소설처럼 다시 보기를 할 수 없는 게 아쉽지만…

조그만 시골 동네에서 추리 소설을 쓰는, 곱게 늙은 제시카 할머니는 늘 자전거를 타고 다닌다. 사건 현장에도 자전거와 함께 나타나고, 마을 어귀에서 이웃들과 마주칠 때도 늘 자전거를 옆에 끼고 인사를 나눈다. 그 모습은 한없이 자애롭고 정겨워 보이지만 범인 앞에서의 그녀의 왕방울만 한 눈동자는 나는 너를 아까부터 지켜보고 있었다는 듯, 뭔가를 말하려는 듯 번득이고 있다. 그녀는 평소에는 따뜻하고 인정이 넘치는 할머니이지만 사건 앞에서는 날카로운 추리력으로 허를 찌르는 반전 할머니이다. 그녀의 반전은 하나 더 있다. 배경은 자동차가 일상이 되어 있는 8~90년대의 미국의 어느 동네. 자동차가 없으면 일상생활이 불가능한 시골 마을에서 제시카처럼 정상적인 사람이 운전을 아예 할 줄 모른다는 사실은 홈스의 괴팍한 취미만큼이나 이상한 일이다. 그러나 그녀는 그런 시선은 아랑곳하지 않고 자전거를 옆에 끼고 지칠 줄 모르는 호기심으로 사건을 해결한다. 그녀도 홈스처럼 철저한 현장 관찰을 통해 사건을 분석하고 끝끝내 진실을 파헤친다. 그녀가 장바구니를 실은 자전거에 올라타고 페달을 힘차게 밟는 모습은 정겹고 유쾌하다. 턱이 약간 나오고 어깨 등이 약간 굽은 안젤라 랜즈베리라는 여배우는 제시카 역에 안성맞춤이다.

나도 제시카처럼 좀처럼 운전을 하지 않는다. 가뭄에 콩 나는 격으로 아주 가끔 하기는 하지만 길거리에서 신경 쓰기 싫고 주차 걱정하기 싫어서 거의 안 하는 편이다. 또 다른 이유는 운전기사까지 딸려 있는 나의 진짜 자동차가 따로 있어서다. 내가 돈을 주고 부리는 운전기사가 한 사람도 아니고 김 기사, 이 기사, 박 기사, 오 기사, 아무개 기사가 돌아가며 나를 위해 운전을 해주기 때문이다. 그들은 잠잘 때 빼고는 항시 대기 중이다. 내가 가고 싶다고 하면 서울 시내 곳곳 어디든지 군말 없이 나를 데려다준다. 오늘도 나는 김 기사가 운전해주고 에스코트해주는 넓디넓은 버스에 앉아서 휙 지나치는 창밖의 풍경을 느긋하게 감상한다. 친구들 문자 메시지에 답도 해주고, 뉴스도 들여다보고, 가끔 가뭄에 콩 나는 격으로 주섬주섬 가방 정리도 하고, 불현듯 떠오른 생각을 수첩에 메모하기도 하고… 서울시에서 함부로 넘어오지 말라고 금 그어 놓은 전용차선으로 나를 태운 김 기사가 휘파람 소리 내며 씽씽 달릴 때, 창밖의 자가용들은 우리 쪽을 한껏 부러워하며 목적지를 향해 엉금엉금 기어서 간다.

셜록 홈스가 만약 자동차가 일상이 되어버린 21세기의 탐정이라면 어땠을까? 내 생각으로 그는 최고급의 휴대폰과 최첨단의 자동차를 소유하고 열정적으로 돌아다녔을 거다. 다른 건 괴팍할 정도로 검소해도 자동차만은 무척 좋아했을 것 같다. 반면 제시카는 21세기에도 여전히 구닥다리 폴더폰과 자전거만으로도 멋지게 사건을 해결할 거라는 생각이 든다. 나는 성격이 판이하지만 흥미진진한 일에 굉장한 집중력을 보인다는 공통점을 가진 이 두 사람을 제각각의 이유로 여전히 좋아했을 거다. 거기에다 더 멋진 일은 홈스가 독신주의자라는 사실이다. 물론 제시카도 혼자 사는 나이 든 여성이지만 처음부터 독신은 아니었다. 내가 어릴 때 살던 골목에는 과부는 살았어도 독신주의자는 한 명도 없었다. 남녀는 어느 정도 나이가 찼을 때 결혼이란 걸 안 하면 우리 동네에선 이상하게 보았는데 거기 세계에서는 맘만 먹으면 할 수 있는 일이구나! 멋진 일이구나! 생각했다. 만약 홈스 같은 괴짜가 우리 골목에 나타난다면 동네 사람들은 외계인을 보듯이 이상하게 쳐다봤을 거다.

나는 글을 쓰다가 자꾸 옆길로 새서 정작 본론은 제쳐두고 딴 애기가 줄줄이 사탕처럼 엮여나오는 일이 다반사다. 얼굴이 예쁘게 생긴 아주 젊은 과부가 우리 동네에 살았는데 그녀가 화장품 방문판매를 하러 골목을 지나가면 동네 여자들이 그 여자에 대해 뒷담화하는 걸 들었다. 그녀는 잘못한 일이 하나도 없는데 괜히 뒤에서 여자들의 흉을 들어야 했다. 그녀가 행동거지를 헤프게 하나 안 하나 동네 사람들은 그것만 감시했다. 그녀가 남자를 만나서 데이트라도 하면 손뼉을 쳐주고 응원을 해도 모자랄 판에 동네 여자들은 그 여자가 헤프게 굴지 않나 범인 잡듯이 눈을 부릅떴다. 일단은 남자를 만나야 재가를 하던지 팔자를 펴든지 할 텐데 동네 사람들이 하도 감시를 해서 감히 우리 골목에선 남자 만나는 걸 포기해야 했을 거다. 과부도 이상한 눈으로 쳐다보는 형국인데 독신주의자는 우리 골목에 발을 붙일 수 없었을 것이다. 여하튼 셜록 홈스가 독신주의자인 게 어릴 때는 그렇게 멋있어 보이고 신기했다. 아, 저 나라에선 제 맘대로 독신주의자를 할 수도 있는 거구나 생각했다.

끝으로 추리소설을 밥 먹듯이 읽어대던 꼬마가 조금 자라서 여고에 들어갔는데 거기에서 운명의 장난처럼 홈스와 꼭 닮은 남자를 만났다. 뾰족한 턱선과 매부리코를 가진 남자가 고개도 잘 들지 않고 중얼거리듯이 수업을 하는데 가슴이 철렁 내려앉았다. 그의 전생이 셜록 홈스가 아니었나 싶게 너무도 닮아있었다. 그는 홈스처럼 추리하듯이 국어 강의를 했다. 틈만 나면 20세기의 율리시스를 얘기했고, 국어책을 탈탈 털 듯이 분석하며 강의를 했다. 시선을 교탁에 두고, 학생들을 똑바로 보지 않고, 빈정거리듯이 하는 말투 하며 날카로운 눈매는 홈스와 국어 선생님과 크로스오버 되었다.

"저 선생님이 대학 시절에 양주동 박사의 애제자였대."

그의 입으로 직접 한 말은 아니어서 맞는 말인지 모르겠으나 우리끼리는 이렇게 떠들고 다녔다.

　100여 년 전의 셜록 홈스와 40여 년 전의 유관종 선생님!
　두 사람은 서로 다른 시공간에 살면서 똑같은 인상착의와 말투와
행동으로 한 여학생의 뇌리에 깊은 인상을 남겼다.

아기와 코로나

2019년 10월 14일. 사랑스런 가원이가 태어났다. 嘉湲(옳을 가, 흐를 원). 세상 원만하게 살라는 뜻일 것이다.

나는 이렇게 어려운 한자를 요새 들어 본 적이 별로 없다. 애가 커서 제 이름을 한자로 쓰려 할 때면 불평을 좀 할 것 같다. 쉽고도 평이한 이름이 많은데 왜 이렇게 어려운 한잘 쓰게 만들었냐고… 이 아이가 벌써 돌이 지났다. 전 국민이 코로나의 위협에 벌벌 떨 때 태어나서 밖에는 한 발자국도 못 나가고 오로지 방구석에서만 무럭무럭 자랐다. 사방에 위험이 도사리고 있었지만 그 애는 아랑곳 않고 씩씩하게 자라났다. 예방주사 맞추러 가는 날이면 엘리베이터에 사람이 없을 때 탑승하는 건 물론이고, 전신에 무장을 하고, 비닐장갑을 끼고 버튼을 누른다. 무슨 첩보작전이라도 하는 양 호들갑을 떨며 아기를 코로나로부터 보호하려고 갖은 애를 썼다. 그 애는 어른들이 유난을 떨어도 전혀 상관 않고 매일매일 방긋거린다. 눈뜨고 아침이 되면

한 뼘은 자라있다. 돌이 지나고 이가 나고 놀이터를 좋아하게 되었는데도 코로나 사태는 해결될 기미가 보이질 않는다. 그 사이 코로나 치료약이 개발되었다는 소식이 들려와서 이제 가원이도 어린이집에 가도 되겠구나 잠깐 희망을 가졌다.

나는 가원이의 하는 양을 가만히 지켜본다. 이 아이는 단 30초도 가만히 있지 못한다. 끊임없이 무언가를 가리키고, 양손을 흔들고, 그러다가 엉덩이를 들어올려 일어나다가 앞으로 콕 넘어지고, 마침내 엥~하고 울음을 터뜨린다. 가원이는 엥~하다가 갑자기 무언가를 발견했는지 울음을 뚝 그친다. 비틀거리며 일어나서는 눈앞에 있는 책꽂이에 시선을 꽂더니 엉덩이를 들어 어정어정 책을 향해 돌진한다. 그리곤 제일 먼저 눈에 띄는 책을 꺼내든다. 그 책은 여지없이 바닥에 내팽겨쳐지지만 아기는 매일 새로운 걸 발견한 것처럼 눈을 반짝거리며 똑같은 행위를 반복한다.

아기의 부모는 책에 들어있는 모든 지식이 백지장처럼 하얀 두뇌 속으로 쏙쏙 들어가도록 부지런히 책을 사다 나른다. 아침부터 저녁까지 아기는 책의 홍수 속에 산다. 아기는 책을 보는 게 아니라 무조건 빼서 사방에 어질러 놓는 게 일인데, 제 부모는 그게 창의력이 쑥쑥 자라나는 행위라고 극구 우긴다. 내가 보기에는 창의력과 아무 상관이 없고 오히려 어질러진 책 때문에 넘어지기 십상이다. 정신만 어지럽히는 일이라고 해도 아기의 부모는 내가 내 엄마에게 했던 말을 고대로 되풀이한다.

"요즘은 시대가 달라요. 방심하는 새 뒤떨어져요."

기저귀가 삐져나오도록 빵빵한 오리 궁둥이를 하고 뒤뚱뒤뚱 걷는 녀석의 꽁무니를 따라다니며 어질러 놓은 책들을 정리하는 일만 해도 하루해가 저물 정도이다. 발에 걸리는 게 책이다. 이렇게 많은 책을 소유한 16개월 아기를 본 사람 있으면 손들어 보라! 나도 30여 년 진 아이들을 키울 때 수많은 꿈을 꾸었다. 이 아이들이 내가 사다준 책을 읽고, 사회에 공헌하는 큰 인물이 될 거라고 야무진 생각을 했었다. 그 심정 백번 이해하지만 16개월 아기로서는 좀 과하다 싶다.

코로나가 발발한 지 일 년이 훨씬 지나고 이제나저제나 기다리던 코로나백신도 우리나라에 들어오게 되었다고 해서 안도의 숨을 쉬었다. 그러면 그렇지 대한민국이 어떤 나란데? 국난극복을 잘하기로 세계에서 소문난 민족이 아니던가! 이제 일상으로 돌아가는 건 끄떡없겠지? 내가 신경 안 써도 정부에서 잘 하겠지 생각했다. 귀하디 귀한 코로나 백신을 흉악무도한 테러범들이 탈취해 갈까봐 경찰들이 호위해서 나르는 예행연습을 한다는 소리가 들렸다. 허, 거참! 백신이 우리나라 땅에 도착하기도 전에 예행연습부터 한다고? 첨엔 뭘 그렇게까지… 생각하다가 그 귀한 걸 테러범들이 탈취해 갈 수도 있는 거구나! 그러면 큰일이지. 암, 철저히 연습해야지! 그런데 테러범 방지 예행연습이 끝났는데도 누구 내 일가친척이나 옆 사람이 백신을 맞았다는 소리를 들어본 적이 없다. 다른 나라들이 사방팔방 백신을 찾아 잽싸게 자국민에게 주사를 놓을 때도 우리는 K-방역이 표준이 될 거라고 자랑만 늘어놓고 다니다가 기회를 놓쳐버렸다. 예행연습도 모자라 요즘은 백신 생산시설에 군부대를 보내서 호위하고 있단다. 암튼 호위도 좋고 예행연습도 좋다만은 빨리 백신을 맞아야 아기하고 나들이도 가고 그럴 텐데… 내 차례가 돌아오는 길은 요원할 것 같다. 너무 느려터져서 명 짧은 사람은 그거 기다리다가 저세상에 먼저 갈 판이다. 실제로 먼저 돌아가신 노인들도 있다는 소식을 뉴스를 통해서 들었다. 2월부터 우리 국민들이 맞기 시작했다는데 그 쬐끔 수입해온 백신마저 두 달이 지나도록 밍그적거리며 다 소모하지 않고 있다, 성질 급한 나는 성질이 나서 참을 수 없지만 도 닦는 심정으로 인내하는 중이다. 도대체 뭐 때문에 밍그적거리는지 알다가도 모를 일이다. 누가 백신 접종 국가를 순위별로 매겨놓았는데 우리가 100위 안에도 못 든다는데 이런 굴욕이 어디 있나? 나, 원 참! 일등을 해도 시원찮을 판에…

코로나19 때문에 전국의 회사원들이 재택근무에 돌입했다. 아기의 아빠도 예외는 아니다. 아니나 다를까? 아기는 하루에도 몇 번씩 제 아비의 방문을 두드린다. 귀여운 아기가 방문을 두드리면 방 안의 주인은 활짝 웃으며 열어준다. 아기는 해바라기처럼 웃으며 아빠의 집무실을 견학한다. 키보드도 만지고, 주식 관련 책도 꺼내고, 유럽 여행

책도 꺼내고 방 안은 순식간에 난장판이 된다. 이렇게 자유롭게 제하고 싶은 대로 하면서 커야만 창의적인 아이가 된다고 생각하는지 아기의 부모는 뭐든지 하게 내버려 둔다. 아기의 할머니인 나는 구식이어서 따라다니면서 물건을 치운다. 이 녀석은 또 흉내쟁이여서 내가 청소기를 밀면 얼른 장난감 청소기를 켜고 따라다닌다. 내가 밀대로 방바닥을 닦으면 제가 해보겠다고 선수 친다.

정부가 백신 접종 1순위 국가가 될 필요는 없다고, 안전이 최우선이라고 큰소리쳤을 때도, 그리고 백신을 세계 최초로 맞는 상황은 가급적 피해야 하는 상황이라고 설명했을 때도 다 무슨 궁리들을 하고 있겠지 생각했다.

아기는 코로나 와중에도 여전히 무럭무럭 잘 큰다. 책을 넘기다가 어떤 그림을 손가락질하며 알아듣지 못하는 언어로 뭔가를 말한다. 아기가 아무도 알 수 없는 '아이나라 종족'의 언어로 뭔가를 말한 것에 내가 알아들었다는 표시로 고개를 끄덕여주고 잘했다고 크게 박수해 준다. 아기는 손뼉을 마주치는 행위란 칭찬을 뜻한다는 걸 오랜 훈련을 통해 깨닫는다. 우리는 서로 딴 생각을 하고 있을지라도 표면적으로는 아주 대화가 잘 통하는 사이라고 생각한다. 나의 칭찬에 아기는 기쁨의 웃음을 터뜨리는 것도 잠시 또 다른 목적물을 향해 달려가다 앞으로 고꾸라진다. 예상했듯이 엥! 하고 울어제낀다. 아기는 엎어져서 잠시 울다가 갑자기 조용해진다. 엎어진 김에 누워 자나? 하고 가만히 살펴보면 방바닥에 떨어진 머리카락을 손으로 집으려고 애쓰고 있다. 머리카락 집는 데 몰두하다보면 몇 분 동안은 조용해진다. 나는 그냥 놔둔다. 사실 제 애미가 알면 기겁을 하며 머리카락을 휴지로 집어서 버리고 아이에게 지지! 하며 주의를 줬겠지만 나는 그냥 놔둔다. 머리카락도 관찰하고 미세한 손가락 운동도 시킬 겸해서. 그러나 이건 핑계이다. 아기가 조용해지면 나는 아주 짧은 순간 달콤한 휴식을 취하기 때문이다.

어제 4월 12일 전 국민의 2%만이 백신접종을 했다고 들었다. 참고로 이스라엘 61.3%, 영국 47%, 미국 34.2%, 세르비아 24.6%. 백신접종 시작일부터 45일이 지난 시점이다.

오늘 4월 13일 아침. 얼굴이 아주 미남이신 대통령님이 말씀하셨다. 거창하고, 진지하고, 정직한 얼굴로.

"3분기까지 2000만 회분 백신을 공급하겠으니 접종에 적극 임해달라"

또 시간이 흘러 4월 26일. 홍남기 부총리님이 말씀하셨다. 무조건 11월까지 참으라고. 집단면역을 향해 차근차근 진행되고 있다고… 그때 되면 백신이 남아돌아갈 테니 조급해하지 말라고… 여태 참았는데 고걸 못 참을까? 그런데 정세균 전 국무총리께서 또 한말씀 하셨다. 올해 후반기에 과도하게 백신이 들어올까 걱정이라고… 이 양반은 살다살다 벨 걱정을 다하는 양반이다.

나는 벌써부터 목욕재개하고 몸과 마음이 정결한 상태로 접종할 날만 눈이 빠지도록 기다리고 있다고 누가 좀 청와대로 전해줬으면 좋겠다.

백짓장처럼 새하얀 헬렌 켈러의 영혼이 정신적으로 지적으로 눈부시게 성장하도록 도와준 설리번 선생을 떠올리며 나는 아기를 위해, 그리고 코로나 퇴치를 위해 오늘도 기도한다.

지혜로운 마녀

- 나는 감독의 시선을 단번에 알아차리지 못했다 -

2021년 3월 9일.

한 손에 거머쥔 아이스 커피는 머리가 띵하도록 차가웠고 그 안의 얼음은 수정보다 더 영롱했다. 아이스 커피는 대체 누구의 아이디어였을까? 영화 "미나리"가 헐리우드 외신기자협회에서 수여하는 골든 글로브 시상식에서 작품상은 아니지만 외국어 영화상을 당당히 거머쥐었다는 소식을 들었을 때 들뜬 마음으로 개봉관에 들어갔다. 외국에서 저렇게 큰 상까지 줬다는데 남다른 뭔가가 있겠지 잔뜩 기대하며… 영화는 한국계 이민자 제이콥이 그동안 생계를 이어가던 병아리 감별사 일을 과감히 때려치우고 미국의 허허벌판 시골에서 농장을 일구어 보려고 가족을 데리고 아칸소 농장에 도착하는 장면으로 시작한다. 정착하려고 안간힘을 쓰는 가운데 그들의 아이들을 돌봐줄 전형적인 한국 할머니 순자가 그들과 함께 생활하려고 나타난다. 순자는 이질적인 문화에 한국의 토종 물건들을 싸들고 와서 잔뜩 뿌려놓는다. 이들 가족이 처음 맞닥뜨린 것은 번듯한 주택이 아닌, 태풍이 불면 날아갈까 걱정해야 하는 이동식 주택이었다. 위태로운 이동식 주택이란 이들 가족의 앞날이 위태하다는 걸 암시하는 거겠지? 그리고 가족애란 전 세계인이 공통으로 느끼는 감정이기도 하고… 암튼 감동받을 준비를 단단히 했다. 순자와 감독의 분신이라 할 제이콥의 아들 데이빗이 영화 전반을 이끌어 가고 있고, 당연히 이민자들의 갈등도 영화 속에 녹아있다. 그런데 처음부터 너무 몰입해서 그런가? 영화의 내용이 지극히 평이해서 약간 의아했다. 요즘 영화가 자극적인 내용이 많아서 일부러 심심한 영화로 상을 몰아줬나 할 정도로 스토리는 심심하다 못해 지루했다.

"어라! 이 감독, 뭐지? 그래도 영화인데 결말은 주인공이 역경을 딛고 화려하게 승리를 거머쥐게 해야 하는 거 아니야? 클라이맥스에선 관객을 좀 흥분시켜줘야 하는 거 아니야?"

그러나 감독 아이작 정은 나의 기대를 깡그리 무시했다. 영화는 끝났지만 아직도 끝나지 않고 뭔가 더 있을 거 같은 느낌이 들어 엉덩이를 떼지 않고 잠시 의자에 앉아있었다. 뭔가 아직 남았겠지 생각하며 얼음이 다 녹아버린 싱거운 커피를 마저 들이켰다. 내 옆에 앉았던 연인들이 소곤거린다. 끝난 건가 봐! 사람들이 우르르 나가잖아! 우리도 나가자! 그렇게 일 회 상영은 애매하게 끝났다.

그런데 어느 날, 자고 일어나 보니 배우 윤여정이 아카데미상의 여우조연상 후보에 오른다는 소식이 뉴스난을 도배하는 게 아닌가! 여기저기서 극찬 일색의 미나리 얘기가 귀에 들려왔다. 아, 이 영화가 이 정도로 극찬을 받을 만한 거였나? 혹시 내가 놓친 부분이 있었나? 해서 다시 한번 영화를 보았다. 이 영화가 이질적인 문화를 가진 사람들 간에 어느 지점에서 서로 공감이 이루어지는지, 어디에 공통분모가 있는지… 다시 확인해 보기로 했다. 영화를 한두 번 보는 거로 성이 안 풀려서 영화 '명량'은 극장에서 거듭 세 번을 봤을 정도이니까 두 번 보는 건 식은 죽 먹기이다. 극장 안은 코로나 와중인데도 소문을 듣고 찾아온 사람들로 비교적 만석이었다. 소문 난 잔치에 먹을 거 없다고 옆 사람에게 알려줄까 하다가 입 다물고 보기로 했다.

미국 사람들은 맺고 끊는 거 없이 흐리멍텅한 스토리를 좋아하나 보다. 이런 생각을 하다가 영화를 다시 보는 내내 감독이 교묘하고도 약아빠졌다는 생각이 문득 들었다. 그는 나의 예상을 확 뒤엎어버렸다. 스토리는 가족의 일상을 그리며 이민자들이 흔히 겪는 소외, 가난, 교육, 질병들이 버무려져 있지만 그 흔한, 약자가 고난을 딛고 우뚝 일어서는 기적 같은 드라마는 절대로 연출하지 않았다. 한국 할머니 순자와 그녀의 손자 데이빗은 문화 차이에서 오는 이질감으로 웃음을 주고 결국은 풀어가는 과정을 그려서 공감의 순간을 잠시 만들지만 대체로 처음부터 끝까지 심심할 정도로 무미건조했다. 윤여정이 열연한 할머니 순자는 데이빗이 보기에 전혀 미국 할머니 같지 않지만 그렇다고 해서 끝없이 헌신하며 맹목적인 사랑을 보내는 전형적인 한국 할머니도 아니다. 나는 사실 처음엔 가족에게 올인 하는 지고지순한 할머니일거라 생각했는데 여기에서 감독은 또 허를 찌른다. 그녀는 적당히 사랑할 줄 알고 생활의 경험에서 나오는 지혜를 말해줄 때도 자리 잡고 훈계하는 게 아니라 살면서 적시적소에 내뱉을 줄 아는, 지나가며 던지는 말에도 힘을 느끼게 하는 내공이 있는 할머니이다. 이건 순전히 배우 윤여정의 힘인데 바로 이런 걸 아카데미가 알아본 듯하다. 그녀만이 할 줄 아는 '지혜로운 마녀' 역할을 감독은 이미 알았던 것이다. 온갖 희한한 약초와 열매, 뿌리들을 커다란 냄비에 잔뜩 넣고 끓인 거무튀튀한 액체를 마법의 수프라고 우기는 그 마녀 말이다. 볼모로 잡아온 어린 아이들을 가끔씩 곁눈질하며 낄낄거리기도 하는… 그런데 배우 윤여정은 아이들이 곤경에 빠졌을 땐 슬며시 구해줄 것 같은 지혜로운 마녀의 느낌이 든다.

윤여정, 그녀는 누구인가?

처녀 시절 TV와 영화에서 활약하다가 어느 날 훌쩍 남편을 따라 미국으로 떠나가 12년간 온전히 미국의 주부처럼 살다가 이혼녀 신분으로 한국의 연예계에 복귀했던 인물이다. 결코 미인상은 아니고, 그렇다고 촌부의 얼굴인상은 더욱 아니고, 호감을 줄 수 있는 아름다운 목소리를 소유한 것도 아닌, 어떻게 보면 어정쩡한 캐릭터이다. 윤여정이 아닌 타인이 이런 요소를 갖고 있었더라면 영화판에서 살아남으려고 아무리 기를 써도 사람들의 시야에서 서서히 사라졌을 게 분명하다. 그런데 그녀는 타인이 아닌 윤여정이었다. 그녀의 무기라 할 수 있는 강렬한 카리스마로 브라운관과 영화판을 주름잡는 데는 오랜 시일이 걸리지 않았다. 영화 '돈의 맛'에선 그녀의 허스키한 목소리가 얼마나 냉정하고 섹시한지 안 본 사람은 모를 거다. '바람난 가족'은 또 어떤가? 60세의 시어머니가 동창 애인과 결혼을 하기 위해 집을 나가겠다고 당당하게 선언하는데 이 바람난 할머니 역할도 윤여정 아니면 대체불가이다. '여배우들'에선 담배를 피는 손가락 끝이 정말 섹시하고 매력적이다. 이제 이 75세의 주름진 할머니를 아카데미가 주목하고 있다는 소식이 봄바람을 타고 들려온다. 역시 그녀답다.

아칸소 시골농장의 파란 하늘과 녹색의 풀들은 움츠러든 관객의 마음을 환하게 풀어주고 그 곁을 수시로 달리는 제이콥 가족의 고물 자동차는 더할 나위 없이 자연스럽게 어울리는 장치이다. 자연 풍광은 가을 하늘처럼 잔잔하고도 아름답다. 이들 가족은 좁은 자동차 안에서 의견 충돌을 보이고, 화내고, 웃고, 설레고, 침울해한다. 고물 자동차는 이민자 가족의 또 하나의 집이다. 가장의 무게를 잔뜩 짊어 지고 현실 앞에서 막막해하는 가족 앞에 미나리는 불꽃처럼 일시에 타오르지는 않지만 아무 데나 내려놓아도 스스로 뿌리내릴 줄 아는 근성을 보여줄 것이라는 걸 암시하고 있다. 말 그대로 자생이란 말을 감독은 하고 싶었을 지도 모른다.

"난 10년을 일했어!"

"그럼 번 돈은 다 어디 갔는데?"

이건 갈등을 안고 있는 제이콥 부부의 일상 언어이기도 하고 전 세계인이 자주 쓰는 공감의 언어이기도 하다. 이민자의 밥벌이가 얼마나 고단한지는 이 한마디에 압축돼있다. 그 유명한 선셋 필름 서클 어워즈 여우조연상, 영국아카데미 여우조연상까지 다수의 상을 이 영화가 휩쓸었다. 우리는 누구랄 것도 없이 아주 자연스럽게 오스카의 낭보를 기다리게 되었다.

2021년 4월 26일.

대한민국의 모든 언론이 일제히 호들갑을 떨었던 미국의 아카데미상 시상식 날이 돌아왔다. 여정 윤! 여우조연상 수상자로 호명되자 그녀가 입은 감청색 드레스와 희끗희끗한 머리는 넘치지도 모자라지도 않게 그녀를 딱 맞게 돋보여 주었고 그녀는 마침내 우아하게 걸어 나갔다. 전 세계의 스포트라이트를 받고 있는, 가문의 영광을 드러내는 순간인데도 "나는 전혀 떨리지 않고 아주 말짱해요." 하는 태도로 유쾌하게 단상에 올라섰다. 드디어 아카데미상 여우조연상 트로피를 거머쥔 그녀가 환한 미소를 지으며 수상소감을 말했다. 나는 그녀의 입을 뚫어지게 바라보았다. 역시나! 누구누구 아무도 알지 못하는 주변부 인물들에게 영광을 돌린다는 길고도 지루한 수상소감을 절대 말하지 않았다. 그녀는 우아했고 시종일관 좌중을 압도했다. 아주 자연스럽게, 유쾌하게, 지혜로운 마녀처럼.

"우선 저를 나가서 일하게 만든 두 아들에게 감사하다는 말을 해주고 싶어요. 이건 엄마가 아주 열심히 일했다는 결과물이군요."

하하하! 나뿐만 아니라 전 세계인이 그녀의 솔직담백한 말에 웃음을 터뜨렸다.

"브래드 피트, 당신 거기 있었네요. 우리가 영화 찍을 때 당신은 어디에 있었나요?"

역시 그녀답게 시니컬했다.

"내가 운이 더 좋아 오늘밤 이 자리에 섰다. 아마도 한국배우에 대한 미국식 환대일지 모르겠다."

이 말은 그녀의 마음이 따뜻할 뿐만 아니라 글로벌하다는 증거이다. 아무렴, 진부한 말을 할 그녀가 아니다. 나는 그녀의 수상소감을 토씨 하나 빠뜨리지 않고 기억해냈다. 극적인 클라이맥스 없이도, 과장하지 않고도 감동을 받을 수 있다는 사실을 아카데미뿐만 아니라 전 세계 사람들은 알고 있었다.

끝으로 우리나라의 대통령들도 국제무대에서 꿀 먹은 벙어리처럼 계시지 말고 시종일관 파티를 즐기시면 어떨까? 세계인의 주목을 끌 만 한 통쾌한 어록 하나쯤 남겨주면 그야말로 땡큐, 프레지던트! 라고 말해주겠다.

지랄도 풍년이다

우아한 드레스를 입은 아름다운 여인이 보타이를 맨 멋진 신사의
에스코트를 받으며 걸어나온다. 두 남녀가 환한 미소를 지으며 레드
카펫을 미끄러지듯이 지나갈 때 조명은 화려함을 극대화시키고, 전
세계의 카메라는 뚫어져라 세계의 이목을 이들에게 집중시킨다. 이런
장면을 볼 때마다 어디 먼 나라의 동화 얘기로만 알았다. 그런데 레드
카펫의 주인공이 먼 나라의 스타가 아니라 우리가 매일 보던 이웃 할
머니 같은 친근한 사람이었다니 아무리 생각해도 믿기질 않았다. 이
웃 할머니는 목소리가 남자처럼 걸걸하고 머리는 산발을 하고 있다.

오스카의 여인 윤여정을 좋아하는 모임인 '지풍년'이 요즘 화제가
되고 있다. 모임의 일원들이 너무 잘나서 모였다하면 제각각 제 말만
해대니까 '지랄도 풍년이다' 해서 지풍년이라고 지었댄다. 그들을 살펴
보니 흥미를 끌 만한 요소가 가득했다. 영화 프로듀서 김초희, 김도

훈 시네21 기자, 정재승 카이스트 교수, 〈여배우들〉의 감독 이재용, 건축가 조민석, 가수 김수철, 일일이 열거하기도 힘든 사람들 10여 명이 지풍년의 멤버들이다. 여러 가지 직업을 가진, 나이도 제각각이고, 살아온 방식도 제각각인, 볼일이 끝나면 일 초도 안 돼 뒤돌아설 것 같은 사람들, 평론가, 교수, 영화감독, 전직 기자, 대학교수, 건축가까지 다채로운 직업을 가진 사람들이 74세의 노배우를 중심으로 똘똘 뭉쳤다. 이들의 면을 보니 입이 약간 돌출되었고, 입술도 도톰허니 전부 말깨나 하게 생긴 사람들이다. 다른 사람들은 다 영화배우와 얽혀 있는 일을 하니까 자연스럽게 어울렸겠지만 물리학자이자 뇌과학자 정재승 교수가 뜬금없이 거기에 왜 꼈는지 처음엔 의아했다. 그런데 이들이 정치 코드나 문화 코드가 아닌 유머 코드가 맞는다는 이유로 뭉쳤다고 하니 곧바로 이해되었다. 할아버지와 손자 사이이건, 부부 사이이건, 박사와 배우 사이이건 같은 포인트에서 웃어대는 게 얼마나 중요한가는 같은 패밀리클럽의 멤버인 나와 나의 남편의 경우를 보면 알 것이다. 우리는 강산이 세 번 이상이나 바뀐 세월 동안 한결같은 멤버로 있지만 매번 핀트가 안 맞아서 같은 지점에서 웃는 게 가뭄에 콩 나듯 하다. 그렇다고 사십 년 가까운 콘크리트 멤버십을 깨트릴 순 없고 비장한 동지애로 살아간다. 비약이지만 거의 생사만 확인하고 근엄하고 성실한 얼굴로 살아간다. 우리도 결혼할 때 웃음 코드를 전제조건으로 내걸었더라면 어땠을까 하는 쓸데없는 생각을 해본다. 그러니 저들의 직업이 어떻든 웃음코드가 지풍년의 첫 번째 입회 요망 사항이라니 백 번 공감하는 바다. 전혀 다른 분야의 사람들이 서로에게 용기를 주고, 영감을 주고받고, 성장하고 싶어서라고 근사하게 포장하는 게 아니라 그냥 웃음의 포인트가 맞아서란다. 아무렴, 그럴 수 있지.

개구쟁이 신사와 천방지축 7옹주가 옹기종기 모여 사는 실성한 마을에도 요상한 모임이 하나 있다. 지풍년 못지않게 야릇한 모임에 나도 끼어있다.

그동안 뭐하고 있다가 이제사 모였는지 나이 60이 넘어 모임 하나를 즉흥적으로 만들었는데 이름하여 '실성파'다. 여기도 지풍년 못지않게 다들 잘난 게 많아서 척은 좀 하지만 알고 보면 일 프로 부족한 친구들이 모인 것이다. 이름 그대로 세상살이에 약간 삐딱선을 타기엔 너무나 말짱한 정신이어서 우리끼리 모일 때만이라도 약간 실성해보자는 다소 거창한 의미를 가지고 탄생되었다. 사실은 일부러 모임 이름을 명명했다기보다 말실수로 우연히 얻어걸린 이름인데 모임자체보다 이름을 더 좋아하게 된 기이한 모임이다. 7명의 여인이 모였길래 7성파 어쩌구 하다가 양 교수가 실수로 실성파로 잘못 발음하는 바람에 실성파가 되었다. 개구쟁이 얼굴을 한 1명의 남사친과 7명의 백설 옹주가 그들이다. 면면을 보면 성골은 절대 아닐 거 같아 보여 공주 대신 내 맘대로 '옹주' 칭호를 붙여주었다.

우리가 청년기에는 5.18 민주화운동으로 수많은 친구들이 감옥을 제집 드나들듯 하는 걸 어쩔 수 없이 목격해야 했다. 용기가 없어 뛰어들지 못했음을 부끄럽게 생각한 적이 많다. 그들의 가상한 기개에 지금도 박수를 보낸다. 그러나 실성파의 특징은 이 세상에 태어나서 양심에 거리끼게도 민주화투쟁을 위해 목숨을 바쳐본 경력도 없고, 그렇다고 웬만큼의 부를 축적해서 호화롭게 살아본 적은 더욱 없고, 고위직에 올라 잠깐이지만 세상을 호령해 봤다는 배우자를 가진 사람도 없다. 말 그대로 카페 귀퉁이에서 끼리끼리 낄낄거리다 만난 사람들이다. 내세울 건 아니지만 개성이 뚜렷하다는 게 특별하다면 특별할 수 있다. 다들 얼마나 개성이 뚜렷한지 서로 자기 얘기만 하느라 7~8명이 모였어도 30명이 모인 것처럼 시끄럽기 그지없다. '지풍년'이 따로 없다. 밖에서 만날 땐 멀리 스페인에 있는 양 교수를 제외하곤 참석률이 평균 99프로다. 여기도 지풍년처럼 직업이 제각각이다. 서로 관련성이 전혀 없는 사업가가 셋이고, 우아한 사모님이 셋, 명불허전 교수 하나, 이름만 걸어놓은 작가 하나~

아침이면 레스토랑을 운영하는, 매사에 갈구치는 것 없이 성격이 유쾌한 Y사장이 쌈박하게 아침 인사를 한다. 40년 가까이 생사고락을 함께한 나의 남편과는 가끔 생사만 확인하는데 여기에선 매일 안부를 물어봐주는 외간 남자가 있다. 안부가 끝나면 추억의 음식 얘기로 우리를 즐겁게 해준다.

"비 오는 날은 밀가루 냄새나는 칼국수 내지 수제비와 고추장 넣은 장떡이 최고야. 날 좋은 날은 햇빛 잘 드는 마루에 앉아 쌈밥을 먹구! 엄마들은 입맛 없다구 물 말은 밥에 새우젓 양념해 드셨잖어. 남자들은 쌈밥을 안 좋아하는데, 난 왜 쌈밥이 좋은지 모르겠어."

흐흐흐 이게 37년 경력의 가정주부가 한 말이 아니라 우리의 남자 사람 친구 Y가 자주 하는 말이다.

"호박잎 쌈엔 강된장, 아주까리 쌈과 양배추 쌈엔 양념간장이 제격이야. 여기에 간고등어 조림과 돼지고기 두루치기는 환상의 조합이지."

그는 음식 칼럼을 써도 손색이 없다. 아니 나라도 강제로 그를 졸라서 조만간에 음식 칼럼을 쓰도록 해야겠다. 훌륭한 책 한 권이 완성될 것이다. 그가 친구로 곁에 있다는 게 얼마나 인생의 활력소가 되는지 모르겠다.

박물관 관련 일을 30년 넘게 해온 L. 점퍼를 입고 공사 현장을 진두지휘하는 걸 보면 카리스마가 느껴진다. 그녀는 오랜 경륜으로 박물관에 문외한인 우리에게 고색창연한 고대의 예술품을 보는 안목을 기르게 해주었다. 우리를 아카데믹하게 만드는 데 일등공신 노릇을 톡톡히 했다. 비즈니스 우먼 H도 일에 있어서는 거칠게 없다. 충주에 사업체를 두고 있어서 서울을 오가면서 자기 일에는 프로의 정신을 발휘하지만 우리를 만날 때면 무장해제 되어 즐기기에 여념이 없다.

세 명의 여인들, P. K, 또 다른 H도 만만찮다. 이들은 즐겁게 안 살면 큰일이라도 날까봐 온 힘을 다해 즐겁게 살려고 애쓴다. 가정일과 사교 활동을 그녀들이 적재적소에 가끔 걸치는 명품 가방처럼 알맞게 조율할 줄 안다. 나는 지루한 건 못 참는 성격인데 나와 웃음코드가 딱 맞아서 우리는 매일 축제처럼 살고 있다.

스페인에서 한국학을 강의하는 양 교수와는 시차가 안 맞아 우리가 한참 SNS로 수다를 떨 때는 그녀가 깊이 잠든 시간이다. 그녀가 활동하는 낮 시간이면 반대로 우리가 잠든 시간이다. 그래도 우리는 교묘하게 잠깐 교차하는 시간에 할 말 다하고 헤어진다. 학구파 양 교수가 잠자리에 들 때쯤 의제를 던져놓고 잠이 들면 한국에 있는 우리들은 그녀가 잠든 사이에 이구동성 시끌벅적 여러 목소리로 떠들어댄다. 양 교수는 우리가 잠잘 때 다시 일어나서 그녀가 할 말을 해댄다. 이게 우리의 규칙이다. 물론 고상하게 결론 나는 일은 한 가지도 없지만….

'실성파'란 명칭은 암만 생각해도 1프로 부족해 보여 '문화포럼'이나 '**워크샵'처럼 품격 있고 세련된 단체 이름으로 바꾸면 어떨까 생각해 보았다. 그러나 친구들은 내 바짓가랑이 붙잡고 뜯어말릴 게 분명하다. 내용이 꽝이고 허우대만 멀쩡한 걸 지독히도 싫어하기 때문이다.

우리끼리는 암묵적으로 말한다. 뻗때 없인 살지 말자고…

마지막으로 실성파의 모토는 딱 두 가지이다.

'지루하게 놀 거면 아예 놀지 마라'

'꿰다 놓은 보릿자루처럼 앉아있지 마라'

아까의 감상이 방귀 새듯
팍 새버릴까 봐 차 안에서 나오지 못하게 했다

"은제 시간 되냐?"

"주말에나 되지 언제 한가하겠어요?"

내가 퉁명스럽게 대답했다.

"응 그려. 알았다."

엄마가 끊으려 하는 걸, 내가 너무 야박하게 말했다는 느낌이 들어 뭔 일인데? 왜 전화했는데? 하고 되물었다. 내가 마지막 말을 안 했으면 엄마가 서운해할 뻔했다. 내 말이 끝나자마자 기다렸다는 듯이 아니, 뭔 일은 아니구… 뭔 일 아니면 내가 지금 전화기를 붙들 상황이 아니어서 다음에 통화하자고 했어야 했다. 엄마는 내가 뭔 일 있어? 라고 묻자마자 수화기를 통해 봇물 터지듯이 쏟아냈다.

"그 아지매들이 죽었나 살았나 궁금해서 말이다."

"그 아지매들이 누군데?"

왜 갑자기 그 아지매들의 생사가 궁금해지셨을까? 그 아지매들이란 엄마가 처녀 시절, 그리고 갓 시집을 가서 새댁이었을 때 그때 한동네에서 일가를 이루고 살았던 사촌들, 그리고 육촌 오라비들의 부인과 오촌 당숙네들의 아주머니들과 촌수도 모르는 일가친척네의 살아남은 아주머니들을 통틀어 일컫는 말이다. 오라비들과 당숙들과 촌수 모르는 일가친척들은 이러저러한 이유로 인공 치하에서 연기처럼 이 땅에서 사라지기도 하고, 나머지 사람들도 거의 오래전에 세상을 떴다. 사상이 좋지 않다는 이유로 쥐도 새도 모르게 사라진 사람들도 있다. 엄마는 전화를 붙들면 뭔 일은 아니구… 를 시작으로 줄줄이 어제 한 얘기 또 하고, 방금 한 얘기 또 했다. 배 주인이 길을 몰라 보름 동안 바다에 떠 있다가 빙빙 돌아 전라도 어딘가에 도착했어. 막내가 내 등에 업혀 있었는데 업은 채로 그 애가 죽었어. 오사까에서 B29 비행기가 하도 폭격을 해대서 낮에는 밭에 숨어있다가… 해방 후 일본에서 귀국선을 타고 돌아올 때 얘기를 우리는 이미 오래전에 수백 번도 더 들었는데 생전 처음 하는 것처럼 리얼하게 전한다.

엄마의 고향은 경북 예천이다. 2017년 올해 우리 나이로 여든일곱. 일제강점기 때 일본에서 소학교를 마치고 고등과 3년인 열다섯 살 되던 해 해방이 되어 거우 한국 땅을 밟았다. 그때 일본 철공소에 다니던 외조부는 어느 정도 자리를 잡아서 일본에 눌러앉으려 했는데 일본 사람들이 조센징 죽인다고 하도 위협을 해서 도망치듯 나왔다고 했다. 일본으로 갈 때는 아기였던 엄마까지 세 식구였는데 귀국선을 탈 때는 배 안에서 죽은 막내를 빼고도 여덟 식구로 불어나 있었다.

"아직까지 부고장이 날라 오지 않는 걸 보면 그 아지매들이 아직 살아있다는 얘기 아니겠냐?"

엄마의 추리력과 예지력은 점쟁이 수준이었다. 왜 갑자기 그분들이 그리워졌을까? 왕래를 안 하고 산 지 사오십 년은 흘렀는데 뜬금없이 그들의 안부가 궁금해져서 엄마는 한번 보고 싶다고 며칠 동안 노래를 했다. 내가 살면 얼마나 살겠냐, 지금 안 보면 영영 못 볼 것 같다는 랩퍼 수준의 노래였다.

해가 쨍쨍 내리쬐는 어느 여름 일요일. 동생네 부부, 우리 부부와 아들, 그리고 엄마 이렇게 대부대가 경상북도 예천군 용궁면 무이리로 향했다. 이곳은 내가 상상만으로 긴 소설을 겁도 없이 써댄 장소여서 나도 한 번은 꼭 가보고 싶었다. 상상 속의 무대는 첩첩산중이어야 하고 낡은 초가집과 두루마기를 걸친 사람들이 돌아다녀야 했다. 무이리 사람들이 들으면 배꼽 잡고 웃을 일이지만. 그러나 그곳은 내가 상상했던 첩첩산중은 아니었고 평야가 펼쳐진, 정겹도록 아담하고 작은 마을이었다. 우리가 도착한 한낮은 눈이 부시도록 해가 길었고 산사에 들어간 것처럼 고요했다.

일가친척 누군가가 살았었다는 고목 밑동 옆의 집터를 보자 엄마는 갑자기 생기가 돌았고 뙤약볕을 하나도 무서워하지 않았다. 엄마의 걸음이 빨라지더니 갑자기 고택의 해설사로 변신해서 지난날에 이곳에 살았던 일가의 내력을 우리에게 자세히 설명해주었다.

"여기는 해방 되구 와서 우리가 살던 곳이여."

엄마가 집은 온데간데없고 덤불만 무성한 언덕배기를 손가락으로 가리켰다. 우리는 주춧돌만 덩그러니 남은 황룡사 옛터를 보는 것처럼 텅 빈 풀숲에서 수십 년 전의 낡은 초가집을 상상해야 했다. 그리고 그 집에 얽힌 엄마의 이야기를 듣고 아하! 감탄해야 했다. 일본에다 놔두고 돌아와서 우리 집이 소 한 마리가 없을 정도로 가난해서 그래서 큰집의 소를 빌려다가 농사를 짓는데 맘씨가 고약한 큰어머니가 맨날 고래고래 소리 지르고… 그 생각만 하면 정말이지 큰어머니가 너무 미웠다고 길게 얘기했다.

"자기 집 소 끌어가서 남이 농사짓는다면 엄마 같으면 좋아하겠어요? 그건 큰어머니가 고약해서가 아니라…"

"아니야, 원체 승질머리가 좀 고약해. 에구, 저기 저 집이 다 바껴버렸네. 말해 뭐해? 세월이 50년인데… 아니다, 60년이다. 아니지, 60년이 다 뭐야? 60년도 더 됐지? 그러구 보니 70년 가까이 돼 가네."

까마득한 세월에 우리는 숫자 세기도 버거웠다. 머릿속에서 연도를 따지다가 포기해 버렸다.

"저기 저 함석집 있잖니? 저 집에 살던 오춘 아지매가 배 속에 애가 들어섰을 때 당숙이 사상이 안 좋아서 끌려가서는 종무소식이었어.

그때 그 아지매는 스무 살이었는데 여태 저 집 사나? 죽지 않았으면 여태 살지 어디 가겠어?"

노인네 혼자 묻고 혼자 대답하고. 살아온 생애대로 서사적으로 얘기하면 좀 알아들을 텐데 엄마는 떠오르는 생각의 순서대로 말했다. 역사 지식에 무지한 우리들은 고택의 해설사를 따라다니며 형체도 없는 과거의 얘기를 실시간으로 들었다. 낡은 집터에, 또 그에 얽힌 스토리까지 생생하게… 분노와 그리움과 탄사를 섞어서 말하는 엄마는 유능한 역사 해설가였다.

"하도 많이 변해서 어디가 어딘지 모르겠다. 이 집도 모양새가 바뀌었네. 여기가 맞지?"

이 동네에 대해선 일자무식인 우리를 돌아보며 맞냐고 자꾸 물었다. 조금 후에 깨끗하고 양지바른, 푸른 철 대문 집이 나오니 반색하며 그 집의 문을 자기 집처럼 능숙하게 밀었다. 누가 안에 계신가? 엄마가 인기척을 했다. 밖의 소리를 듣고 안에서 화들짝 놀라며 튀어나오는 소리가 들렸다. 성질이 고약해서 소 빌려주는 걸 싫어했다는 큰어머니 댁의 장손, 즉 엄마의 사촌 동생의 집이었다. 엄마의 사촌 동생 부부가 버선발로 튀어나왔다. 그들도 80줄을 훨씬 넘긴 꼬부랑 노부부였다.

"아이구, 이게 누군가 홍매 누이 아이요?"

"행님 아이요?"

"자넨 우째 하나도 안 늙었네."

80줄을 한참 넘긴 노인들 셋이 쭈글쭈글한 손을 붙잡고 서로 하나도 안 늙었다고 우겼다. 어서 이라지 말고 드가요, 드가. 엄마의 사촌 동생은 줄줄이 따라붙은 우리들을 반갑게 맞아주었다.

한참 회포를 풀더니 엄마의 사촌 동생은 나의 남편에게 어디 성씨고? 물었다. 의심의 눈초리가 가득했다. 나의 남편의 본과 성이 담양 전씨였다. 딴 성씨를 가진 사람이 여주 이씨 가문의 일족이 될 자격이 있는가 하는 눈초리였다. 아니나 다를까? 그는 누렇게 색이 바랜 족보 비슷한 책을 가져오더니 조그만 한자들을 돋보기로 하나하나 짚어나갔다. 까마득한 그 옛날에 담양 전씨 중 한 사람이 관직에 있었다는 사실을 한참 만에야 겨우 찾아냈다.

"어! 여 있구만 그래. 그러면 그렇지. 자네 집안도 양반이었어."

그는 크게 안심을 하며 그제서야 나의 남편과 눈을 맞춰주었다. 담양 전씨의 조상이 관직에 오르지 못했더라면 우리 부부는 지금이라도 갈라서야 할 판이었다. 고마운 조상분께 제삿밥이라도 올려줘야 하지 않겠나 싶다.

마지막으로 새로 기와를 얹은 듯한, 과거와 현재가 뒤범벅된 묘한 형태의 고택에 사는 당숙네 집에 들렀다. 그들은 서로 오래전 얘기를 하며 회포를 풀고 이제 헤어질 시간이 되었다. 갑자기 당숙 아지매가 울음을 터뜨릴 기세로 엄마의 양손을 붙잡았다.

"내가 안즉 살아있으니 이렇게도 보네그려."

"난리 때는 우리가 다 몬살 때 아이요? 아지매가 다 이해 하시소."

엄마는 뭔가 고해성사를 할 듯 말 듯 한 애매한 말을 남겼다. 당숙모는 이해해 달라는 엄마의 요상한 말에 더 감동해서인지 아니면 돈을 찔러줘서 그런 건지 아무튼 당숙모는 쭈글쭈글한 손으로 갑자기 눈가를 훔쳤다. 엄마는 당숙모의 눈물을 보더니, 수중에 가진 돈을 다 꺼내줄 태세였다. 그러잖아도 오랜만에 만나서 가슴 벅찬데 배웅길에 돈까지 받으니 당숙모는 눈물까지 흘리며 계속 껴안고 떨어지기 싫어했다. 내가 보기에 엄마의 돈 봉투가 이별 의식에 촉매제 역할을 한 것만은 틀림없다. 격하게 감정 이입이 되어서 헤어지는 시간이 길어졌다. 정서적 상호 작용이 오가고 양심 비슷한 고백을 받은 아지매는 들기름 한 병을 차 안에 넣어주기까지 했다. 엄마는 이러시면 안된다고 극구 사양하다가 들기름병을 귀한 보물인 양 양손으로 받아들었다. 한바탕 눈물을 쏟고 차에 올라타는 엄마의 얼굴은 엄숙해보였다. 아지매는 우리 차가 안 보일 때까지 서서 손을 흔들어주었다. 지켜보는 우리도 가슴이 벅차올랐다. 저녁 노을이 지평선을 향해 미소 지었다. 참으로 아름다운 이별 광경이었다. 농촌의 지는 해는 손으로 만지면 정말 부드러울 거라는 생각이 들 정도로 은은하게 햇살을 내려주었다.

돌아오는 차 안에서 엄마는 그 격한 감정과 벅차오르는 회한을 잊지 못했는지 숙연한 표정으로 뒷좌석에 머리를 기댔다.

엄마는 감정의 소용돌이 속에 눈을 지긋이 감으며 말했다.

"내가 새댁 때 느이 아부지가 전쟁통이라 군에 가 있었어. 그때 군인 가족인 우리한테만 쌀 한 자루가 구호품으로 나왔는데 저 집 아재가 한 됫박만 좀 달라고 했는데 내가 안 된다고 했어. 내가 뒤로 감추고 집으로 왔는데 여태 그게 걸렸어. 그래 그동안 살면서 그 아재가 자꾸 생각이 나구. 오늘 돈 몇 푼 쥐여주니까 맘이 편하네."

엄마는 오는 길에 그 얘기를 서너 번은 되풀이했다. 어쨌든 엄마의 감동을 깨뜨리고 싶지 않아 계속 맞장구를 쳐주었다.

휴우! 하아! 엄마의 가벼운 한숨은 엄숙한 의식을 치른 후에, 무언가를 완수하고 아름다운 마무리를 한 후에 몰려오는 나른한 이완이었다. 뒷좌석에 머리를 기대고 앉은 엄마 얼굴에는 무어라 형용할 수 없는 기운이 서려 있었다. 60여 년 전에 일어났던, 서로가 미진했던 것을 완벽하고 폼나게 해치웠다는 생각이 들었나 보다. 이제 네 번째 똑같은 얘기로 돌입할 차례였다. 나는 네 번째 되풀이되는 얘기를 들어줄 태세가 되어있었다. 지금 이 시간만은 엄마의 몰입을 방해하고 싶지 않았다. 그런데 우리가 무이리를 떠나온 지 한 시간 정도 되었나?

"아이구야! 내가 가방을 그 집에 두고 왔네!"

화들짝 놀라며 치마를 들쳐보고 차 안 여기저기 가방을 찾으며 안절부절했다. 방금 전의 엄숙하면서도 장엄한 얼굴과는 아주 딴판으로 경박하기까지 했다. 아이고야! 우짜노, 우짜노? 돌아가려면 한참 걸리재? 운전하던 나의 남편이 금방 갈 수 있다고 했는데도 어쩔 줄 몰라 했다.

이럴 때 내 생각은 이렇다. 헤어질 때 서로 감정이입이 되어 진한 감동을 주고받고 헤어졌으면 그걸로 끝나야지 바로 쪼르르 달려가서 가방을 찾아오는 일을 하면 절대 안 된다. 장엄한 의식을 치른 후에 몰려오는 감정을 방해하는 어떤 일도 해선 안 된다. 바로 몇 분 전까지 품고 있던 격한 감동이 한순간에 물거품이 되기 때문이다. 엄마가 죽을 때까지 두고두고 회고할 수 있는 아름답고 가슴 벅찬, 그러면서도 약간 아쉬운, 이런 감정은 일생을 통해 자주 일어나는 일이 아니다. 엄마가 울고불고 헤어지기 싫어하던 아지매를 가방 찾는다고 다시 만나야 하는 일은 볼품없는 모양새가 되고 만다. 나는 엄마에게 단단히 일렀다.

"엄마, 우리가 마을 끝에까지만 차를 몰고 갈 테니 엄마는 차 안에서 기다려요. 내가 뛰어가서 가져올게요. 엄마는 그분들 앞에 또 나타나면 안 돼요."

"왜? 난 한 번 더 보고 싶은데…"

"지금 말고 나중에 봐요. 지금 그 집에 가서 아까처럼 또 엉엉 울고 그럴 거유? 아까처럼 엉엉 울 수도 없고, 눈물도 안 나오겠지만… 어쨌든 엄마가 좀 전에 느꼈던 감정이 싹 사그라든단 말이에요. 절대 안 돼. 차 안에서 기다려요."

　엄마가 다시 들어가면 아까의 감상이 방귀 새듯 팍 새버릴까 봐 나는 절대 옷자락도 보이지 말라고 경고를 했다. 그 집 대문에서 멀찍이 떨어진 곳에 차를 세우라고 하고는 뒷좌석의 차 문을 '탁' 쳤다. 절대 밖으로 나오지 말라는 뜻으로. 그리고 가방을 찾으러 뛰어갔다. 와? 안즉 몬 간나? 목침에 머리를 대고 한숨 자려던 아지매가 다시 감동을 느끼고 싶어서였는지 버선발로 뛰쳐 나오려 했다. 머리를 매만지고 흰 인견 속옷의 단추를 끼우고 일어나려는 아지매를 나는 극구 말렸다. 지금 당장 그들을 또 만나게 해서는 절대 안 되기 때문에 간신히 그 노인을 도로 주저앉히고 가방을 들고 쏜살같이 뛰쳐나왔다.

톡톡 잎은 떨어지고 나는 이제 고아가 되었다

중환자실 앞. 바삐 뛰어오는 사람들로 부산하다. 그 시간이 아니면 면회할 수 없어서 헐레벌떡 뛰어와서 면회용이라고 고딕체로 쓰여 있는 출입증을 간신히 받았다. 손을 여러 번 씻고, 마스크를 쓰고, 일회용 가운을 입고 침대 위에서 눈만 깜박이는 환자들 사이로 들어가 엄마를 찾으면서도 숨을 헐떡거렸다.

아, 엄마! 한 달 전의 모습은 온데간데없고 한껏 몸을 움츠린 낯선 사람이 나를 빤히 쳐다보고 있다. 긴가민가하며 서로를 알아보는 데 몇 초가 걸렸다. 분명 엄마였다. 비몽사몽인 엄마의 얼굴을 끌어당겨 억지로 눈을 맞추었다. 엄마 눈에 눈물이 고였다. 날 알아본다는 뜻이다.

두 달 전 엄마와 나는 손을 잡고 호숫가를 산책했었는데… 햇빛에 반짝이는 수면을 바라보다가 엄마는 화장실에 다녀온다며 가방을 내게 맡기고 부지런히 걸어갔다. 엄마는 우리가 기다릴까 봐 미처 윗옷을 내리지도 못하고 옷자락이 바지에 끼인 채 우리에게로 왔다. 나는 핀잔 비슷한 말을 하면서 바지 속에서 웃옷을 빼주었더니 "에구 남사스러워라!" 했다. 장안의 화제가 된 백 선생이 한다는 고깃집에서도 "에구, 챙피해라"를 남발했다. 이 식당에 나 같은 늙은이가 한 명도 없어서 창피하다고 했다. 늙은이들이 있거나 없거나 뭔 상관인데… 산책에서 돌아오자마자 TV 켜라고 하더니 여러 사람 죄다 나와서 짓까부는 거 말고 뉴스나 틀어보라고 했다. 엄마는 심한 기침을 하면서도 요즘 한창 전 국민의 분노를 사고 있는 최모 씨의 얼굴을 향해 욕을 한 바가지 퍼부어댔다. 마치 그녀가 화면에서 튀어나와 바로 앞에 서 있는 것처럼 허공을 향해 손가락질하며 화를 냈다. 내가 서랍을 뒤지느라 잠시 화면을 막았더니 갈구친다고 비키라고 했다. 엄마는 연속극을 볼 때도 몰입의 정도가 지나쳐 거의 주인공하고 의사소통하면서 본다. 주인공을 해하는 상대편에게 "니가 더 나쁜 년이야." 하면서 바로 앞에 있는 사람에게 말하듯 주인공을 옹호해준다. 드라마에 같이 출연한 배우와 혼연일체가 되어. 그런데 이제 그것마저 못한다.

급성폐렴으로 자가 호흡을 할 수 없어 목에 호흡기 삽관이란 걸 하고 누워 있다. 병원에서는 그걸 손으로 빼지 말라고 양손을 침대에 묶어놓았다. 목에 쿡 박아놓은 걸 빼달라고 하도 발버둥 치니까 발도 움직이지 못하게 묶어놓았다. 화장실 가려고 일부러 일어날 필요 없이 오줌길을 달아놓고, 기저귀를 채웠다. 당뇨와 혈압과 심장의 조절은 수액을 통해서 해결하면 되고 음식은 코를 통해서 공급받으면 된다. 최소한 입으로 씹어 넘기는 것조차 에너지를 쓸 필요가 없다. 말하는 에너지도 쓸 필요 없다. 엄마는 이제 약 먹으려고, 밥 먹으려고, 오줌 누려고, 말하려고, 생각하려고 애쓸 필요가 없다. 엄마가 해야 할 일은 24시간 그저 멍하니 있기만 하면 된다. 정신은 올바른데 강제로 움직일 수 없는 사람이 되게 했으니 말 못하는 엄마로서는 기가 막힌 노릇이다. 엄마는 나하고 눈만 마주치면 기도삽관을 빼내 달라고 발버둥을 쳤다. 유일하게 까딱거릴 수 있는 건 발뿐이었다. 정신은 말짱한데 양손을 묶어놓고 목구멍을 틀어막으니 남은 건 발버둥 칠 수 있는 발뿐이었다. 그런데 너무 발버둥 쳐서 이제 그마저도 움직이지 말라고 신경안정제 주사를 놓았다. 생각이란 것도 하지 말란 거다.

엄마는 평소에 건강 염려증이 있어서 TV에서 가짜가 아니라 의사 가운을 입은 진짜 의사들이 한 말이라며 한밤중에도 우리에게 전화를 걸어 이러저러한 건강식품들을 먹으라고 다그쳤는데 이제 그마저도 옛날얘기가 되어버렸다.

면회를 마치고 말할 수 없이 참담한 기분으로 집에 돌아와서 외투를 벗을 기운도 없이 앉았다가 습관적으로 TV를 켰다. 화면은 리모컨을 따라 현란하게 춤추기도 하고, 무섭게 먹어대는 입을 클로즈업시키기도 하고, 의사가운을 입은, 눈에 익은 남자가 나와서 햄프씨드를 먹으라고 권하기도 한다. 가운은 진료실에서나 입어야지 왜 저기에서 펄럭이는지 모를 일이다. 다시 채널을 돌리니 여럿이 둥그렇게 모여 앉아서 한물간 연예인이 왜 이혼했는가 떠들고 있다. 그게 오늘의 주제이다. 그들이 이혼한 사유는 소문에 의하면 성격 차이로 헤어진 거라고 한 일간지 기자가 고급 정보랍시고 얘기한다. 성격 차이라는 애매모호한 이유를 여덟 명이나 되는 패널들이 이구동성으로 떠든다. 한 시간 동안 딴 이유 절대 없고 성격 차이로 이혼한 거라고 몇 번 확인시켜 주다가 사회자가 매우 안타까운 일이라며 방송을 마무리한다. 이들 말에 의하면 대한민국 부부들의 이혼 사유는 99% 성격 차이다. 성격 차이 나는 사람들은 잠재적 이혼 대상인 거다.

성격이 차이 나는 건 당연한 일이다. 이 세상에 성격이 똑같은 사람은 없다. 만약 부부가 성격이 똑같이 불같다면 맨날 치고받고 싸울 거고, 둘 다 지나치게 깔끔하다면 집안에 냉기가 돌 텐데… 제발 성격 차이 말고 딴 이유 좀 대봐라. 모두 리모컨으로 한 방에 패스. 다시 원점으로 채널을 돌려 KBS '사람과 사람들'로 돌아왔다. 딱히 시간 정해놓고 보는 게 없어서 매번 리모컨을 80번이나 돌리는 수고를 한다. 더 이상은 세기 싫어서 그냥 쉽게 80여 개 채널이라 하겠다. 사실은 수백 개가 넘는다.

무심코 틀어놓은 화면에서 두메산골의 84세 할머니의 집 안방이 나온다.

앗! 이 장면! 어디서 많이 보던 장면이다.

나는 갑자기 화면에서 눈을 떼지 못했다. 19살에 시집와서 65년째 사는 할머니의 집 안방이다. 오래된 흙벽돌집이야 직접 보지는 못하지만 친절하게도 방송국에서 심심찮게 보여주는 터라 그리 새삼스러울 건 없다. 내 눈이 빨려들도록 정지한 화면은 다른 게 아니다. 오랜만에 온 할머니의 딸들이 시골집 토방에 이부자리를 쭉 펼치고 방에 죽 드러눕기도 하고 목까지 솜이불을 끌어당기고 벽에 기대는 장면에서다.

두메산골 안방. 방의 너비는 성인용 이부자리 두 채 정도 깔 만큼의 공간. 나는 이불로 꽉 찬 그 공간에 한없이 빨려 들어갔다. 산골의 가을밤은 도시의 겨울과 온도 차이가 막상막하일 정도로 춥다는 증거는 솜이불을 보면 알 수 있다. 심한 온도 차로 밖에선 톡 톡 톡! 잎이 떨어진다. 가을이 떨어진다. 세상 편한 자세로 누워 도란도란 떠드는 말소리가 문밖으로 새어 나온다.

거실에 멍하니 앉아 있던 이때, 딱히 어떤 감정이라고 명확하게 밝힐 수 없는, 갑자기 따스함 같은 게 스멀스멀 기어 올라왔다. 펼쳐 놓은 이부자리 하나가 마법처럼 나를 겨울밤의 어린 시절로 돌아가게 했다. 빵집 앞을 지나칠 때 연기처럼 기어 올라오는 향기로운 이스트의 풍미처럼 겨울의 길목에서 그 시절의 펼쳐놓은 이불들, 쌀겨를 넣은 원통형의 베개들, 무릎이 튀어나온 내복이 머리를 스치고 지나갔다. 헐렁한 내복을 입고 이불 위에서 방방 뛰던 어린아이들 말이다.

방문 밖은 물론 오싹하도록 차가움과 칠흑 같은 어둠이 배경으로 깔린 겨울밤이다.

마루를 살짝만 밟아도 머리가 깨질 듯한 한기를 느끼는 한겨울. 밖에는 문고리가 손에 달라붙을 정도로 춥지만 방 안은 노란 백열등 불빛 아래 펼쳐놓은 이부자리의 따스함. 생각할수록 천국에 온 듯한 정겨운 우리 집의 장면이 문득 떠오른다. 장롱 문을 삐그덕 열면 그때부터 환상의 세계에 빠져든다. 연료비를 아끼려고 안방에만 연탄 아궁이를 지피고 식구 수대로 이불을 펼친다. 장롱에선 머릿수대로, 끝도 없이 이불이 나온다. 마술사의 수건처럼 줄줄이 나온다. 내복을 입은 우리는 갑자기 신이 났다. 숙제하는 시간도 아니고, 밥 먹다가 혼나는 시간도 아니고, 추운데 심부름하러 나가는 시간도 아니고, 그저 푹 쉴 준비를 하는 시간이다. 낮에 있었던 다툼은 슬그머니 뭉개지고, 폭신하고 하얀 침상에 원통형의 베개를 끌어안고 다이빙하는 시간이다.

천금을 주어도 바꿀 수 없는, 다시는 돌아오지 않는 그 시간, 그 장면이 지금 화면에서 나오고 있는 게 아닌가? 재방송을 중간에 보는 중이었다. 중간에 보는 게 성에 안 차서 'TV 다시보기'를 틀어 kbs 프로그램을 샅샅이 뒤져 '사람과 사람들 55회'를 꾹 눌렀다. 참 좋은 세상이다. 'TV 다시보기'에서 KBS 교양프로를 뒤져보기는 처음이다. 선전하는 동안 재빨리 옷을 갈아입고 처음부터 정좌하고 들여다보았다. 단지 그 이부자리 하나에 이끌려서 말이다.

고개를 돌려 현재의 우리 집을 둘러보았다. 방마다 텅 비어있다. 텔레비전 소리 외에 사람의 소리가 없다. 방의 주인공들은 아무도 집으로 들어오지 않는다. 나도 식구들을 한곳으로 끌어모으려면 다른 곳을 몽땅 얼음장처럼 만들고, 방 하나만 따뜻하게 해놓고 싶다. 그러면 식구들하고 발 부비면서 한 방에 자 볼 수 있으려나? 꿈 깨고 보던 거나 계속 보자.

계룡산 자락. 시집와서 65년째 사는 이 집에서 주인공은 시부모 모시고 7남매를 키웠다. 산골의 황토를 개간하여 7남매, 부부, 시부모, 객식구들의 입에 풀칠했다니 얼마나 고단한 삶이었을까? 안 봐도 뻔하다. 산골이니까 중학교부터는 도시로 보내야 했다. 얼마 안 되는 농사 거리를 팔아 도회지 나간 자식들을 건사해야 했으니 그 생활이 퍽이나 고달팠을 거다. 그런데도 주인공 얼굴엔 지난 시절의 고단함이 전혀 없다. 오히려 가을 햇살처럼 해맑다. 이렇게 자식들은 전부 약속이나 한 듯 40년 동안 훌훌 떠났다가 다시 어머니 품으로 하나둘씩 모여든다. 84세 노모의 집에 7남매가 다시 모여든다. 도시에서 온 아들딸들은 배우자와 또 그의 자식들을 더해 두 세배로 뻥튀기해서, 자동차를 타고, 열려 있는 대문으로 들어온다.

"오니라 심들었지?"

"힘은 뭐. 엄마, 절 받으서."

우르르 절부터 한다. 도시 사람들은 어른아이 할 것 없이 이상한 나라에 온 것처럼 여기저기 들쑤시고, 구경하고, 감나무에 올라가고, 두부 만드는 걸 보고 탄성을 지르고, 벌집을 쑤셔댄다. 어린아이들을 놀이터에 풀어놓은 망아지처럼 신기해하며 왁자지껄 떠들다가 다시 떠나야 할 시간을 맞이한다. 어머니는 일 년 내 농사지은 먹을거리를 자동차에 바리바리 싣는다. 허리가 굽은 채, 광으로 밭으로 어머니의 개인 자가용인 짐 싣는 수레를 부지런히 끌고 다니며 곶감, 시래기나물, 토란대 말린 것, 무말랭이, 고추 장아찌 등을 잔뜩 싸주고는 더 줄 게 없나 주변을 살핀다. 이제 자동차마저 붕~하고 사라진다. 도시 사람들이 한꺼번에 사라졌다. 시끌벅적함이 갑자기 적막으로 돌변한다. 자동차 꽁무니를 한참 바라보던 주인공은 다시 혼자 남아 마지막 남은 가을 햇볕을 쬐고 있다. 그러다 밤이 되면 텔레비전을 켜고 벽에 기대앉아 졸다가 보다가를 반복한다. 농사만 안 지었다뿐이지 병상에 있는 내 친정어머니의 두 달 전 일상과 크게 다르지 않았다.

다시 금요일, 양복 입은 초로의 신사가 차를 몰고 주인공의 집 대문을 들어선다. 그는 주인공의 장남으로 직업은 전기소방시설 엔지니어로 도시에 살고 있다. 나갔다 들어올 때마다 부모에게 절하는 것은 윗사람에 대한 공경의 표시로 이 집의 오래된 가풍인데 그도 들어서자마자 어머니에게 절을 한다. 그는 홀로 계신 어머니도 돌볼 겸 퇴직

후의 생활도 대비할 겸 매주 금요일 어머니의 집을 방문했다가 일요일 저녁 식사를 하고 떠나기를 8년째 하는 중이다. 동네 사람들 모두가 이들 모자를 부러워한다. 아들은 귀농 준비를 하고 있는데 자연 농법에 관심이 많아 직장 다니는 동안 틈틈이 세 군데의 농업 학교를 마쳤다.

양지바른 밭에 두 모자가 나와 있다. 아들은 자연 발효 음식을 잔뜩 만들어놓고 밭에 뿌리려 하고 어머니는 잡초 먼저 뽑고 나서 퇴비를 주라고 아들을 따라다니면서 성화를 한다. 아들은 어머니 말이라면 거역해본 적이 없는 온화한 얼굴로 잔소리하는 어머니를 지긋이 바라본다. 다시 밤, 아들은 책을 펼치고 자연 농법을 공부하고 있다. 이번에는 어머니가 아들의 옆모습을 흐뭇하게 바라본다.

"농사 공부 암만 혀도 나 하나만 못 혀."

"내가 엄마 이길려구 공부하잖아."

"나 못 이겨. 농사는 그냥 소일거리루 혀."

얼마나 아름다운 정경인가? 나는 그들 모자를 뚫어지게 바라보았다. 서로 등을 돌리고 잡초를 뽑으면서도 그들은 서로를 깊이 사랑하고 있었다.

다시 대학병원 중환자실. 이제 나의 엄마는 목에 꽂은 호흡기관에 순응하려고 애쓰는 중인가 보다. 목 깊숙이 꽉 들어찬 이물질에 적응하려고 안간힘을 쓰고 있는가 보다. 눈만 껌벅이고 있다. 잠을 자는 일과 눈을 뜨는 일이 동시에 일어났다. 내가 바라보고 있는 몇 분 동안 자다깨기를 반복했다. 내가 허락받은 시간은 단 10분이다. 의사는 나아질 거라는 얘기는 쏙 빼고 집중 치료 중이라는 말만 반복했다. 엄마가 아프기 전의 일상으로 되돌아가서 한바탕 소란 피우다가 떠나는 우리를 보고 아이구, 올 때는 반갑지만 갈 때는 더 반가워! 이런 말을 듣는다면 더 이상 바랄 게 없다.

차갑지만 청명한 크리스마스 아침, 나는 다시 중환자실을 향해 시간을 맞추려고 부지런히 뛰어갔다. 중환자실에 나의 엄마가 들어온 지 25일이 지나 어느덧 크리스마스를 맞이했다. 엄마의 며느리가 병상 머리맡에 올려놓은 성탄 카드를 읽어주었다. 결혼으로 맺어져서 한 식구가 된 올케의 필체를 처음 접해본다. 그녀의 온화한 성정과는 달리 강하고 세련된 필체였다.

엄마는 무슨 생각을 하고 있을까?

무슨 꿈을 꾸고 있을까?

불과 두 달 전의 무료했던 일상을 무척 그리워하고 있을까?

*

그리고 9개월 뒤 엄마는 돌아가셨다. 나는 이제 고아가 되었다.

예행연습

　대전에 사는 나의 친척 언니, 언니의 집은 맨날 사는 게 그럭저럭인데 그녀의 딸 영림의 이야기이다. 영림은 어린 시절 도내도 아니고 전국에서 실시한 수학경시 대회란 걸 나가서 큰상을 받고 언니 부부에게 무한한 소망과 창창한 앞날에 대한 기대감을 잔뜩 심어주었던 아이다. 아주 맹랑하고 똑똑해서 제 부모에게 커서 꼭 한자리할 거라는 희망을 품게 했던, 그러나 알고 보면 지극히 평범해서 더욱 사랑스러운, 나를 이모라고 부르는 여자아이다. 하도 야무져서 영림이와 결혼하는 남자는 땡잡은 거라고 생각했었다. 그런데 그 애가 제 엄마에게는 비밀이라면서 어떤 남자와 일 년 동안이나 한집에서 살았었다는 고백을 내게 했을 때 겉으로는 쿨한 척했지만 사실 머리를 한 대 맞은 기분이었다. 제 엄마가 알면 펄쩍 뛸 일이라고 다시 한번 내 입단속을 시켰다. 지금은 그 젊은 처녀에게 무한한 박수를 보내는 중이다.

그가 떠났다. 처음 올 때처럼 배낭 하나 짊어지고 그는 떠났다. 그가 처음 이 집에 들어오고 그 다음날 두 사람은 "우리 신혼부부 같다, 그치?" 하면서 숟가락, 젓가락, 베개 등을 사러 돌아다녔는데…… 머리카락이 방바닥에 떨어지면 누구 건지 대보자며 시비를 가리다가 청소하던 빗자루 집어 던지고 유전자 감식으로 대화가 옮겨갔었는데…

두 사람이 누우면 꽉 차는 방 한 개, 가로세로 1미터 넓이의 식탁 하나도 허용하지 않는 마루 겸 부엌, 욕실, 그리고 끓여 먹을 수 있는 싱크대와 조리대, 이게 101호 방의 전부였다. 혼자 살 땐 냄비 하나면 족했는데 둘이 사니까 밥상도 있어야 했고 웬만한 조리 도구도 제대로 있어야 했다. 대형 마트에 가서 당장 필요한 물건 사들이는 재미도 잠깐 있었다. 아주 잠깐.

'함께 살기' 첫날, 손바닥만한 창문에 커튼 달고 영화 속의 연인들처럼 나란히 누워 창밖의 달을 쳐다보았다. 서준의 맨발에 영림이 자기 발을 대보았다. 맨살의 감촉이 낯설었지만 달콤했다.

"남자치고 발이 꽤 작네? 한 255 되려나?"

"야, 쪽집게네. 별걸 다 알아맞히고… 너 내 꿈이 뭐였는지 아니?"

"서준 오빠 꿈은 너무 거창해서 잘 모르겠고 요기 앞 편의점 아르바이트생의 꿈은 정확히 알고 있지. 걔는 수시로 자기 꿈을 구체적으로 중얼대거든. 뉴질랜드 어학연수 가는 게 꿈이래. 그래서 부지런히 아르바이트 중이야. 어느 천년에 돈을 모으려나. 되게 걱정이다."

"나는 말이야. 나 혼자가 아닌 우리 모두가 편안하게 사는 세상을 꿈꾸고 있었어. 위험 업종에 종사하는 노동자들을 위해 우리가 할 수 있는 일이 뭘까? 이런 고민을 함께 할 수 있는 제3의 협업기업을 세우는 것도 목표 중의 하나였어. 바로 얼마 전까지."

"그럼 지금은 아니라는 소리네. 난 당장 이번 달 가스나 안 끊기고 따뜻한 물 펑펑 써보는 게 나의 목표야."

그가 영림의 발과 엉켜 있는 한쪽 발을 빼며 한심하다는 듯이 피식 웃었지만 그때 그에게서 눈동자가 반짝이는 것을 보았다. 사랑한다 말은 안했지만 눈빛으로 서로 사랑한다는 걸 대번에 알았다. 그런데 무언의 언어가 대신 해줄 수 있는 사랑의 유효기간은 딱 6개월이었다. 그건 인내심의 기간이었다. 그동안 빚은 더욱 늘어났고 영림의 엄마는 전화로 잔소리를 했다. 돈 벌어 다 뭐하냐며 적어도 동생들 학비 정도는 보태라고…

영림이 그와 같이 살게 되었다고 제일 먼저 수정에게 통보했을 때 수정은 일부러 뜯어 말리진 않겠지만 잘 생각해 보라고 했다.

"남녀의 결합이라는 게 그거…, 너, 정말 그게 오래도록 고상하게 유지될 거라고 믿고 있는 건 아니겠지?"

물론 안 믿었다. 그러나 그가 이렇게 빨리 실망시키리라고는 생각하지 못했다.

영림이 회사에 간 사이 그는 문자 하나 달랑 남기고 사라졌다.

"우리 잠시만 떨어져 있자. 조금만 인내해주면 곧 안정이 될 거고 그때 정식으로 프로포즈 하려고 했어. 그런데 그건 내 이기심이란 걸 깨달았어. 사랑해."

아주 간단했다. 한심한 녀석! 그는 간단한 서사를 크게 만들어서 판을 벌릴 줄 아는 기막힌 재주가 있었는데, 멀리서 볼 땐 괜히 가슴이 설레었는데, 실제로는 말로만 사회적 협동조합 어쩌구 떠벌리기 좋아하는 녀석. 못된 놈. 바보 같은 새끼!

영림은 대학 시절 서준이 회장으로 있는 봉사 동아리 '휴머니스트'에서 그를 처음 만났다. 사실 취업에 좀 도움이 될까 해서 불순한 목적으로 가입했던 것이어서 영림이 활동한 기간은 아주 짧았다. 그곳은 말만 대학생 봉사단체이지 그들의 큰 목소리나 쓸데없이 거대한 몸집은 순수한 봉사의 도를 넘고 있다는 생각이 들었다. 지방자치단체를 움직이게 할 정도로 입김이 컸고, 어느 기업에서는 물질적 지원도 해주는 등 비대한 비영리단체였다.

그때 영림은 서준을 멀리서만 보았지 직접 대면한 적은 없다. 그들은 누구나 알 만한 사회복지시설을 자주 찾아가 봉사활동을 했다. 그들의 활동 목적은 나 혼자가 아닌 우리 모두가 편안하게 살아보자는 작은 목표에서 출발한 거라고 서준이 거듭 강조했다. 그가 너무 지나치게 강조하는 바람에 그게 그렇게 가슴에 와닿지는 않았다.

"내가 가진 물질을 나누자는 게 아닙니다. 생각을 나누자는 것입니다. 이 사회에 도움이 되는 작은 생각을 나누는 겁니다. 물론 여러 가지 얽혀있는 복잡한 사회 문제를 우리가 다 해결할 수는 없습니다. 그러나 생각을 나눌 수는 있습니다. 우리가 추구하는 게 거창한 것은 아닙니다. 생각을 나누다 보면 복잡하게 얽혀 있는 일에 조그만 해결책이 보일 겁니다. 이런 극히 작은 것을 복지의 사각지대에서 신음하고 있는 사람들과 나누는 겁니다."

서준은 목이 마른지 탁자 위에 놓인 물을 한 모금 마시더니 컵을 눈높이까지 들어 올렸다. 그가 경영대생 포럼에서 '지구인과 상생하기'란 주제로 강연을 할 때였다.

"이 컵의 물은 한 모금이면 목을 축일 수 있고, 두 모금이면 제가 오늘 강연이 끝날 때까지 충분히 저를 흡족하게 할 겁니다. 강연이 끝나면 저는 구내식당에 가서 이 식권으로 맛있는 식사를 할 것이기 때문에 더이상 이 컵의 물은 필요 없습니다. 그러면 이 탁자 위에 남은 물의 운명은 어떻게 될까요? 다른 사람이 충분히 마실 수 있는데도 틀림없이 버려질 겁니다."

그러면서 그가 왼쪽 가슴께 붙어있는 셔츠 주머니에서 돌돌 말려있는 식권 한 장을 펼쳤을 때 강당에 모인 학생들은 와아! 하고 웃으며 박수를 쳐주었다. 설득력 있는 그의 언변에 사람들은 박수를 아끼지 않았다. 그는 시종일관 열변을 토했고 그의 공익 우선의 가치관은 감히 범접할 수 없을 정도로 숭고해 보이기까지 했다. 그의 하얀 얼굴과 셔츠 사이에 살짝 보이는 목젖은 그가 아무리 거짓을 말한다 해도 사람들이 진실이라고 속아 넘어갈 정도로 확고한 믿음을 주었다. 그는 믿음직한 목젖을 가졌다.

처음에 영림은 이웃을 돌보는 게 뭐 특별한 일이라고 거대 단체까지 만들어 호들갑을 떠나 의아하게 생각했다. 그런데 그들이 계속 주장하는 것은 거창한 게 절대 아니고 아주 조그만 일을 하는 거라고 했다. 영림은 그 말에 조금 솔깃했다. 거창한 일을 한다면 그 동아리에 절대 가입할 생각이 없었다.

서준은 언변으로나 외모로나 단연 독보적이어서 영림을 포함해서 서준을 좋아하는 여학생들이 꽤 있었다. 여러 사람 앞에서 연설할 때 서준은 자기 꿈을 구체적으로 설득력 있게 말했다. 그가 사석에서 여럿이 있을 때 이런 말을 한 것을 지나가는 귓전으로 들은 적이 있다. 하버드나 예일을 졸업해서 자신의 사리사욕을 위해 월가에서 받는 어마어마한 연봉을 포기하고 글로벌 봉사기관에서 세계의 공익을 위해 일해 보는 게 꿈이라고 했다. 당장 오갈 데가 없는 영림으로선 자기 꿈을 여러 사람 앞에서 거침없이 말할 수 있는 서준이 부러웠다. 그의 부모는 그를 거칠 것 없이 키웠구나 생각했다.

세계의 빈민들과 꿈을 나누는 일. 거창한 일을 하자는 게 아니라 소박한 꿈을 하나씩 실현해 나가자고도 했다. 그의 입에서 거창한 소리가 수돗물처럼 콸콸 쏟아져 나왔다. 그의 연설은 깊은 울림은 없었지만 얼핏 들으면 빠져들 만했다. 다음 날 그의 연설 내용은 총장의 신년사를 제치고 교지에 대문짝만하게 실렸다. 겉표지에는 상반신만 찍은, 귀티가 자르르 흐르는 서준의 얼굴이 씩 웃고 있었다. 아무 근심 걱정 없어 보였고 세상을 향해 뻗어 나가려고 막 날개를 펴고 있는 모습이었다.

영림이 지방에선 꽤 똑똑해서 명문대학에 들어갔을 때만 해도 엄마의 꿈은 하늘 높은 줄 몰랐다. 점점 희망이 희미해지긴 했지만 그래도 그녀가 대학 졸업만 하면 신세계가 열리는 걸로 엄마는 착각했다. 그러나 이제 더 이상 졸라맬 허리띠가 없는 영림의 부모와 세상을 향해 거칠 것 없이 뻗어 나가라고 무한한 자신감을 심어주는 서준의 부모가 동시에 떠올랐다. 그들의 극명한 대비는 자식들의 가치관까지 송두리째 갈라놓았다. 서준과는 가는 길이 영원히 다를 거라고 생각했다.

"공익 우선이고 나발이고 나는 지금 당장 갈 데가 없어서 고시원을 전전하고 있단다. 이놈의 빈민가 탈출은 언제 해 보냐? 내가 바로 빈민이야."

영림은 오히려 테니스 동아리에나 들었다면 살이라도 뺄 텐데 하는 생각이 들었다. 서준이 이끌고 있는 단체 이름은 휴머니스트였지만 그의 말속엔 공익을 위한 일을 하는 데는 후원자가 절대적으로 필요

하다는 소리로 들렸다. 쉽게 말해서 휴머니즘을 가진 돈 많은 사람들의 후원이 절대적으로 필요하다는 소리였다. 세상에 도움이 되고자 하는 작은 생각들의 모임에 돈이 절대적으로 필요했다. 그들의 세계에 영림이 비집고 들어갈 공간은 없어 보였다.

그 후 영림은 아르바이트를 몇 군데 뛰고 이리저리 거처를 옮겨 다니느라 동아리를 탈퇴하고, 그리고 그를 까맣게 잊었다.

*

"우리가 사랑타령 하는 거 그거 범죄행위야. 결혼을 일찌감치 포기한 젊은이가 대한민국에 수두룩하다는데… 그냥 볶음밥이나 삼각김밥으로 만족하자."

이건 영림과 수정이 머리 맞대고 프라이팬에 밥을 볶아 먹으면서 나눈 얘기였다.

"짝 찾기만 멈춘 게 아니라 짝짓기도 멈춰야 할 판이야. 설마 고장난 건 아니겠지? 깔깔."

영림의 말에 수정은 배를 잡고 웃다가 갑자기 웃음을 멈췄다.

"요즘 노친네들이 한숨 쉬며 걱정한다잖아. 대한민국 역사상 최고 학력을 가진 청년들이 편의점과 고시원만 들락거리고 애 낳을 생각을 안 한다고. 누가 낳기 싫어 안 낳나?"

수정은 남의 일처럼 말하지만 실은 자신의 고민이었다. 학원 강사로 일하는 수정은 대학 시절부터 사귀던 오래된 남자친구가 있다. 그런데 그 애인이 대학에 편입한 경력까지 합쳐서 무려 9년째 학생신분이어서 결혼은 꿈도 못 꾸고 있다. 수천 대 일의 공채시험에 합격하기 위해 졸업도 미루고 목하 열공 중인데, 그는 여전히 영어학원이다 취업 스터디다 해서 아직도 부모에게 손을 벌리고 있다.

"어쩔 수 없이 결혼한 애들은 절대 애를 낳지 말아야지 하루에도 열두 번씩 결심한다잖아. 실수로라도 생기면 큰일 나니까."

"실수로라도 애가 생긴 사람은 어쩌라는 거야?"

"애를 들쳐 메고 고난의 행군을 하는 거지. 그래두 나는 결혼해서 애 낳고 싶다."

"나두. 박서준이랑 결혼해서 애 낳고 싶다 흐흐흐."

"걔는 심하게 귀족적인 냄새가 나. 재수 없게."

"그래도 나는 혁명하는 남자보다 귀족적인 남자가 더 좋아. 아, 서준아 보고 싶다. 너 어디 있는 거니?"

영림과 수정은 두 사람과 하등 상관이 없는 서준의 얘기를 입에 올리며 볶음밥 프라이팬을 싹싹 비웠다. 그가 아무 존재감도 없는 후배들을 눈여겨봤을 리가 없다. 영림이란 이름은 기억도 못 할 거다. 원래 족속이 다르니까. 두 사람은 이빨이 가지런하고 가느다란 손가락을 가진 그 애는 분명 취업 걱정 전혀 안 하고, 하고 싶은 일만 골라서 하다가 싫증 나면 하바드의 캠퍼스를 누빌 거라고 생각했다.

"건 그렇고 너 말인데 자취방 구할 때까지 여기에서 몇 달 더 살아도 괜찮아."

수정이가 자기 자취방에 좀 더 있어도 된다고 했지만 남한테 신세 지는 걸 끔찍하게 싫어하는 영림은 첫 월급 받고 당장 수정의 집을 나왔다. 첫 월급 탔다고 하니까 동생들은 용돈 받으러 당장 서울로 올라올 기세였다. 엄마도 정확한 액수는 말하지 않았지만 매달 얼마 씩 부치라는 뜻으로 은근히 압력을 넣었다. 다 무시하고 수정에게 예쁜 가죽장갑 한 켤레를 사줬다. 몇 달 동안 수정의 여동생과 더불어 좁은 데서 비집고 살았던 것에 비하면 선물이 너무 약소했다. 두고두고 갚을 생각이라는 말도 덧붙였다. 그리고 이사를 나왔다.

*

"이 방이여. 겨울에 방 따숩고 수돗물 잘 나오겠다. 여자 혼자 사는 데 이만하면 궁전이지. 지금 비어 있으니까 오늘 당장 들어와도 돼요."

밤색 조끼를 입은 주인 여자는 지독히도 상상력이 모자라거나 동화책을 한 번도 읽어 본 적이 없는 여자일 것이다. 그녀는 대문에서 쑥 들어간 컴컴한 시멘트 바닥을 종종 걸음으로 걸어가다가 녹슨 철문을 덜커덩 열어제쳤다. 그리고 어두컴컴한 방을 보여주며 궁전이라고 박박 우겼다. 그녀가 우겨대는 궁전은 방 창문 쪽은 지하였고 현관문 쪽은 일 층인 묘한 구조로 되어있었다. 가로 세로 30센티 너비의 창문이 달린 주방에 싱크대도 있었고 작은 욕실도 있었다. 주인 여자는 진짜 궁전에 들어온 것처럼 양손 바닥을 위로 향하게 쫙 펴보이며 이곳이 얼마나 살기 좋은 곳인지 장황하게 설명했다. 마치 여기 101호처럼 안락한 공간은 이 세상 어디에도 없다는 듯이.

영림은 맞은 편 102호와 엎어지면 코 닿을 데 붙어 있는 게 낯설었지만 주인 여자가 마음씨 좋아 보이고 보증금이 싼 게 무엇보다 마음에 들어 방을 계약했다. 주인 여자는 102호 현관 앞에 무수히 쌓여 있는 공과금 용지를 가리키며 인상을 찌푸렸다. 저 꼬락서니로 사니 어느 여자가 들어와 살겠어 쯔쯔쯔 하며 혀를 찼다. 102호 사는 남자는 어떤 꼬락서니일까 궁금했다.

"저 인간이 보증금 다 까먹구 월세도 안 내고 저렇게 버티구 있어. 무슨 배짱인가 몰라."

주인 여자는 여기저기 흩어져있는 공과금 용지를 주우며 투덜거렸다. 꼭대기 옥탑방도 비어 있는데 보증금 8,000만 원 있으면 들어갈 수 있다고 했다. 그러나 세상이 두 쪽 나도 영림의 힘으로 꼭대기로 올라가기는 요원해 보였다. 영림이 입주하려는 다세대 주택은 마주 보는 곳에 편의점과 원룸인지 고시원인지 분간이 안 되는 덩치 큰 건물이 있고, 버스 정류장까지 그리 멀지 않아서 큰 불편은 없어 보였다. 흠이라면 바로 앞에 학원이 있어서 시끄러운 소리를 밤낮으로 듣는 일이다. 이 동네는 온통 가난한 청년들을 착취해서 연명하고 있는 느낌이 들었다. 사방 천지가 원룸, 고시원, 하숙, 그리고 코흘리개들을 닦달해서 돈을 버는 학원뿐이다.

어둡고 낡은 골목, 쾨쾨한 반지하 방의 곰팡이 냄새, 거기에다 102호 남자의 마른기침 소리.

영림이 대학 시절 내내 고시원과 친구 자취방을 전전하다가 난생처음으로 얻은 혼자만의 공간의 배경이다.

*

영림이 2학년 때 일 년 동안 있었던 여성 전용 고시원 생활은 정말 끔찍했다. 일인용 침대와 바짝 붙어 있는 책상과 의자, 그리고 플라스틱 옷걸이가 전부였다. 그러니까 방바닥을 발로 디딜 수 있는 공간은 딱 방석 두 개 크기뿐이었다. 그 공간에 신문지 깔고 운동화 놓고, 원형 쓰레기통 놓고, 손톱깎이, 우산, 화장품, 라면 등 잡동사니가 들어 있는 종이상자를 놓았다. 영림은 방문에서 침대까지 한걸음에 이 잡동사니들을 타 넘어 다녔다. 수챗구멍에 머리카락이 잔뜩 끼어있는 공동욕실에서 빨래하고 머리 감고 발 씻고 들어와서 젖은 발로 문지방에서 바로 침대 위로 폴짝 뛰어 올라갔다. 옷 갈아입는 것도 침대 위에서 갈아입었고, 편의점에서 사온 일회용 도시락을 먹을 때도 침대에서 의자로 뛰어넘어가 밥을 먹었다. 오죽했으면 방바닥을 두 발로 딛고 서성대보는 게 소원이었을까? 바퀴벌레 기어갈 공간이라도 있으면 박수를 쳤을 것이다.

대학을 졸업하고 취업하기까지 1년의 허송세월을 보냈기에 영림은 선택의 여지가 없었다. 직장에 들어가면 차도 한 대 사고, 댄스 동호회에 가입도 하고, 우아한 취미생활을 누릴 줄 알았는데 비정규직으로선 꿈도 꿀 수 없었다. 취직하면 당장 콘택트렌즈 빼버리고 '밝은 세상 안과'로 달려가 근시 수술을 할 줄 알았는데 그건 순서가 언제 올지 모르는 일이었다. 대학 시절 죽어라 아르바이트해서 모은 돈으로 단기 어학연수도 가보았고, 이력서 스펙난에 글로벌한 인간인 걸 강조하면서 해외연수 갔다 온 일을 자랑삼아 기록했지만 쓸모없는 짓거리였다. 괜히 졸업만 늦어졌고, 생활은 더욱 쪼들렸다. 그래도 수확은 있었다. 몇 개월 어학연수로는 영어를 절대 할 수 없다는 사실을 통감한 게 수확이라면 수확이었다. 그중에서 가장 쓸모없는 짓거리는 없는 시간을 쪼개 봉사동아리에 들어가 서준이 앞에서 얼쩡거린 일이었다.

 엄마는 영림이 취직해서 이제 고생 끝났다고 말했지만 당장 의식주 해결하기도 바빴다. 이 방은 궁전은 아니지만 낮에도 컴컴해서 불을 켜 놓는 것 빼고는 안락한 공간이었다. 신용카드로 현금서비스 받아서 월세 60만원을 선불로 냈다. 수중에 가진 거라곤 영림의 생명줄 같은 카드 세 장 뿐이다. 이걸로 버스비 하고 밥 사 먹고 다음 달 월급까지 버틸 식료품을 살 계획이다. 1년이 지나고 2년이 지나면 카드 돌려막기는 면하겠지?

얼마 전 구입한 중고 냉장고가 윙 소리를 냈다. 열어보나마나 텅 비어있다. 뭔가 요깃거리를 사와서 냉장고 속을 채워야했지만 주인 여자가 칭송해 마지않는 이중으로 타는 보일러를 틀고 벌렁 드러누웠다. 창턱과 골목의 도로가 비슷해서 지나가는 사람들의 얼굴은 보이지 않고 무수한 발목만 영림을 스쳐 지나갔다. 처음 입학했을 때 대학만 졸업하면 뭐든지 할 수 있을 것 같았다. 인생이 두렵지 않았다. 그런데 아르바이트 하느라 졸업도 하기 전에 이미 힘이 다 빠져버렸다. 생각만 해도 끔찍한 도시 빈민이 영원히 지속될 것 같은 무서운 예감이 들었다. 배신한 애인 때문에 펑펑 우는 건 차라리 사치였다. 이제 겨우 부모에게 손 내밀지 않고 직접 벌어서 생활하지만 항상 빠듯했다. 옷이라도 한 벌 사 입으면 그 다음 달은 영락없이 카드 값을 메우느라 전전긍긍했다. 방세, 전기세, 수도세, 가스비, 그리고 카드 값까지 내고 나면 통장은 월초부터 마이너스다. 아무리 해도 수지가 안 맞으니 머리가 터질 지경이다. 학자금 대출도 상환하라고 졸업한 다음 날부터 재촉이 왔다.

*

편의점에서 영림은 한 떼의 아이들이 몰려 나가길 조금 기다렸다가 1800원짜리 도시락을 계산대에 내밀었다. 아르바이트생 경호가 아는 척을 하며 자기도 새로 나온 도시락을 안 먹어 봤다며 바코드를 찍고 나서 내용물을 유심히 살폈다. 새로 나온 도시락에 왕성한 호기심을 보인 이 청년은 순수하고 예의바른 얼굴을 가졌다. 그는 휴학생이라고 했다. 편의점 아르바이트로 번 돈을 꼬박 모아서 뉴질랜드로 어학연수 갈 거라고 했다. 영림이 온수기 옆에 있는 커피머신에서 '카푸치노' 버튼을 눌렀다. 드르륵 하다가 콸콸 쏟아지는 소리가 들려야 할 텐데 아무 소리도 안 들렸다. 경호가 계산대 판자를 위로 들더니 쏜살같이 빠져나와 영림이 집어넣었던 지폐를 다시 잘 펴서 넣고 순서대로 종이컵을 끼웠다. 그다음 익숙한 솜씨로 '카푸치노' 버튼을 눌렀다. 그는 계속해서 말했다. 자기는 로스쿨 가고 싶었는데 LEET 대비하는 학원비가 없어서 포기했단다. 붙을지 떨어질지도 모르고, 로스쿨 졸업해도 사시합격이 바늘구멍이고, 요행 합격해도 변호사로 밥 벌어먹기 힘들다고 했다. 저 인상 좋고 호기심 많은 청년이 학원비가 없단다. 중·고등학생도 아니고 군대까지 다녀온, 서른 살 가까운 청년이 학원비가 없단다. 영림은 그때 경호가 건네준 카푸치노를 무심코 마셨다가 너무 뜨거워서 목구멍으로 넘기지도 못하고 얼른 편의점을 빠져나와 '푸핫' 하고 길거리에 내뱉었다. 그리고 혼자 미친년처럼 낄낄대면서 중얼거렸다. '얼빠진 놈! 미친 놈! 얼른 졸업이나 할 것이지.' 그러다가 너무 뜨거워서 가슴을 쳤다. 학원비가 없어서 법학전문 대학원은 갈 수 없고, 죽어라 아르바이트해서 졸업 늦추고 뉴질랜드 간댄다. 저 멀쩡하게 생긴 청년이. 대체 밥벌이는 마흔 살에나 하려나.

수정이 지겨울 정도로 오래 사귀었던 연인과 드디어 결혼식을 올렸다. 최장 연애 커플의 결혼이었다. 양쪽 부모의 도움으로 전셋집에서 신혼살림을 시작했고, 수정이 수학 강사를 해서 생활비를 해결했다. 영림은 새로 맡은 업무를 익히느라 정신없었고, 그 사이 서너 달이 훌쩍 지나갔다. 바쁘다 보니 구질구질한 셋방도 정이 들었다. 원룸에서 버스, 회사업무, 회사에서 점심식사, 다시 업무, 버스, 그리고 편의점, 다시 원룸. 이 루트를 벗어날 수가 없다. 자폐증에 걸린 사람처럼 무한 반복의 동작을 몇 달째 하고 있는 중이다. 조금만 삐딱하게 이 동선에서 벗어나 홍대 앞에 가서 대학 동창이라도 만나는 날은 한 달을 굶고 살든지, 보일러를 끄고 살든지, 회사까지 걸어다녀야 할 판이다.

편의점 유리문을 여는데 경호가 손을 흔들어주며 심하게 알은체를 했다. 그의 얼굴만 보면 학원비 생각이 나서 속으로 웃음이 나왔다.

'내가 저 애 학원비랑 생활비 몽땅 대주고, 판·검사 한 번 만들어볼까? 토익 점수가 모자란다면 토익학원도 별도로 보내주고, LEET 종합반으로도 부족하다면 인강도 듣게 하고…… 운좋게 합격해서 대학원 3년 동안 저 녀석에게 등록금, 하숙비, 용돈, 순결까지 몽땅 바치고, 첫 번째 사법고시에서 물먹으면 서른 다섯 살 되는 그 다음 해 꼭 합격하게 만들어야지. 그다음 순서는 저 녀석이 으시대면서 나를 발로 차버리고, 부잣집 딸하고 연애하고…… 나는 안 된다 못 헤어지겠다 울고불고, 흐흐흐…… 생각만 해도 아주 재밌다.'

그는 성실한 얼굴로 영림을 맞이했다. 편의점 안에는 아이들이 몰려나가고 야구모자를 쓴 청년이 컵라면을 고르고 있었다. 영림이 코너로 돌아가서 스타킹을 고르는데 꽤 친숙한 옆모습이 영림의 눈에 들어왔다. 그 남자는 한쪽 손을 파카 주머니에 집어넣고 한 손으로 컵라면을 골라 유심히 들여다보았다. 영양성분을 꼼꼼히 따지듯이 작은 글씨를 눈 가까이 들이댔다. 그는 적은 돈으로 가장 배부르게, 맛있게, 흡족하게, 효과를 누릴 만한 물건을 고르고 있었다. 드디어 그가 1500원짜리 우동을 선택하더니 계산대에서 바코드를 찍었다. 컵을 열어 허연 면이 또아리를 틀고 있는 압축된 비닐을 입으로 뜯었다. 건조시킨 야채봉지와 양념간장의 비닐을 뜯었다. 그는 비닐을 뜯을 때 주로 입을 사용했다. 영림은 그가 이빨을 드러내고 봉지를 뜯다가 입으로 비닐찌꺼기를 뱉어내는 게 너무 신기해서 진열대 사이로 계속 그를 쳐다보았다. 한 손을 주머니에 집어넣고 서서 한 손으로 라면이 불기를 기다리던 청년은 뜻밖에도 휴머니스트회의 회장 박서준이었다. 영림은 하마터면 너무 반가워서 쪼르르 달려가 알은체를 할 뻔했다. 어떤 여자가 텔레비전에서 매일 보던 중견 탤런트와 은행에서 마주치자 너무 친숙한 나머지 안녕하세요? 은행에 볼일이 있으셨나봐요? 이 사람은 제 남편이고 무슨 회사 다녀요. 이렇게 자연스럽게 소개를 하고 헤어졌다는 일화가 있다. 정작 그 남자 탤런트는 고개를 갸우뚱하며 저 아주머니 어디서 봤더라 하는 표정이었다니. 서준을 알은체하는 게 꼭 그 아주머니 꼴이 되는 것 같아 틈새로 그를 훔쳐

보았다. 드디어 그가 먹기 시작했나 보다. 수정이가 아무 근거 없이 재벌의 아들처럼 보인다고 했는데 먹는 건 되게 겸손하고 소박한 걸 먹고 있네. 말없이 등을 보이며 먹는 데만 열중하고 있는 저 애의 정체는 대체 뭘까? 하버드는 때려치고 돌아왔나? 글로벌 컨설팅회사에서 일하는 게 아니었어? 두어 젓가락을 입에 쑤셔 넣더니 컵을 들어 올려 국물을 마시느라 야구모자가 뒤로 젖혀졌다. 그는 컵라면 용기속에 남아있는 찌꺼기를 바구니에 쏟아 붓고 빈 껍데기를 재활용통에 집어넣었다. 젓가락을 소리나게 분질러서 쓰레기통 속에 쑤셔넣고 커피머신을 뚫어지게 보았다. 그제서야 인중의 선명한 두 줄이 보였다. 많은 말을 쏟아내던 윤곽이 뚜렷한 저 입술. 교지의 겉장을 화려하게 장식한, 귀족의 혈통 같은 저 얼굴. 그가 카드를 기계 속에 넣고 종이컵을 들이댔다. 커피가 좌르르 나왔다. 빨대까지 찾아서 꽂고, 그리고 문을 열고 나갔다.

　그가 지금쯤 유학을 가서 아이비리그 주변에서 자전거를 타고 있거나, 아니면 대통령 직속 청년위원회에서 일하거나, 이른 나이에 정계에 입문하거나 했어야 옳은데…… 왜 하필 이 동네서 얼쩡거릴까?

　영림이 스타킹을 내밀고 계산을 하면서 문밖을 내다보았다. 경호도 영림의 시선을 따라 창밖을 내다보면서 여기 자주 들르는 청년이라고 했다. 서준이 커피를 빨며 슬슬 걸었다. 바쁜 일이 없나 보다. 영림도 편의점을 나와 멀찌감치 그의 보폭에 맞춰 걸어갔다. 그가 영림의 집 근처 고시원 유리문 앞에 섰다. 그가 지갑 속에서 카드를 꺼내 현관에 대고 문질렀다. 유리문이 열렸다. 그가 안으로 사라졌다. 호텔 안으로 사라진 게 아니라 바퀴벌레 지나다닐 자리도 없는 고시원으로 사라졌다.

다음 날부터 영림은 퇴근 후 편의점에 들러야 할 이유가 한 가지 더 생겼다. 혹시나 서준을 만날까 해서다. 서준이 대신 경호가 반갑게 맞이했다. 경호의 얼굴은 맛있는 저녁식사를 준비해놓고 일터에서 돌아오는 남편을 맞이하는 새댁의 얼굴이었다. 그의 얼굴이 너무 친근해서 빨리 저녁 밥상 차리라고 큰소리로 말하고 싶었다. 영림이 김치찌개로 참치를 살까 꽁치를 살까 생각하며 통조림의 가격을 살피는데 바로 옆에서 서준이 냉장고 안을 들여다보느라 몸을 약간 숙이고 엉덩이를 뒤로 빼고 있었다. 그는 손으로 물건을 고르느라 머리의 절반을 냉장고에 쑤셔박고 있었다. 오늘도 비용에 대비해서 가장 효용가치가 높은 걸 고르고 있었다. 마침내 그가 신중하게 생각해서 고른 것을 냉장고에서 꺼냈다. 스티로폼 팩에 누워있는, 빈약한 내용물이 들어있는, 차가운 김밥과 500cc 미네랄워터 한 병이었다. 하버드나 예일대학을 졸업해서 돈 한 푼 안 받고 국제 구호기관에서 일 해보는 꿈은 물 건너간 건가? 청년비례대표 위원 제의가 너무 시시해서 일언지하에 거절했나?

영림과 서준이 누가 먼저랄 것도 없이 계산을 마치고 동시에 편의점 문을 밀려고 했다. 그가 영림을 보며 유리문을 잡아주더니 미소

지었다. 강당에서 연설할 때 보여주었던 바로 그 미소였다. 이상하게 가슴이 설레었다.

"국문과 오영림이. 여기 원룸 살아?"

뜻밖에도 그가 영림을 정확히 알고 있었다.

"나도 서준 오빠 알아요. 저기 고시원으로 들어가던데……"

고시원 소리에 그가 입술의 한쪽 끝을 살짝 올리며 비웃음을 지었다. 졸업한 지 일 년이 넘었고 아직도 취직 자리 알아보고 다니는 중이라고 했다.

그들은 서로를 알아본 이후 자주 부딪쳤다. 아니 영림이 그의 앞을 얼쩡거렸다고 해야 맞는 말이다. 컴컴하고 지저분한 골목에서도 그가 귀골이 아니라는 게 정확히 보였다. 패딩 잠바의 소매깃이 반질거려서 빨아주고 싶은 충동을 느꼈다. 그는 알면 알수록 신기하고 매력적이어서 하늘에서 1억 원만 떨어진다면 꼭대기 옥탑방에 끌고 올라가 함께 살고 싶었다. 보석상점이라도 털어서 보증금을 마련하고 싶었다. 반질거리는 패딩잠바도 빨아주고.

그가 지방에서 올라와 어렵게 대학을 다녔다는 걸 알았을 때 훨씬 인간미가 느껴졌다. 뜬구름 잡는 소리를 하는 게 아니라 현실 얘기를 할때 원룸에 데려가 매일 저녁 그에게 따뜻한 밥을 해주고 싶었다. 그와 얘기하는 게 지루하지 않았고 유쾌하기까지 했다. 귀골은 아니었지만 귀골스러웠다. 시니컬하지 않았고 오히려 진지한 면이 더 많았다.

그는 한 번도 영림과 만나자는 약속을 안 했지만 퇴근 후 매일 만났다. 매일 만나면서도 서로 우연히 만난 것처럼 굴었다. 그가 편의점에서 지극히 겸손하고 가난한 모습으로 갑자기 나타나 컵라면을 먹는 모습은 귀골스러운 티를 안 내려고, 영림에게 소탈한 모습을 보여주기 위해, 일부러 연출하는 장면 같았다. 그의 궁색한 면면을 훤히 들여다보면서도 지금 잠깐 시련을 겪고 있는 것이라고 생각했다. 영림이 그를 도와주어야만 그가 벌떡 일어나 다시 강당에서 심금을 울리는 연설을 할 것만 같았다.

그는 세상일에 관심이 많았고 실제로 아는 것도 많았다. 인근 교회 공동체에서 운영하는 베이비 박스 이야기를 할 때 그의 얼굴에선 진지함이 엿보였고 몇 가지 아이디어를 내놓기도 했다. 그러나 곧 그의 얼굴에서 쓸쓸함이 엿보였다. 그는 지금 무력하다. 오늘 동아리에서 사회적 기업과 마을 기업의 중간 형태를 만들려고 모인다고 했다. 재창조 프로젝트 확대 운영위원 구성에 그에게 전 회장 자격으로 와달라고 요청했지만 그는 답을 주지 않았다.

갑자기 그를 세상에 내보내고 싶었다. 다시 그를 일으켜 세우고 싶었다. 영림은 전생이 평강공주였는지 안돼보이는 남자만 있으면 무조건 힘과 용기를 주고 싶었다.

그는 이 세상이 점점 상위 몇 프로의 사람들만 높은 임금을 받게 될 거고 나머지는 빈곤에 허덕이게 될 거라고 말했다. 그런데 자기가 바로 불평들의 피해자가 될 것 같은 불길한 예감이 든다고 했다. 그건 맞는 말이다. 영림도 고시원에 살 때 그런 생각을 가끔 했었다. 아무리 일을 해도 고시원을 벗어날 수가 없을 것 같다는 생각이 들 때면 우리나라가 소득 분배에 문제가 있나 할 정도로 회의적인 생각이 지배적이었다. 매일 불행했다.

"나도 그런 곳에 있어 봤는데 그때 기분은 뭐랄까? 점점 황폐해지는 느낌이 들었어. 내가 이러다 영원히 이 생활을 못 벗어나겠구나 이런 생각이 들더라구. 그런 생각 드는 것 당연해."

"갈게. 다음에 보자."

그가 영림의 말을 싹둑 잘라버리고 등을 돌렸다. 쓸쓸한 뒷자락에 눈발이 휘날리는 것을 보자 갑자기 영림은 그의 외로움을 지금 보듬어주지 않으면 그가 고시원에서 고독사할 것처럼 보였다. 잔뜩 찌푸린 그의 등. 이 세상 어느 누구도 흉내내지 못하는 그의 서늘한 등! 영림이 지금 이 순간 그의 등에 얼굴을 파묻지 않으면 그가 빈방에 들어가 뭔 일이라도 저지를 것만 같았다. 영림은 그에게 달려가야만 했다. 그의 등 뒤에 다가가 얼굴을 묻었다. 등에 얼굴을 댔는데 이상하게 그의 심장소리가 들렸다. 쿵쾅거리는 심장소리를 들킨 게 무안했는지 서준이 포로처럼 양손을 쫙 펴들고 난 아무 짓도 안 했어 라는 표정을 지었다. 이렇게 순진한 남자를 어떻게 사랑하지 않을 수 있을까? 어디선가 발소리가 들렸다. 회색 잠바를 입은 남자가 마른 기침을 하며 그들 곁을 지나쳤다. 102호 청년이었다. 102호 청년도 10년째 구직중일까? 그는 영림 일행을 아랑곳하지 않고 그냥 지나쳤다. 그가 지나간 후 영림이 등에 기댄 채 말했다.

"고시원이라는 특수한 장소에 살다보면 그런 생각이 들 때가 있어. 거길 벗어나면 생각이 달라져."

그가 바퀴벌레조차 지나다닐 수 없는 비좁은 공간에서 절망에 빠져 있을 것만 같아 그를 꺼내주고 싶었다. 가로등 불빛 아래서 그는 내일 보자는 소리는 절대 안 하고 다음에 보자고 했다. 내일 또 만날 거면서. 내일 또 영림이 퇴근하기를 기다릴 거면서. 그의 눈빛도 영림을 사랑한다고 말하고 있었다.

*

"상황이 나빠지면 머리에 창의력도 떠오르지 않아."

그날은 영림의 원룸에서 저녁까지 먹고 길게 얘기를 나눈 날이었다. 여기 와서 지내는 게 어떠냐고 영림이 제안했을 때 서준이 밥 먹다 말고 영림을 뚫어지게 쳐다보았다. 뭐 이렇게 당돌한 계집애가 있나 하는 눈초리였다. 그러더니 다시 숟가락을 집어들고 밥을 먹으면서 빈정거렸다.

"고시원이나 원룸이나 그게 그거지."

그가 고개를 숙이고 먹는 데만 집중했다. 양쪽 볼이 풍선처럼 부풀어 올랐다.

"왜 그게 그거야? 격이 다르지. 원룸 사람들이 고시원 사람들 만나면 조금 도도하게 구는 거 몰라?"

원룸 사람들이 고시원 사람들에게 도도하게 군다는 말에 서준이 푸핫 하고 크게 웃어서 밥풀이 사방으로 튀었다.

"그 말 참 웃긴다. 하하하."

"더 재밌고 더 신나는 일 생기면 그땐 우리 만나는 거 끝내도 돼."

그날 영림이 이렇게 말한 것 같다.

"그냥 이대로 만나다가 밤이 되면 헤어지기로 하자."

그가 정색하고 말했다. 그런데 이 옹졸한 남자가 그날 이후 며칠 동안 나타나지 않았다. 며칠 안 보는 사이 미치도록 그가 그리웠다. 괜히 고시원에서 나오라는 말을 꺼내서 이대로 헤어지는 거 아닌가 후회막급이었다. 그의 자존심을 심하게 건드렸나 싶었다. 그냥 나는 네가 좋아서 밤에 헤어지기 싫다고 솔직하게 말할 걸. 그는 계속 연락 두절이었다. 며칠을 참다가 영림이 먼저 휴대폰에 대고 일방적으로 퍼붓고 전화를 끊었다.

"우리가 연인 관계도 아니구 무슨 명목으로 같이 사느냐고 하겠지?"

영림이 결혼으로 서준을 구속하는 느낌이 든다고 생각할까봐 선수를 쳤다. 그를 구속하고 싶은 생각은 눈꼽만큼도 없었다.

"꼭 결혼해야 하는 걸루 상대를 구속하지 말고……"

서준은 말이 없다. 듣고 있기나 한 건가?

"서로 아니다 싶으면 쿨하게 헤어지는 거 어때요? 그럼 같이 사는

동안 다른 친구 만나도 되느냐? 물론 같이 사는 동안은 안 만나는 게
예의지. 그래도 좋아하는 사람은 생길 수 있는 거잖아. 그럴 때 미련
없이 제 갈 길 가면 되잖아."

"······ "

"사람 일은 모르는 거야. 진짜 운명적인 사람이 나타나면 헤어져
줄게."

횡설수설하고 일방적으로 끊어버렸다. 가슴이 쿵쿵 방망이질 해대서
휴대폰을 든 채 잠시 진정되기를 기다렸다. 그가 사랑의 고백이라도 하
는 소리로 알아들을까봐 다시 전화를 걸어 속사포처럼 쏘아댔다.

"우리가 합치면 방세, 생필품 등을 공동으로 사용하니 비용 절감의
효과는 확실히 있을 거 아냐? 혼자 있을 때의 외로움에서 벗어날 수
있고, 가사분담으로 시간이 절약되고······"

이렇게 서준은 배낭하나 짊어지고 영림의 방에 들어왔다. 그날은
그들이 동거하다 헤어지는 아름다운 장면만을 상상했다. 좋아하는
사람이 생겨서 서로 미련이 있으면서도 눈물을 머금고 헤어지는 순간
만을 상상했다. 그때는 생활비도 안 내놓고 비겁하고 쩨쩨하고 찌질
하게 굴어서 함께 사는 게 지긋지긋해질 줄은 꿈에도 생각을 못했다.

*

그들이 동거한 지 6개월이 지났다. 아침 출근 시간, 영림은 종종걸

음으로 편의점에서 우유 한 개를 샀다. 바쁜 와중에도 경호는 할인해 줄 테니 휴대폰 멤버쉽 카드를 달라고 했다. 끝까지 성실하고 섬세하고 지겨울 정도로 지루한 남자다. 그냥 계산을 하고 쏜살같이 버스정류장으로 뛰어갔다.

다시 저녁, 영림은 몸이 파김치가 되어서 현관문을 열었다. 서준이 외출하고 없다. 슈퍼에서 사온 물건들을 내려놓자마자 창문부터 열었다. 옷가지가 널부러져 있고 재떨이엔 담배꽁초가 수북했다. 집안에서 담배 피우지 말라고 했는데. 어쨌든 서준은 영림이 없을 때 담배를 피워댔다. 두 사람의 생활비는 혼자 있을 때와는 상상을 초월했다. 통장은 늘 비어있고 영림은 늘 동동거렸다. 문화와 예술은 꿈도 못꿨다. 그는 이제 생활비를 한 푼도 내놓지 않고 영림에게 철저하게 빌붙어 산다. 인내해 달라는 뜻일 것이다. 월급 탄 지 열흘도 되지 않아 카드 한도가 넘어버렸다. 집에 돌아오면 산더미같이 쌓인 집안일에 저녁밥까지 챙겨야 했다.

이 상황을 어떻게 해석해야 할까? 그와 영림은 해석을 달리했다. 서준은 자기 자신이 아직도 가부장제의 상투를 틀고 있다는 걸 전혀 인식하지 못했고, 영림은 이 상황을 사회문화적 젠더의 문제가 어쩌구 하면서 따지고 싶지도 않았다. 짜증이 치밀어 올라왔다. 회의가 들었다. 언제까지 이런 괴리감을 눈감고 있어야 하는 건가? 남들이 가는 길 절대 가지 말고 덤불숲을 헤치라고 주장하던 남자. 일간신문 편집부장과의 특별 인터뷰 코너에서 가슴이 뛰는 일을 하겠다고 공언하던 남자.

그러면서도 아직도 독서실에서 취업 서적을 들여다보고 평생 써먹지도 않을 토익책을 보고 있는 남자. 말로 설명할 수 없는 그 괴리감은 영림을 극도로 피로하게 만들었다.

영림이 출근하느라 부시럭거리는 소리를 듣고도 서준은 이불을 머리까지 덮고 꼼짝 않고 누워 있다. 어젯밤 술 먹고 늦게 들어와서 마루에서 웅크리고 자고 있는 사람이 주간지《이코노믹스》의 겉표지를 떠들썩하게 장식했던 사람과 동일 인물이라는 게 믿겨지지 않는다. 그녀는 욕실에서 세수를 마치고, 화장을 했다. 드라이어 소리는 원룸이 떠나갈 듯이 크게 '우웅' 소리를 냈다. 마지막으로 옷을 갈아입고, 현관에서 구두를 신고 문을 닫았다. 딸까닥하고 자동문 잠기는 소리가 났다. 그녀가 나간 지 한참 지났는데도 그는 이불을 머리까지 뒤집어쓰고 있다.

한참 뒤, 서준은 슬슬 일어났다. 편의점 안에서 경호가 새로 나온 물건들을 부지런히 정리하다 말고 쏜살같이 뛰어와서 그에게 담배를 내주었다. 일 분 일 초라도 손님을 기다리게 하는 건 용납이 안 된다고 생각하는 이 녀석이나 붙들고 술 한잔했으면 좋겠다. 그의 생각을 진지하게 들어줄 녀석처럼 친절하고 호락호락하게 생겼다. 어제 면접을 본 회사에서 차비하라며 8만 원을 봉지에 넣어줬다. 술 한잔하면 딱 맞는 돈이다. 몇 달 전 중소기업에 들어가서 딱 일 주일 일하고 나왔을 때 영림이 물어보지도 않았다. 이제 그에게 관심조차 없어 보인다. 눈에 보이는 건 회색빛 건물과 깨진 보도블록, 삼겹살 집, 휴대폰 매장, 부동산, 학원, 망해서 야반도주한 노래방. 어느 것도 그에게 관심을 두지 않는다. 서준이 골목에 나와 담배를 꺼냈다. 맨발에 슬리퍼 차림이었고 머리는 제멋대로 솟아있다. 담배갑의 은선 테두리를 뜯어 한 개비를 꺼내 입에 물었다. 담배 한 개비가 절반 정도 탈 때쯤 콘크리트 바닥에 떨어뜨려 슬리퍼로 비벼 껐다.

서준이 원룸으로 들어가다 말고 102호 현관문 앞에 섰다. 문 앞에 A4용지 한 장이 붙어서 펄렁거리고 있다. 며칠까지 방을 비우지 않으면 강제로 문을 열어 짐을 밖으로 끌어내겠다는 무시무시한 주인 여자의 말이 고딕체로 써 있다. 얼굴에 표정이 없는 102호 남자가 그것을 읽었는지 안 읽었는지 모르지만 주인집에서 경고한 최후통첩의 날짜가 지났는데도 종이딱지는 여전히 바람에 펄렁거리고 있다. 마치 서준에게 내리는 경고문 같았다. 여기에서 빨리 벗어나라는 소리를 102호 현관문에서 대신 해주고 있었다.

며칠 전 영림과 심하게 말다툼 하던 날, 영림의 말이 귓전을 맴돌았다. 머리가 중요하다지만 난 가슴이 중요해. 가슴이 시키지 않으면 행복하지 않아. 나 이제 더 이상 가슴이 뛰지 않아. 행복하지 않단 말이야. 그는 진작에 알고 있었다. 그건 매일 짜증이 치밀어 오른단 말과 동의어라는 걸. 그녀가 일도 힘들어 하고 사랑도 힘들어 한다는 걸.

그가 생각한 대로 가치있는 삶을 살지 못해서 그 괴리감으로 괴로 위하는 거라면 영림은 얼마든지 그를 껴안아 줄 수 있다고 했다. 그가 위선의 껍질만 벗었더라면 얘기가 달라졌을 거라고 소리치며 화를 냈었다. 그가 연단에서 부르짖던 가슴이 뛰는 일은 그냥 말장난이었냐고 되물었다. 네가 차라리 출세를 위해 애인을 버리는 인간적인 모습이라도 보였다면 난 그렇게 실망하진 않았을 거야. 넌 그런 애들보다 더 비열해.

너 같은 스펙 가진 취업 재수생은 대한민국에 수두룩하단다. 하도 많아서 범죄경력이라도 보태야 스펙이 유별나 보일 지경이라고 영림이 독설을 퍼부었다. 다른 사람이 걸어가지 않은 길을 가라고 침을 튀겨가며 내뱉어 놓고 남들과 똑같은 방법으로 해답을 찾는 미련 곰탱이라고. 그럼 나 어떻게 해야 하는 거니? 나도 몰라 니가 어떻게 해야 하는 건지는. 그냥 이도저도 아닌 이 상황이 몸서리나게 싫어.

영림은 그가 여기를 떠나서 그다음에 발길을 돌리는 곳은 누가 가르쳐주지 않아도 짐작할 수 있다. 그는 포기하지 않고 취업재수를 위해 노량진 고시촌을 또 들락거릴 것이다. 천 몇백 대 일의 빤한 사회진출을 위해 고시촌에서 얼쩡거릴 것이다. 머리 쑤셔박고 취업 공부에 매달릴 것이다. 기약 없이. 고시형태의 채용방식에 문제제기를 할 땐 언제고 그 대열에 합류하려고 용을 쓰다못해 똥을 쌀 녀석.

영림이 퇴근했다. 편의점에 들러 두루마리 휴지와 참치통조림을 샀다. 중학생들이 떼 지어 몰려와서 컵라면도 먹고 빼빼로데이 선물을 사가지고 영어 학원으로 들어갔다. 아르바이트생 경호는 아이들이 여기저기서 내미는 정체불명의 할인카드도 꼼꼼하게 계산을 해서 몇백 원씩 할인해주었다. 그리고 쏜살같이 계산대에서 뛰어나와 아이들이 휩쓸고 간 폭풍의 잔해들을 말끔히 치우고 계산대로 다시 돌아갔다. 서준이 오후에 큰 배낭 메고 나가더라고 경호가 귀뜸해 주었다. 그 남자가 집을 나갔단다. 경호는 누가 듣기라도 할까봐 주위를 둘러보며 비밀얘기 하듯 말했지만 영림의 아무렇지도 않은 얼굴을 보더니 경호는 조금 멋쩍어 했다. 할인카드를 달라고 했다. 이 녀석은 앉으나 서나 할인카드 타령이다. 그는 아무리 재수없는 인간이 나타나도 할인해 드릴까요? 물어볼 녀석이다. 그리고 지치지도 않고 덧붙인다. M캐쉬백 카드보다는 휴대폰 멤버쉽카드 할인이 훨씬 더 이익입니다 라고. 너 뉴질랜드 언제 갈거니? 빨리 돈모아서 뉴질랜드나 가라!

101호 현관 앞에 서서 습관적으로 초인종을 눌렀다. 서준이 언제라도 뛰어와 문을 벌컥 열어줄 것만 같다. 갑자기 등 뒤에서 102호 현관 문이 삐그덕 열려서 영림이 깜짝 놀라 뒤를 돌아보았다.

아, 102호 남자!

철옹성처럼 굳게 닫혀있던 문이 어두운 저녁나절에 열렸다. 102호 남자가 터질 것 같이 큰 배낭을 질질 끌고 문밖으로 나왔다. 가방이 무거운지 그가 양손으로 들고도 낑낑댔다. 그는 영림을 무시하고 현관문을 철커덕 닫았다. 그가 지게를 지듯이 쭈그리고 배낭을 힘겹게 들쳐 멜 때 영림이 그와 50센티도 안 되는 거리에서 어정쩡하게 서 있었다. 무거운 배낭을 받쳐 올려주기라도 해야 할 것 같았다. 그가 혼자서 간신히 둘러메고 쓸쓸히 밖으로 나갔다. 곧 어둠 속으로 사라졌다. 주인 여자 몰래 사라졌다.

*

영림이 번호키를 눌러 문을 열었다. 불을 켰다. 그가 떠났다. 처음 올 때처럼 배낭 하나 짊어지고 떠났다.

벽에 걸려있는 서준의 야구모자가 눈에 띄었다. 책상 위에 그가 보던 책들이 뒤엉켜 있고 책상 밑에 휴대폰 충전기, 전기면도기가 콘센트에 꽂혀있다. 그는 하루만 면도를 안 해도 수염이 더부룩했다. 껍데기를 홀라당 벗기가 두려워 흔적을 남기고 떠났다. 영림은 그가 오래전 많은 청중 앞에서 열변을 토했던 것을 잠시 생각했다. 그의 연설은 멋이 잔뜩 들어 있는데 그 멋은 뭐랄까 평범한 요리에 이름만 외래어로 요란하게 갖다 붙인 것처럼 실속 없어보였다. 내용물은 떡볶이와 오뎅인데 담은 접시는 화려한 만찬에나 어울릴 법한 본차이나였다. 본차이나는 바로 화려한 수사를 남발하는 서준의 껍데기였다.

"그래, 너는 알맹이가 없는 얘기라도 크게 부풀려서 판을 벌일 줄 아는 재주꾼이었어. 내가 먼저 널 알아봤고 내가 사랑한 건 바로 그

거였어. 지금 도서관에서 머리 쑤셔박고 있지만 크게 활약할 때가 올 거야."

만 하루도 지나지 않아 그가 그리웠다. 서준과 생활하는 동안 까먹었던 카드빚은 24개월 분할로 갚으면 되고, 대학공부 4년 그리고 빈둥대기 1년, 무려 5년 동안 등록금 대고 생활비 대고 원룸 보증금까지 대준 고향의 부모는 당분간 기억에서 지워버려야 한다. 정신을 바짝 차려야 한다. 아파도 안 된다. 이제 곧 직장에서는 계약 만료시점이 다가올 것이다. 영림은 야구모자를 들고 중얼거렸다.

"까짓거 계약 끝나면 또 지원하면 되지 뭐. 이젠 아무것도 두렵지 않아."

영림은 서준의 휴대폰 충전기와 전기면도기를 들고 고시촌으로 왔다. 무작정 그를 찾아왔다. 사람들이 물밀듯이 몰려와서 영림은 무리에 갇혀 발걸음을 옮길 수가 없다. 저녁 먹을 시간이어서 한 떼의 사람들이 회색빛의 고시원 식당으로 끝도 없이 들어가고 있다. 아무리 사람들이 들어가고 또 들어가도 그 건물은 블랙홀처럼 사람들을 끌어당긴다. 들어가고, 들어가고, 또 들어가고, 주술에 걸린 듯 들어간다. 외투깃을 올리고 고개를 숙이고 들어간다. 사이비 교주에게 영혼을 빼앗긴 채 무감각으로 들어가고 있다. 영림도 그들에게 쓰나미처럼 휩쓸려 건물로 빨려들 것만 같다. 그곳에서 영림은 갈 길을 잃고 망연자실 서 있는, 배부른 여인을 보고 입을 다물지 못한다. 겨울옷으로 가득 채운 무거운

쇼핑백을 손에 든 여인을 본다. 수정이다. 그녀의 배가 남산만 하다. 그녀도 갈 길을 잃고 황망히 서 있다. 사람들이 수정의 팔꿈치를 툭툭 치고 들어간다.

*

　여기까지가 이모인 내게 영림이 들려준 얘기이다. '인생이란 말이야 어쩌고~' 하면서 해줄 얘기가 내 목구멍까지 차올랐지만 그런 돼먹지 않은 얘기는 꿀꺽 삼켰다. 끝으로 그들이 한집에서 살 때 서준은 루소의 계몽주의에 매료되어 있었다고 했다. 정작 영림이는 루소의 계몽주의가 뭔 소린지 그딴 거에는 관심도 없었단다.

　"흐흐 이모! 걔는 아직도 니체를 주절거리는 애야. 아주 밥맛이지! 그래도 나는 걔를 사랑했어."

　그들이 다시 만나기 시작했는지 끝내 물어보지 않았다. 영림도 그 후의 이야기는 묻어두었다.

에밀레종을 위한 교향곡

전시실에 들어섰을 때 실내는 무척 어두웠다. 사람들이 일사불란하게 어느 한곳으로 우르르 몰려들었다. 연꽃등이 은은하면서도 화려하게 그러나 격조있게 빛을 발하고 있었기 때문이다. 실내가 갑자기 숙연해졌다.

아, 그 옆자리! 희랑대사가 고요히 그러나 천년의 시간이 지나도 여전히 꼿꼿하게 앉아 미소짓고 있었다. 태조왕건의 스승인 희랑대사를 형상화한 보물 제999호 〈건칠희랑대사좌상〉 앞에 섰을 때 그의 옆, 그의 제자 왕건의 자리는 비어있고 대신 우아한 연꽃등이 그를 대신하고 있었다. 희랑대사의 모습은 온화한 할아버지의 모습이었지만 그의 눈빛은 그가 지극히 사랑하는 제자, 북에 있는 왕건상이 돌아와 곁에 있어주기를 열망하는 눈빛이었다.

첫날 보았던 고려전의 감흥을, 아니 그 고승의 자애로운 눈빛을 잊을 수 없어서 며칠 후 다시 박물관으로 발길을 돌렸다. 전시실 안은 역시 사람들로 인산인해를 이루고 있었다. 그들 틈을 헤집고 고승 앞에 다시 섰다. 나만의 착각일 수도 있겠지만 어디선가 신비한 향내가 나는 듯 했다.

시기는 남북교류가 큰 관심사였던 2018년.

당시 국립 중앙박물관의 수장이었던 배기동 관장은 높은 파고를 넘고 넘어 지금도 유유히 흐르는 대역사 코리아의 정신적 기둥인 고려의 이야기, "대 고려, 그 찬란한 도전"으로 일을 냈다. 무려 10세기에 나무에 색을 입혀 만든 조각상 하나가 천여 년의 세월이 흐른 뒤, 21세기 사람들인 우리에게 충격을 던지고 있다. 고려 불교 승려의 좌상, 바로 왕건의 스승이었던 희랑대사의 이야기이다. 물론 다른 고귀한 고려의 유물들이 우리의 눈을 휘둥그레하게 만들었지만 유독 그들의 이야기는 나의 뇌리를 떠나지 않았다.

합천 해인사에 있던 희랑대사가 천년의 침묵을 깨고 〈대 고려전〉에 나들이를 했다. 그런데 여기서 얘기가 끝난 게 아니다. 〈대 고려전〉에 앞서 태조 왕건의 초상화가 있는 경기도 연천 숭의전 사당에서 스승과 제자의 극적인 만남에 관한 역사적인 프로젝트가 있었다. 바로 코리아 그 자체인 태조 왕건을 도와 고려를 세우는 데 혁혁한 공을 세운 고승과의 신비로운 이야기는 천여 년을 뛰어넘은 이들의 만남에 훌륭한 이야깃거리가 되었음은 물론이다. 우리 모두는 평양의 고려 왕건의 청동상과도 희랑대사좌상의 역사적인 만남이 언젠가는 꼭 이루어지기를 기원하는 마음으로 그날 박물관 뜰을 서성거렸다.

배기동, 그가 국립박물관장 재임 시에 기획된 〈대 고려전〉은 관람하는 관객들, 아니 고려의 후손인 우리 모두는 그 아름다움과 숭고함에 넋을 잃고 바라본 사건이었다. 전시 내내 북한에 있는 고려 왕건의 청동상이 단 하루라도 내려와서 이 자리를 채워주었으면 하는 마음이었다.

그날의 감흥이 지금도 내 마음속 한곳에 소중히 자리하고 있는데 한 일간지의 문화면을 읽다가 눈을 크게 뜨고 잘못 읽었나 싶어 다시 한 번 정독을 했다. 그날 11월의 아침은 유난히 맑았고 네스프레소 향기는 공중에 부유하고 있어서 나의 머리도 맑은 상태였다.

내가 눈을 크게 뜬 것은 배기동 중앙국립박물관장이 3년 이상 일했던 관장직에서 물러나고 경주박물관장 자리에 있던 사람이 중앙국립박물관의 관장으로 오게 되었다는 사실에 놀란 게 아니다. 상식적으로 납득이 안 되는 기사 내용에 깜짝 놀라서다. 내용인즉슨 이러하다.

손혜원 때문에 경주로 쫓겨났던 박물관 맨, 국립박물관 수장되다. K신임 관장은 지난 2018년 학예연구실장 재임 중 손혜원 의원이 국립중앙박물관에 나전칠기 현대미술품구입을 종용하자 강하게 반발했다가 경주박물관으로 전격교체(본지 2019년 1월 22일 A1면 보도)된 바 있다. 복수의 관계자들은 본지 인터뷰에서 "배기동 관장이 부임 직후부터 '나전칠기를 비롯한 현대공예미술품을 구입하라'는 주문을 직원들에게 수차례 해왔고, 당시의 K학예연구실장은 '국립중앙박물관은 본래 고고학, 역사학, 미술사 연구와 전시를 표방하는 기관인 만큼 미술품 구입을 하는 경우가 드물고, 대한민국 역사박물관, 국립민속박물관, 국립현대미술관과 유물수집범위가 겹치기 때문에 구입해선 안 된다'고 반대했다"며 손위원의 종용에 굴하지 않은 학예실장이 사실상 경주로 쫓겨난 것이라고.

(2020년 C일보 11월 2일자)

이해를 돕기 위해 그대로 옮겨 적었다. 그 와중에 어떤 이는 순식간에 영웅이 되고… 대체 어떻게 해석을 해야 하는 건지 할 말을 잃었다. 아름답지 않고 더구나 비상식적인 기사에 그저 망연자실할 뿐이었다. 박물관에 대해 문외한인 나도 경주 박물관의 관장으로 갔던 일이 좌천이었다니 이해가 되질 않았다.

배기동 관장님을 얘기하자면 세계를 놀라게 한 연천 전곡리 선사유적지를 발굴한 고고학자로 널리 알려져 있는 건 물론이다. 그는 우리의 고귀한 전곡리 유적을 보존하기 위해서 수십 년간 축제를 만들고 세계적으로 주목받는 박물관으로 키워서 문화유산을 빛내주었던 장본인임을 빼놓을 수 없다. 그 외에도 박물관에 문외한인 우리 같은 범인을 감동시킨 큰 사건은 그가 국립박물관 재임 시에 여러 번 있었다.

얼마 전 그가 집필을 막 끝낸 '동아시아의 기원'의 마지막 장을 덮었을 때의 감동이 아직도 생생한데… '동아시아의 기원'이 책으로 나오기 전 날것의 글을 이메일로 애독자인 내게 보내주었다. 너무 방대한 글이어서 이 대서사시를 읽는 데만 꼬박 2주일이 걸렸다. 고인류의 발자취 속에 푹 파묻혀서 보낸 장엄하고도 숨막히도록 아름다운 시간들이었다. 나는 휴~ 긴 숨을 들이마시며 문자에 탐닉했다. 호모사피엔스의 현대인으로 오기까지의 긴 여정을 쓴 그의 글, 원고지 3,000장은 한 마디로 장편 드라마였다. 학문에 대한 지칠 줄 모르는 탐구욕은 범인이 감히 흉내조차 낼 수 없다. 그런데 퇴임하면서 이런 모함을 받다니 너무 슬펐다. 물론 대꾸할 가치도 없다는 것은 나도 잘 안다. 그의 고고학에 대한 사랑과 박물관에 대한 열정을 일일이 열거하자면 몇 날 며칠 밤을 새워도 모자란다.

목포 원도심 폐허같은 곳, 공간은 다 뜯겨나가고 뼈대만 앙상한 곳에 단촐한 의자 하나가 동그마니 놓여있다. 이곳에서 전직 국회의원이었던 손혜원 위원은 기자들을 모아놓고 절대 부동산투기가 아니라고 격정적으로 억울함을 토로하고 반박하는 기자회견을 했다. 그녀는 아무 거리낄 게 없었다. 나는 그 기자회견을 보며 그녀의 기획력과 배포에 놀랐다. 사실 여부를 떠나서 외교적인 언어라곤 없는, 날생선 같은 그녀의 말투로 온 국민을 경악시키는 기막힌 재주를 가진 사람이 위 기사에 등장해서 또 한 번 놀랐다.

작년 벽두(2019.1월)에도 학예실장이 손혜원의 나전칠기 구입을 반대하다가 경주 박물관장으로 쫓겨났다는 기사가 났었는데 올해 또다시 학예실장의 귀환에 관한 기사가 나오는 걸 보고 고개가 갸우뚱해졌다. 그때 그 기사가 났을 때도 세상사 이치를 일일이 설명하지 않고 지나치는 경우가 여기에도 적용 되는구나 했다. 아, 그런가 보다 시간이 지나면 그렇지 않다는 사실이 밝혀지겠지하며 유야무야 지나갔다. 그런데 정확히 일 년 뒤, 2020년이 저물 무렵. 학예실장이 우리나라 최고의 박물관인 국립경주박물관의 수장인 박물관장으로 갔었던 일이 그때 쫓겨난 거라고 다시 한번 박박 우기는 사람이 여기 있었다. 기자는 분명 경주박물관을 동네 작은 도서관 정도로 우습게 봤다는 얘기다. 이건 역대 경주박물관장님들에 대한 예의가 아니라고 생각한다. 가정부 앞에서 행주 짜는 격으로 유수의 박물관 전문가들 앞에서 아는 체하기 뭣하지만 기자가 경주박물관에 대해 정말 몰랐다면 다시 한번 알려주고 싶어 입이 근질거린다. 경주박물관이란 신라가 후대 사람들에게 남긴 어마어마한 문화유산을 보유한 세계적인 박물관임은 두말할 필요가 없다는 말이다.

　경주박물관의 어마어마한 고대 유물들, 선사시대 유물부터 천마총까지. 그 고색과 우아함을 가진 성덕대왕 신종. 그들을 보고 울컥한 적은 없는가? 나는 경주 쪽으로 고개를 돌리기만 해도 전율이 오는데 그런 유물들을 보고도 경주박물관장 자리가 좌천이라는 말이 나올까?

　기자는 국립경주박물관을 서민의 개인 소장품을 모아놓은 구멍가게로 생각했음이 틀림없다.

기사를 쓰려면 남이 읽어주고 공감할 만한 기사를 써야 하는 게 당연하다. 그러려면 중앙박물관 관장직이 때가 되어서 바뀌었다는 단순한 얘기는 정말 따분했을 것이다. 뭔가 피와 살을 붙여서 독자들의 눈을 확 끌어당겨야 했을 것이고 기사 밑에 수백 수천 개의 댓글에 대한 황홀함을 맛보고 싶었을 것이다. 가뜩이나 신문 보는 사람들도 없는데 기사를 두고 좌우 진영으로 피 터지게 싸우는 꼴을 보는 일은 정말 전기가 오는 것처럼 짜릿한 일일 것이다. 한 사람이 영웅이 되려면 그를 견제하는 또 다른 주인공이 있어야만 드라마틱한 일이 벌어진다. 이때 힘 있는 권력자는 가해자로서 안성맞춤이다. 흥미로운 사건에 목을 매는 기자로선 이런 스토리를 놓칠 리가 없다. 그러나 번지수를 잘못 짚어도 한참 잘못 짚었다.

해방공간의 대한민국은 좌우로 나누어져서 애꿎은 사람들을 갈팡질팡하게 만든 전력이 있다. 그때 국민들은 어디에 붙어야 할지 몰라 이리저리 헤매고 다녔다.

우리나라가 그때처럼 요상하게 두 동강이 나서 서로 머리끄덩이를 잡고 있다. 어느 매체는 목숨을 바치듯 여당에 충성을 바치고, 어느 종편방송은 무한정 야당 편이고⋯ 그들은 근거를 들이대고, 사실 확인을 하고, 평론가들이 모여 끝장 토론을 펼치고, 자기들이 옳다는 주장을 인과관계를 명확히 밝히면서 수십 가지 나열하고⋯ 이때 적절하게 쓸 수 있는 고상한 사자성어는 하나도 생각이 나질 않고 우리가 철없을 때 많이 쓰던 표현이 머릿속을 빙빙 돌고 있다. 정말 골 때린다고…

오랜 시간 이 땅에서 미디어 최강자로 서 있던 C일보가 이제는 야인이 되어 세상 곳곳의 부조리를 파헤치는 일은 참 고무적인 일이다. 그러나 사실이 아닌 걸 기사화하는 일은 너무 슬픈 일이다. 그것도 대를 이어 구독해왔던 C일보가 말이다.

배기동 관장의 학문적인 업적과 학계의 명성을 이 지면에서 다 소개하긴 어렵고, 일생을 박물관에 바친 그의 어마어마한 노력은 좌우 진영을 떠나 가히 신의 경지에 가깝다. 배 관장이 중앙박물관에서 보낸 3년 3개월의 시간은 40여 년 세월을 오로지 학문적으로 성과를 이루려던 대학자의 과업을 잠시 멈춘 시간이었다. 그러나 그가 3년 3개월의 시간을 허투루 쓰는 건 한 치도 허용하지 않는, 고지식한 사람이란 것은 삼척동자도 알고 있다. 오로지 열과 성을 다해 보낸 시간이었다. 나는 순전히 그가 쓴 저서의 애독자로서 그의 진면목을 일찌감치 알아차린 사람이다. 그의 업적은 박물관에서 같이 일한 사람들에게서 내려오는 전설 같은 이야기이다. 기자가 훌륭한 기삿거리를 위해 직접 발로 뛰며 물어봤으면 더 좋았을 걸 하는 아쉬움이 있다. 아름다운 스토리처럼 들리지만 맞는 얘기가 아니어서 안타깝다.

쓸쓸히 걸어가는 그의 뒷모습이 너무 서늘해 보여서 이 가을에 한기를 느꼈다. 평생을 학문에만 바친 대학자 앞에 난데없이 날아든 화

살이었다. 낙엽 한 장이 그의 뒤에서 뱅그르르 돌다가 멀리 날아가
버렸다.

  눈이 발목까지 쌓인 어느 겨울날, 중앙박물관의 수장직에서 물러난
그를 양재동의 아담한 사무실에서 만났다. 그의 사무실은 그의 성격
대로 소탈하고 꾸밈이 없었다. 우리는 요즘 보기 드문 전기난로 앞에
서 김이 올라오는 뜨거운 차를 마셨는데 찻잎 속의 향기는 그의 향기
였다. 무채색의 맑은 향기!
  그는 아직도 꿈꾸고 있다. 아름다운 스토리의 에밀레종을 갖고 있
는 경주박물관을 세계적인 명성의 소리와 울림의 박물관이 되기를
간절히 소망한다고 했다.
  누군가가 에밀레종을 위한 교향곡을 만들고, 그것을 베를린 심포니
등의 유명 심포니들이 경주박물관에 와서 심야 공연을 하는 꿈 말이
다. 그 순간 경주시내의 모든 자동차는 숨을 죽이고… 또 그 시각에
경주 교외의 밤 벚꽃은 소리 없이 흩날리고…